Schoko-Pillen

Petra Scheuermann

Schoko-Pillen

Kriminalroman

Bibliografische Informationen der Deutschen Nationalbibliothek:
Die Deutsche Nationalbibliothek verzeichnet diese Publikation in der Deutschen Nationalbibliografie, detaillierte bibliografische Daten sind im Internet über dnb.dnb.de abrufbar.

TWENTYSIX – Der Self-Publishing-Verlag
Eine Kooperation zwischen der Verlagsgruppe Random House und BoD – Books on Demand

© 2019 Petra Scheuermann

2. Völlig neu überarbeitete Auflage 2019

Alle Personen und Handlungen sind frei erfunden. Eventuelle Ähnlichkeiten mit lebenden oder verstorbenen Personen oder tatsächlichen Begebenheiten sind rein zufällig.

Umschlaggestaltung: Atelier Reichert, Stuttgart

Herstellung und Verlag: BoD – Books on Demand, Norderstedt

ISBN: 978-3-740728-61-8

1

»Ehrlich Tanja. alle deine Träume werden wahr! Du kannst dir wünschen, was du willst und schon bekommst du es.« Meine Freundin Birgit strahlt mich an, als hätte sie mir soeben zu sechs Richtigen mit Superzahl gratuliert.

»Endlich! Auf diese Mitteilung habe ich ein Leben lang gewartet. Alle meine Wünsche werden erfüllt? Egal was? Echt jetzt?« Ich sehe meine Glücksfee skeptisch an.

»Das Universum ist tatsächlich in der Lage, alle deine Träume Wirklichkeit werden zu lassen. Es funktioniert, glaube mir.«

Meine Freundin Biggi nervt ständig mit einem anderen Esoterik-Tick. Noch vor Kurzem waren die Tarot-Karten ihr Steckenpferd, inzwischen scheint der Kosmos dran glauben zu müssen.

Birgit hat mal wieder diese engelartige Ausstrahlung meiner Großmutter, wenn die früher zu Weihnachten in die Rolle des Christkinds schlüpfte. »Also, eine Kollegin von mir, die hat sich im Universum einen roten Ferrari gewünscht. Und stell dir vor, abends kommt ihr Mann nach Hause und schenkt ihr einen roten Ferrari.«

Ich sehe meine Freundin sehr ungläubig an. »Wahnsinn! So schnell geht das?« Wer glaubt denn so was? Ich jedenfalls nicht.

»Dumm war nur«, schiebt Biggi nach, »dass es ein Spielzeugauto war.«

»Ach Gott, der Kosmos ist aber auch doof.«

Der strafende Blick meiner Freundin trifft mich mit voller Härte. »Du musst deine Wünsche einfach so präzise wie möglich formulieren, dann passiert so etwas nicht. Und am besten ist es, wenn du dir was Persönliches wünschst. Also nicht den Weltfrieden oder so.«

»Logo, man soll das Universum nicht mit Unmöglichkeiten überfordern.«

Meine heiße Anti-Kummer-Schokolade ist kalt geworden, ich sollte mir wünschen, dass sie wieder warm wird. Allerdings wäre es extrem ungünstig, meine, an das Universum geäußerten Wünsche zu vergeuden. Vielleicht funktioniert das ja wie bei der Fee im Märchen und ich habe nur drei Wünsche frei und einen habe ich dann schon für heiße Schokolade verschwendet. Nicht auszudenken! Lieber trinke ich den Rest meines kalten Kakaos aus und nehme mir noch eine Praline Süße Sünde.

»Und sonst kann ich jetzt einfach drauflos wünschen? Ich sage einen Wunsch und schwupp geht er in Erfüllung?«, versichere ich mich.

Mit diesem ganzen Hokuspokus kann ich wenig anfangen.

»Jaaa, so in etwa.« Birgit greift nach einer Cappuccino-Praline, die mag sie am liebsten.

»Dieses Wünschen, hieß das früher nicht beten?« Ich bin aber auch wieder eine alte Zweiflerin.

»Na ja, das geht so ähnlich, ist jedoch eine andere Bestellhotline. Tanja, echt, es funktioniert, das haben schon Hunderttausende Menschen ausprobiert. Du musst nur ein paar kleine Regeln beachten.«

»Aha, ich hab's gewusst! Jetzt kommt das Kleingedruckte.«

Birgit macht ein sehr ernstes Gesicht, als wäre sie eine Lehrerin, die der kleinen dummen Tanja die Welt erklären müsse. »Regeln gibt es für alles, auch für die Bestellungen im Universum. Die erste Regel, die es zu beachten gilt, heißt: Du musst deinen Wunsch möglichst präzise formulieren.«

»Klar, nicht so wie im Falle deiner Kollegin mit dem Ferrari.«

Ich greife mir eine weitere Praline Süße Sünde, eine geht noch. Meine neuste Kreation aus Zartbitterkuvertüre und kandierten Ingwerstückchen ist der Hammer. Auf meiner Zunge breitet sich der herbe, tiefe Geschmack der Zartbitterschokolade aus und vermischt sich mit der süßen Schärfe des kandierten Ingwers.

»Hm!« Ich stöhne laut vor Wonne.

»Es gibt eine bestimmte Art, in der du deine Bestellungen formulieren musst«, belehrt mich meine Freundin. »Nehmen wir zum Beispiel an, du wünschst dir ein Haus, dann darfst du nicht sagen: Ich will nicht mehr in dieser Mietwohnung hausen. Verneinungen kennt der Kosmos nämlich nicht.«

»Nee, klar jetzt. Woher soll der Kosmos so etwas wie Verneinungen kennen?«

Meinen unqualifizierten Einwurf übergeht Biggi professionell, stattdessen fährt sie unbeirrt fort: »Also, wenn du zum Beispiel ein Einfamilienhaus in der Nähe von Heidelberg dein Eigen nennen willst, dann sagst du: Ich besitze ein Einfamilienhaus in der Nähe von Heidelberg mit zehn Zimmern. Danke!«

Vor meinen Augen sehe ich eine alte, verfallene Bruchbude, die mir von einer bis dato unbekannten Tante vererbt wurde. Der Abriss dieser Villa wird mich finanziell in den vollständigen Ruin treiben. Nein –, lieber nicht ausprobieren!

»Dann weiß das Universum genau, wie es deine Bestellung auszuführen hat. Und zum Schluss deines Wunsches formulierst du einen Dank, quasi als Vorschusslorbeeren an den Kosmos. Das ist wichtig.« Sie greift nach der letzten Praline auf dem Tellerchen. Meine Freundin schlägt heute ganz schön zu.

»Wie?«, sage ich, während ich erneut mehrere von Biggis Lieblingspralinen in ihrer unmittelbaren Nähe platziere. »Ich soll sagen: Ich besitze ein Haus. Aber ich habe es doch noch gar nicht! Und bedanken soll ich mich auch im Vorfeld, obwohl das Universum eindeutig in Lieferverzug ist und weder den Eingang meiner Bitte bestätigt, noch einen genauen Termin der Wunschrealisierung zu nennen bereit ist?«

Also Esoterik ist nicht mein Ding, entweder bin ich dafür zu normal oder mir fehlt es an Fantasie. Meine vier Semester Jurastudium könnten sich zudem kontraproduktiv auf meinen Glauben in diese ominösen Geheimlehren auswirken.

»Du musst das aber so formulieren, weil auf diese Weise deine Gedanken zu Energie werden. Dein Wunsch kann sich hierdurch materialisieren.«

»Mein Wunsch kann sich *was*? Materialisieren? Nee, oder?«

»Ja, materialisieren«, bestätigt Birgit.

Dies ist mir zu hoch, eindeutig nicht meine Welt. Daher sage ich: »Alles klar. Kann man seine Bestellungen ans Universum auch im Internet aufgeben oder gibt's dafür vielleicht 'ne App?«

»Tanja, du bist unmöglich!«

Birgits Smartphone dudelt. Es ist ihre Tochter. Die beiden haben sich vor einigen Wochen zum ersten Mal nach sieben Jahren gesehen, seitdem ist meine Freundin zur Hochform aufgelaufen. Sie hat sich neue Klamotten gekauft und ist dabei, ihre Wohnung zu renovieren.

Ich packe in der Zwischenzeit herbstliche Pralinenpäckchen.

Warum sollte ich das mit dem Wünschen nicht doch einmal ausprobieren? Spontan sage ich in Gedanken: »Ich habe einen Mann aus meinem privaten Umfeld näher kennengelernt. Danke!«

Natürlich denke ich bei meinem Wunsch an Cem, der mir am Morgen eine SMS aus Berlin zukommen ließ, mit dem Inhalt, dass er dort als Profiler einer Sonderkommission zugeteilt sei, wir uns aber am übernächsten Wochenende bei unserem Schokoladen-Seminar in Mannheim sehen werden. Ja, Cem ist schon ein toller Mann, den würde ich zu gerne näher kennenlernen, und wenn mir der

Kosmos dabei behilflich sein kann, warum eigentlich nicht?

Die Tür geht auf und unsere gemeinsame Freundin Stefanie schwebt in den Schoko-Traum ein. Ich muss allerdings zweimal hinsehen, damit ich sie erkenne, ihr schulterlanges bis gestern blondes Haar ist knallig himbeerrot gefärbt. Sofort muss ich an meine Tochter denken, Alina hat in der letzten Woche ihre Haarfarbe von grün auf pechschwarz geswitcht. Die natürliche Haarfarbe meiner Tochter ist ein kräftiges kastanienbraun, das ihr sehr gut steht und hervorragend mit ihren großen dunkelbraunen Augen korrespondiert. Meiner Meinung nach, die selbstverständlich niemanden interessiert, schon gar nicht mein Pubertier Alina. Okay, sie ist vor einigen Wochen sechzehn geworden. Aber Steffi müsste der Pubertät inzwischen entwachsen sein. Müsste! Ich kräusele das Geschenkband einer herbstlich verpackten Pralinenschachtel und lege diese zu den anderen auf das Regalbrett.

»Steffi! Wie siehst du denn aus? Hast du dir deine Haarfarbe beim Kosmos bestellt?«, will ich wissen.

Wenn das Ergebnis vom universellen Bestellservice so aussieht, dann sollte ich davon die Finger lassen. Ich habe gleich gewusst, dass diese Wünscherei einen Haken hat. Garantiert hat sie sich als Haarfarbe rot gewünscht und das kam dabei heraus.

Das mit den Sternschnuppen hat bei mir auch nie funktioniert, nur ein einziges Mal. Da saß ich mit meinem Exmann zusammen oben auf dem Königstuhl, unsere schöne Stadt Heidelberg und die nächtliche Rheinebene lagen uns erleuchtet zu Füßen. Das war so verdammt romantisch, dann waren da diese Sternschnuppen, die wir gezählt haben und ich habe mir ein gemeinsames Leben mit Oliver gewünscht. Das habe ich bekommen. Dumm nur, dass er achtzehn Jahre später mit einer anderen Praktikantin Sternschnuppen zählen musste.

Birgit beendet ihr Telefonat. Ihr Kommentar zum neuen haarlichen Outfit unserer gemeinsamen Freundin: »Nee, diese Farbe wurde garantiert nicht vom Universum geliefert. Oh Gott, Steffi!«

»Göttin bitte, so viel Zeit muss sein! Universum? Was hat das denn mit meiner Haarfarbe zu tun?«

Ich kläre sie kurz auf, über die brandaktuelle Konkurrenz von *Zalando* und Co. Sie hat auch schon von diesem kosmischen Bestellservice gehört und teilt, wie erwartet, meine Skepsis.

Dann belehrt sie uns: »Himbeerrot ist die derzeit angesagte Farbe.«

»Na ja?« Biggis Blick spricht Bände.

»Aha«, bemerke ich.

»Mensch Mädels, ihr beide seit immer so konservativ. Seht euch doch mal an, ein bisschen Aufpeppen könnte euch nicht schaden. Ihr könntet ruhig mal was Neues ausprobieren. Wenn es euch nicht gefällt, könnt ihr's ja wieder ändern.«

»Sollen wir uns wie du jeden Monat neu erfinden?«, kontert Birgit.

»Klar, lieber jeden Monat neu erfinden, als immer die gleiche Trutsche sein.«

Biggi echauffiert sich: »Ja, ja, wir sind also altmodisch und bieder.«

Um einen Themenwechsel einzuleiten, will ich von Stefanie wissen, was ihr elf Jahre jüngerer Lover macht.

»Oh, Jonas ist sooo süß. Und, ihr glaubt es nicht, aber wir haben nächtelangen Sex. Wir beginnen im Bett und nach Stunden haben wir uns durch alle Zimmer meiner Wohnung gearbeitet und durch das gesamte Kamasutra gleich mit. Ich bekomme einen Orgasmus nach dem anderen. Ehrlich Mädels, so viele Höhepunkte in einer Nacht hatte ich noch bei keinem anderen Mann. Jonas ist der *to-ta-le* Wahnsinn!«

Biggi rollt die Augen und schüttelt den Kopf:»Das wäre mir viel zu anstrengend: Die ganze Nacht! Und einen Orgasmus nach dem anderen.«

»Stimmt, das klingt nach Leistungssport und besonders sportlich war ich noch nie«, pflichte ich ihr bei. »Außerdem bin ich der Meinung, dass nächtelanger Sex eindeutig überbewertet wird.«

Stefanie steckt sich eine Praline Süße Sünde in ihren knallrot geschminkten Mund und flötet:»Ihr beide habt echt keine Ahnung!« Dabei trägt unsere gemeinsame Freundin diesen Kennerblick zur Schau, um den ich sie ehrlich beneide.

Auch Birgit greift sich eine weitere Praline. »Was hat doch gleich Madonna über junge Männer und Sex gesagt?«

»Madonna«, werfe ich ein, »sagte: Ich bevorzuge junge Männer. Sie wissen zwar nicht, was sie tun – aber sie können es die ganze Nacht.«

Steffi stellt fest:»Das stimmt! Madonnas Aussage kann ich voll und ganz bestätigen.«

»Madonna hat ja dauernd so junge Hüpfer, die kann sich die auch leisten.«

»Mensch Biggi, was soll das denn heißen«, Steffi entrüstet sich, »dass ich mir die nicht leisten kann oder was?«

»Oh Mädels, lasst gut sein. Kommt, greift zu meiner neuen Pralinenkreation Süße Sünde und ich rühre für uns alle eine Anti-Kummer-Schokolade«, versuche ich zu vermitteln.

»Nee danke, ich brauche jetzt einen doppelten Espresso.« Steffi macht auf beleidigt und stakst auf ihren mörderischen High Heels zur Kaffeemaschine.

»Und was ist mit dir, Birgit?«

»Deine Anti-Kummer-Schokolade nehme ich sehr gerne an.«

In diesem Augenblick kommt Max, meine Hilfe im Schoko-Traum, zur Tür herein. Er war bei seiner Psychologin, der stattet er zwei Mal pro Woche einen Besuch ab, zusätzlich nimmt er regelmäßig an den Treffen einer Selbsthilfegruppe teil. Seit einigen Monaten ist er nämlich clean, er nimmt keine harten Drogen mehr, wenn ich das richtig sehe, auch keine weichen.

Schnell ziehe in mich in die Küche zurück und rühre für uns drei meine Lieblingsköstlichkeit. In einem Topf erhitze ich ausreichend Milch, die ich mit viel Vanille, etwas Kardamom und einer Prise Ingwerpulver würze und mit Honig süße. Hierin löse ich die Zartbitterkuvertüre auf.

Wenn ich daran denke, dass ich zu Beginn heftige Ressentiments gegen Alinas Freund hegte. Na ja, welche Mutter zeigt sich darüber erfreut, dass ihre pubertierende Tochter mit einem Junkie befreundet ist? Und dann musste ich – meiner Alina zuliebe – diesen Max auch noch in meinem Laden anstellen. Entgegen den schlimmsten Befürchtungen verwandelte Max den Schoko-Traum nicht in den Hauptdrogenumschlagplatz in der Heidelberger City. Dieser junge Mann hat sich unzweifelhaft geändert und inzwischen ist er als Hilfe in der Chocolaterie nicht mehr wegzudenken. Max ist ein Verkaufstalent, der finanziert sich quasi selbst. Auch auf meine Tochter besitzt er einen außergewöhnlich guten Einfluss, seit sie mit ihm befreundet ist, haben sich ihre Noten deutlich verbessert. Dieser Junge redet Alina ins Gewissen, sie soll lernen und man glaubt es nicht, aber das Kind setzt sich tatsächlich auf den Hosenboden und lernt. Was mein Exmann und ich mit jahrelangem Zureden nicht geschafft haben, erledigt Max in wenigen Minuten im Handumdrehen.

Pralinen genießend sitzen wir einige Minuten später vor unseren vollen Tassen.

»Ich kann jetzt Süßigkeiten essen, so viel ich will, und nehme trotzdem ab.« Zur Demonstration öffnet Biggi ihre neue große Handtasche und befördert aus einem der hundert Fächer ein rotes Pillendöschen hervor. Schnell steckt sie sich eine kleine weiße Kugel in den Mund.

»Wie viel hast du denn damit schon abgenommen?«, will Stefanie wissen.

Mich interessiert, was das für Tabletten sind. »Und welche Pillen nimmst du da zu dir?«

»Das ist ein Tipp von meiner Kollegin Ilse.«

»Seit wann seid ihr beide denn so dicke?«, will ich wissen, denn Ilse ist die Person in Birgits Berufsleben, über die sie sich am meisten aufregt.

»Also passt auf: Diese Pillen sind echt spitze. Die funktionieren! Ehrlich! In der letzten Woche habe ich schon zwei Kilo abgenommen.«

»Echt jetzt?« Das kann ich gar nicht glauben, denn Biggi ist immer auf irgendeiner Diät und bis jetzt hat sie noch nie, tatsächlich noch nie, auch nur ein einziges Gramm abgenommen, im krassen Gegensatz zu ihrer Geldbörse.

»Ja, Frau Ungläubig, ich sage doch: Diese Pillen wirken. Das sind Schlankheitspillen aus dem Internet. Die Firma hat einen eigenen Webshop und dort kann man die Wunderdroge bestellen.«

»Und was ist da genau drin?«, will Max wissen, schließlich ist er Experte in Sachen Drogen.

»Geheimrezept. Würde doch sonst jeder einfach nachmachen, wenn die die Zusammensetzung veröffentlichen.«

»Wie?«, fragt er nach. »Du weißt nicht mal, was in den Dingern drin ist? Da wäre ich an deiner Stelle aber vorsichtig, ich meine, diese Pillen können doch Nebenwirkungen haben und deine Gesundheit in ungeahnter Weise beeinträchtigen.«

Biggi sieht gewichtig auf ihre Uhr: »Oh sorry, ihr Lieben, ich muss. Meine Mittagspause ist leider um.« Und schon verabschiedet sich unsere gemeinsame Freundin und entschwindet aus der Chocolaterie.

»Nie und nimmer hat die zwei Kilo abgenommen, das redet die sich schön«, lästert Stefanie.

Damit dürfte sie wohl recht haben, auch ich habe da so meine Zweifel an Birgits Wunderdroge.

»Übrigens, wenn einer von euch beiden ein Tattoo bei Jonas stechen lassen möchte, sagt mir Bescheid, dann macht er euch einen Sonderpreis.« Und schon reißt sich Steffi das Dekolleté frei und zeigt ihre neueste Errungenschaft auf ihrer rechten Brust: ein kleines rotes Herz mit einem Pfeil.

Eigentlich finde ich das höchst pubertär, aber ich behalte meine Ansicht für mich, schließlich möchte ich Stefanie weiterhin zu meinen besten Freundinnen zählen dürfen. Ich sehe schon kommen, irgendwann, wenn Jonas Vergangenheit ist, wird sie ihre Tattoos bereuen. Kein Wunder, dass diese Studios zum Entfernen von Tattoos inzwischen Hochkonjunktur haben.

Wenige Minuten, nachdem Stefanie den Laden verlassen hat, kommt ein Freund von Max. Die beiden kennen sich von der Drogenszene. Philipp nimmt seit drei Jahren keine harten Drogen mehr, und seitdem auch Max clean ist, sind die beiden eng befreundet.

Max und ich unterhalten uns weiter über Biggis Wunderpillen. Er sagt: »Ich kann nicht verstehen, dass sich Menschen, die nicht auf Droge sind, Pillen in den Mund stopfen, von denen sie nicht einmal wissen, was drin ist. Das ist doch krank, irre krank. Und dann noch, um abzunehmen. Das erklär mir einer.«

Klar, so etwas kann ein gertenschlanker junger Mann nicht verstehen. Woher auch?

»Manchmal wirfst du dir Pillen ein und weißt nicht, dass die drastische Nebenwirkungen haben. Du hast keine Ahnung warum, aber plötzlich bist du krank, richtig krank. Verdammte Scheiße!« Philipp setzt seinen Becher heiße Anti-Kummer-Schokolade so hart auf den Untertasse, dass der noch verbleibende Kakao zur Hälfte herausschwappt, gleichzeitig haut er mit seiner linken Faust auf den Tisch.

»Mensch Phil, warum tillst du denn so aus?«, will sein Freund wissen.

»Weil ich die Schnauze voll habe. So verdammt voll. Jetzt ist Schluss! Du Max, ich muss jetzt los, aber können wir reden? Ich muss dir was Wichtiges stecken. Heute Abend? Ich komm bei dir vorbei.«

»Alles klar, bis dann.«

Und weg ist Philipp.

Max sieht mich irritiert an. »Der war irgendwie ganz schön grell drauf, richtig verpeilt. Hast du das jetzt kapiert?«

»Keine Ahnung, ich habe seine Reaktion auch nicht verstanden.«

Der Schoko-Traum füllt sich, Max und ich arbeiten Hand in Hand bis Ladenschluss.

Zu Hause betrete ich das Bad: Blut! Im Waschbecken: Blut. Auf der Klobrille: Blut. Auf dem Boden: Blut. Überall Blut!

2

»ALINA! ALINA!«, schreie ich panisch und renne in ihr Zimmer. Sofort denke ich, dass meine Tochter sich jetzt auch noch selbst verletzt. Irgendwie traue ich diesem Kind alles zu, warum weiß ich auch nicht. Eigentlich ist Alina viel vernünftiger als ich immer denke. Ihr Zimmer ist leer. Erst jetzt registriere ich, dass eine Blutspur am Boden ins Nachbarzimmer führt.

»LUCAS!« Ich reiße die Tür auf. Mein Sohn liegt auf seinem Bett, das Gesicht mit einem gelben Waschlappen bedeckt.

»Lucas, was ist passiert?« Mein Panikpegel ist extrem hoch und meine Stimme im Schreimodus.

»Ach nichts, Mama«, behauptet der Mund unter dem sich bewegenden Waschlappen.

»Das sieht aber gar nicht nach nichts aus.«

Ich hebe den Waschlappen ein wenig an und gebe einen spitzen Schrei von mir. Lucas' Gesicht besteht nur noch aus Nase. Augen: Fehlanzeige! Mund: Fehlanzeige! Seine Nase ist riesig, ich würde mal sagen, sie ist doppelt so dick wie heute Morgen, mindestens, und schillert in den Farben Blau bis Violett.

»Ich will wissen, wer das war und warum! Sofort!«, sage ich sehr bestimmt. Normalerweise prügelt sich mein siebzehnjähriger Sohn nicht mit seinen Mitschülern, aus dem Alter ist er raus. Das dachte ich zumindest bis heute.

»Das war Erdal.«

»Du hast dich mit einem Türken geprügelt? Wieso das denn?«

»Na ja. Ist nicht so wichtig, Mama.«

»Nicht so wichtig? Ich will wissen, was los war. Auf der Stelle!«

Ich setze mich auf den Rand des Bettes und lege meine rechte Hand auf den Arm meines Sohnes.

»Also ... das war wegen Hülya.«

»Wegen Hülya? Ihr habt euch wegen einer Frau geprügelt?«

Irgendwann musste das passieren. Mein Sohn wechselt seine Freundinnen häufiger als seine Unterhosen. Es wundert mich, dass das nicht schon viel früher geschehen ist.

»Hast du ihm die Freundin ausgespannt?«

»Nee Mama, Hülya ist seine Schwester. Sie darf natürlich vor der Ehe nicht mit Jungs rummachen und außerdem ist sie quasi schon mit einem weitläufigen Verwandten verlobt.«

»Sie haben sie als Kind in der Türkei verlobt?« Ich bin entsetzt.

»Nee, der ist nicht aus der Türkei, der wohnt in Speyer. Wenn ich das richtig verstanden habe, dann ist sie nicht wirklich mit dem verlobt, aber sie wurde ihm schon als Kind versprochen, oder besser seinen Eltern.«

Ich streiche meinem lädierten Sohnemann immer wieder beruhigend über den Arm.

»Das war voll krass. Auf dem Nachhauseweg von der Feriennachhilfe hat der mir vor der Heiliggeistkirche aufgelauert und dann ist der ohne Vorwarnung auf mich zugegangen und hat mich voll frottiert.«

»Frottiert?«

»Er hat mir seine Rechte ins Gesicht gedonnert.«

»Hoffentlich ist die Nase nicht gebrochen.«

»Nee, nee, die ist nur dick.«

»So ganz ohne Vorwarnung? Das ist ja übel. Du hast hoffentlich nicht zurückgeschlagen?«

»Ich wollte, aber ich hab nur in der Luft rumgefuchtelt. Hab ja nix mehr gesehen, alles sofort angeschwollen wie bekloppt. Erdal hat mich vor zwei Tagen gewarnt. Da hatte er sein Auto neben mir auf der Straße angehalten, die Scheibe runtergelassen und gesagt, ich soll die Finger von seiner Schwester lassen, sonst würde ich das schwer bereuen.«

»Aha! Also nicht ganz ohne Vorwarnung.«

»Ich liebe Hülya.«

»Lucas, du hast jede Woche eine neue Freundin.«

»Ja, aber das mit Hülya ist anders, ganz anders, das ist was Ernstes.«

Ich sehe unsere Scheidungs-Familie schon zum Antrittsbesuch bei einer türkischen Großfamilie im Wohnzimmer sitzen. Na, das kann ja heiter werden!

»Was Ernstes? Lucas, wenn du drei Tage mit einem Mädchen zusammen bist, dann ist das bei dir eine echt lange Beziehung.«

»Wir sind schon seit zwei Wochen zusammen, na ja, jetzt nicht mehr.«

»Gibst du so schnell auf? Soll ich mal mit den Eltern reden?«

»Hat sich erübrigt. Hülya hat mir vor zehn Minuten eine SMS geschickt; sie hat Schluss gemacht.«

»Sie hat per SMS eure Beziehung beendet?« Schöne Freundin! Aber ... »Vielleicht hat sie einfach Angst um dich.«

Lucas ist am Boden zerstört. Normalerweise ist er derjenige, der seine Freundinnen auf diese üble Art beendet. Ich liebe meinen Sohn sehr, aber er hat es verdient, dass es einmal andersherum ist. Immerhin weiß er jetzt, wie sich seine Verflossenen fühlen, wenn er sie per SMS, per *WhatsApp* oder per *Was auch immer* abserviert.

»Wenn sie so viel Angst um mich hätte, dann hätte sie ja anrufen und fragen können, wie es mir geht.«

Ich gehe ins Bad, um den blutdurchtränkten und warm gewordenen Waschlappen zu wechseln.

»Ist Hülya das hübsche Mädchen, das am ersten Ferientag mit im Schoko-Traum war, dann ist ja immerhin keine Kopftuchtürkin?«, rufe ich vom Bad aus.

»Aauaa«, jammert Lucas, als ich den kalten, feuchten Waschlappen auf sein Gesicht lege. »Ja, das war Hülya. Du willst wissen, ob sie eine Muslima ist? Bis du jetzt plötzlich ausländerfeindlich?«

»Nein, aber man darf doch mal nachfragen.«

»Sie trägt in der Schule meist kein Kopftuch, aber wenn sie die Schule verlässt, dann bindet sie es sich oft um. Ich glaube, das macht sie wegen ihres Bruders, vor dem hat sie mehr Angst als vor ihrem Vater.« Mit geschlossenen Augen sagt er: »Aber egal, ist ja eh vorbei.«

»Mensch Schatz, du musst mit ihr reden. Wenn du sie wirklich magst, dann musst du um sie kämpfen. War sie nur wieder so eine Eroberung, dann sieh das als Lehrgeld an.«

Meine schöne Tochter kommt nach Hause, ich beschließe, für uns drei jetzt erst mal ein anständiges Abendessen zuzubereiten. Für meinen Sohn heißt das ein großes Steak mit überbackenen Kartoffeln, für Alina im Gegensatz dazu ein großer Salat, vielleicht mit Käse, auf jeden Fall: ohne totes Tier. Also haue ich für Lucas ein großes Steak und für mich ein kleines Steak in die Pfanne, für Alina backe ich ein Stück Schafskäse, dazu gibt es Kartoffelgratin und viel, viel Salat.

Am nächsten Morgen hat Lucas immer noch eine übergroße, geschwollene Nase. »Du solltest zum Arzt gehen«, schlage ich ihm vor, aber er schüttelt nur den Kopf.

»Halb so schlimm, Mama.«

Alina ist jetzt schon den zweiten Tag ganz in Schwarz gekleidet. Ich überlege, ob ich sie darauf ansprechen soll, entscheide mich jedoch dagegen. Pubertät ist schon eine anstrengende Zeit – für Kinder und Eltern. Mit ihren schwarz geschminkten Augenringen sieht das Mädchen Jahre älter aus. Sie trinkt ihre warme Sojamilch in kleinen Schlückchen aus ihrer großen Müslischale mit der Aufschrift: *Ich ess kein Mäh und kein Muh! Und du?*

Nachdem sich meine Tochter in Richtung Feriennachhilfe verabschiedet hat, nehme ich meinen Sohnemann noch einmal zur Seite und versichere ihm, dass ich jederzeit für ihn da sein werde, falls er mich brauche.

»Isch waiß Momo«, sagt er Leberwurstbrot kauend und daher etwas unartikuliert.

Am Vormittag kommt Vanessa in den Laden, die Frau von Philipp, sie hat wie immer Mia, ihr sechs Monate altes Baby, dabei. Vanessa ist sehr aufgeregt, sie will mit Max reden.

Ich verziehe mich in die Küche und rühre für uns alle eine Anti-Kummer-Schokolade.

Dort höre ich Vanessa fragen: »Hat Phil die Nacht bei dir übernachtet? Er war doch gestern Abend bei dir zum Quatschen.«

»Nee, der hat nicht bei mir gepennt. Phil wollte gestern Abend mit mir reden, aber er ist nicht gekommen.«

»Er war heute Nacht nicht zu Hause. Seit gestern Nachmittag versuche ich, ihn auf seinem Handy zu erreichen. Das ist ausgeschaltet. Ich verstehe das nicht.«

Max versucht, Vanessa zu beruhigen, aber ich bemerke an seiner flattrigen Stimme, dass auch er sich Sorgen macht.

In der Mittagspause laufe ich zum Supermarkt und schleppe drei volle, schwere Tüten nach Hause, da unser Kühlschrank schon wieder fast leer ist.

Als ich die Haustür öffne, sehe ich, wie Blockwart Grantler Poststücke in die Briefkästen der Hausbewohner einwirft.

»Sind Sie jetzt bei der Post, Herr Grantler?«

Unser Hausmeister winkt ab: »Ach, wissen Sie, diese Briefträger werden immer unverschämter, die schmeißen einfach alle Briefe bei mir ein und ich muss sie dann verteilen.«

»Das ist ja dreist. Aber danke, dass Sie sich um die Briefe kümmern.«

»Bitte, bitte, man macht ja so einiges als Hausmeister.«

Sieh mal einer an, der Blockwart Grantler, der kann ja auch nett und hilfsbereit sein. Völlig neue Züge, die ich an diesem Mann entdecke.

Am Nachmittag öffnet sich die Tür des Schoko-Traums, und ein etwa fünfundvierzig Jahre alter Mann mit kurzem dunkelblondem Stoppelkopf betritt den Laden. Er trägt einen modernen Anzug und ein weißes Hemd, in seinen Schuhen kann man sich spiegeln. Irgendwie geht eine dezente Eleganz von ihm aus.

Mit einem umwerfenden Lächeln sagt er: »Ich bin ein heißer Schokoladen-Junkie.«

Na ja, der sieht schon heiß aus, denke ich, aber da realisiere ich zum Glück, dass er heiße Schokolade meint. Ich werde ein bisschen rot, biete ihm jedoch an, dass er gerne eine heiße Schokolade probieren könne. Er möchte gleich zwei verschiedene Sorten kosten: die Anti-Kummer-Schokolade und meine Konzentrations-Schokolade *Denk-Schok*. Ich setze mich mit ihm an den hinteren Bistrotisch. Er ist begeistert und lobt meine beiden Schokoladen-Mischungen sehr.

»Endlich mal echte Qualität! So etwas außergewöhnlich Leckeres habe ich schon lange nicht mehr getrunken.«

Das hört man gerne; ich freue mich über jeden Kunden, der meine Arbeit gebührend zu würdigen weiß.

Der Heiße-Schokoladen-Junkie erzählt mir, dass es ihn für ein halbes Jahr beruflich nach Heidelberg verschlagen habe. Seit drei Monaten wohne er jetzt hier. Meinen Laden erst heute entdeckt zu haben, bedaure er sehr.

Mit zwei gefüllten Tüten verlässt er den Schoko-Traum.

Später sitzen Max und ich an einem kleinen Bistrotisch mit unserer heißen Schokolade, als Vanessa in den Laden stürmt. Sie ist völlig aufgelöst, vor lauter Weinen und

Schniefen verstehe ich fast nichts. Nur so viel: Philipp ist tot. Ich verziehe mich in die Küche, Vanessa braucht dringend eine Anti-Kummer-Schokolade, auch wenn die bei dieser Art Problemen wenig helfen wird.

»Die Polizei behauptet, Phil sei an einer Überdosis Heroin gestorben. Das ist doch völliger Blödsinn. Mensch, er ist seit drei Jahren clean, der hat doch überhaupt keine Drogen mehr angerührt nach seiner Langzeittherapie. Nicht einmal einen Joint hat der gedampft, auch Alkohol hat er fast keinen getrunken.«

Max hat seinen Arm um Vanessa gelegt.

»In einer Stunde soll ich in der Pathologie sein. Ich muss Phil noch einmal sehen, sonst glaub ich das nicht.«

»Ich komme mit«, sagt Max entschieden.

»Danke!« Ich reiche Vanessa ein neues Papiertaschentuch. »Ich bin froh, wenn du mitkommst, ich weiß nicht, wie ich das durchstehen soll.«

Nach wenigen Minuten verlassen die beiden die Chocolaterie. Mia bleibt bei mir, sie liegt satt und selig in ihrem Kinderwagen und schläft. Zum Glück versteht sie noch nicht, was um sie herum passiert.

War Philipp gestern deshalb so komisch drauf? Hatten die Drogen, die er genommen hatte, Nebenwirkungen? Aber er ist doch an einer Überdosis Heroin gestorben. Vielleicht war die Droge mit Gift versetzt, einmal habe ich so etwas in der Zeitung gelesen. Sicherlich ist er rückfällig geworden und die Dosis, die er sich gespritzt hat, war zu hoch für seinen drogenentwöhnten Körper. So etwas hört man immer wieder. Hat Phil nicht gestern so etwas geäußert in der Art, dass er die Schnauze voll habe und dass jetzt Schluss sei. Das klingt fast ein bisschen nach Selbstmord. Aber er kündigte auch an, dass er Max etwas Wichtiges mitteilen müsse. Ich kann mir keinen Reim darauf machen. Ich hoffe, dass sich alles als eine Falschmeldung herausstellen wird und Philipp quicklebendig ist. Es wäre schrecklich, wenn Mia jetzt ohne ihren Vater aufwachsen müsste und die zweiundzwanzigjährige Vanessa schon Witwe wäre.

Alle meine Kunden bewundern die schlafende süße Mia. Später holt Max das Baby ab.

»Ich habe Vanessa zu ihren Eltern nach Schlierbach gebracht, dort fahre ich jetzt auch Mia hin. Vanessa ist völlig fertig. Ob sie allerdings realisiert hat, dass Phil tot ist, wage ich zu bezweifeln. Wir haben ihn da in der Pathologie liegen sehen, aber das war alles so unwirklich. Ich kann das selbst nicht glauben. Philipp war komisch drauf gestern, aber doch nicht auf Droge. Wann soll der denn rückfällig geworden sein? Das ist doch völliger Quatsch.« Einen Selbstmord kann sich Max überhaupt nicht vorstellen. »Warum sollte er das tun? Schließlich gab es die beiden Frauen Vanessa und Mia in seinem Leben, die er über alles liebte.« Und depressiv, sagt Max, sei Philipp noch nie gewesen, eher ein begnadeter Optimist.

Tja, man weiß halt nicht, was jemand tatsächlich tief im Innersten fühlt. Oft sind die lustigsten Menschen in Wahrheit die traurigsten. Der Schauspieler Robin Williams, zum Beispiel, gab so oft in seinem Leben den Clown, erheiterte mit seinen Filmen und Shows ein Millionenpublikum, und das, obwohl er immer wieder gegen seine Alkohol- und Drogensucht gekämpft und sich in seiner größten Verzweiflung das Leben nahm.

Ich räume meinen Laden auf, stelle das Geschirr in die Spülmaschine und schließe den Schoko-Traum ab.

Unterwegs läutet mein Handy. Es ist die Festnetznummer meiner Eltern, aber da mein Vater das Telefonieren hasst, kann es nur meine Mutter sein. Ich wette, sie will mir wieder etwas über meine Schwester Yvonne erzählen. Ich drücke das Gespräch weg und verstaue das Mobiltelefon in meinem Rucksack.

3

Zwei Tage später rühre ich in der Mittagspause zu Hause Schoko-Peeling an und höre dabei den Rhein-Neckar-Funk. Seit meine beste Kundin Gisela von Lingenthal vor einigen Monaten als Schoko-Leiche, von oben bis unten mit meinem Schokoladen-Peeling beschmiert, ihr Leben aushauchte, verkaufe ich das Zehnfache von dem Zeug. Was mal wieder zeigt: Auch Negativ-Werbung zahlt sich aus.

Gerade als ich das Radio ausschalten will, beginnt eine Reportage zum Thema Drogenkonsum in der Metropolregion Rhein-Neckar. Die Anzahl der Drogentoten sei in den letzten Jahren kontinuierlich zurückgegangen, wobei es immer noch eine konstant hohe Zahl derer gäbe, die von harten Drogen abhängig seien. Auch von einem Drogentoten vor wenigen Tagen in Heidelberg ist die Rede.

Bewaffnet mit dem Schoko-Peeling-Nachschub, mache ich mich etwas zu spät auf den Weg zu meinem Laden. Im Hausflur sehe ich, dass der Postbote dem Grantler einen dicken Packen Briefe in die Hand drückt. Das ist ja die Höhe. Kann der die Post nicht selbst zustellen? Das ist doch sein Job und nicht der vom Hausmeister. Ich überlege kurz, ob ich für Grantler Partei ergreifen soll, entscheide mich dagegen, da ich schon viel zu spät dran bin.

Als ich den Laden fast erreicht habe, sehe ich, wie sich Hauptkommissar Rauenberg mit seinem Cocker Spaniel in die andere Richtung entfernt. Ich laufe ihm hinterher. Warum eigentlich? Na ja, man weiß ja nie, ob man die Polizei noch einmal braucht.

»Ach, Frau Eppstein, das ist schön, dass Sie noch kommen.«

Ich kraule Brunetti hinter dem rechten Ohr, während ich meinen Laden aufschließe. Der schwarze Teufel wedelt schon aufgeregt mit seinem Schwanz. Ich gehe als Erstes in die Küche und hole einige Hundeleckerli aus der untersten Schublade neben der Spüle, ich fülle auch den Wassernapf und stelle ihn vor meinen Liebling. Bei mir wird Service großgeschrieben, auch für Hunde. Und Brunetti ist eine ganz, ganz liebe Spürnase, im Gegensatz zu seinem engstirnigen Herrchen.

»Ich brauche dringend eine Tasse Denk-Schok. Nach dem Genuss einer Tasse heißer Konzentrations-Schokolade fällt mir das Denken immer ganz leicht. Da fügen sich automatisch alle noch nicht eingesetzten Puzzleteile an den für sie vorgesehenen Platz.«

Max betritt den Schoko-Traum. Er hat sich am Vormittag mit Vanessa getroffen, um ihr zu helfen, sie muss noch so viel erledigen, wegen Philipps Beisetzung.

Ich stelle unsere drei Tassen Denk-Schok an den hinteren Bistrotisch. Da sich zurzeit keine Kunden in der Chocolaterie aufhalten, können wir dem Kommissar einige Minuten unserer kostbaren Zeit widmen. Brunetti will noch ein Leckerli. Na gut, diesen sehnsüchtigen Augen kann ich unmöglich widerstehen.

Wir versuchen, dem Hauptkommissar zu erläutern, dass Philipp in den letzten drei Jahren keinerlei Drogen zu sich genommen habe und wir uns daher eine Überdosis Heroin als Todesursache schwerlich vorstellen können.

»Ja, das kann man oft nicht verstehen und es macht einen betroffen.«

Noch einmal werfen wir verschiedene Fragen auf.

»Jetzt versuchen Sie beide doch nicht, einen Fall zu konstruieren, wo es keinen gibt.« Rauenberg belehrt uns: »Ja, es ist tragisch, wenn ein so junger Mann stirbt und ein kleines Kind und eine junge Frau zurücklässt. Aber er war drogenabhängig, das kann tödlich sein, das weiß jeder Junkie, der sich Heroin in die Venen spritzt.«

»Und wenn er ermordet wurde?«, gibt Max zu bedenken.

Rauenberg lacht laut auf und schüttelt unablässig den Kopf: »Glauben Sie mir, ich habe noch nie von einem Drogenabhängigen gehört, der ermordet wurde. Sich umzubringen, das schaffen die Junkies völlig ohne fremde Hilfe.«

Der Kommissar trinkt seine heiße Schokolade aus. »Ich muss leider los. Habe gleich noch einen Termin in Ladenburg.«

Bevor er geht, kauft er für sich noch eine Dose Denk-Schok und ein Päckchen mit Alkohol-Pralinen, als Geburtstagsgeschenk für seine Tante Rosi.

»Klar, der Bulle glaubt uns kein Wort.«

»Na ja, Max«, gebe ich zu bedenken, »wir wissen ja auch nicht, was passiert ist.«

»Aber ich bin mir verdammt sicher, dass Phil nicht auf Drogen war. Ich meine, das hätte ich doch gemerkt.«

Abends führe ich ein längeres Gespräch mit Lucas. Wie es scheint, hat er sich tatsächlich in dieses türkische Mädchen verknallt, doch jetzt will sie nichts mehr von ihm wissen.

»Ich glaube, du hattest recht, Hülya hat Angst, ihr großer Bruder könnte mir was antun.«

»Hast du mit ihr darüber gesprochen?«

»Nee, die macht, als wäre ich Luft. Aber gestern in der Mathe-Nachhilfe, da habe ich ganz genau gesehen, dass sie heimlich immer wieder in meine Richtung geguckt hat. Und ihre Freundin Jenny, die ist in der Pause zu mir gekommen und hat gesagt, dass wir so gut zusammengepasst hätten und sie glaubt, dass mich Hülya immer noch sehr mag. Aber es ginge halt nicht, weil ich kein Türke sei.«

»Dich hat's aber ganz schön erwischt.« Ich streiche Lucas sanft über sein kurzes Haar.

»Ach, Mama, die Hülya ist echt eine Granate.«

»Habt ihr …«

»Nein Mama, noch nicht.«

»Na, zum Glück. Sonst hätte dich ihr Bruder erschießen müssen, um die Familienehre wiederherzustellen.«

»Mensch Mama, jetzt mach aber mal halblang!«

Alina kommt nach Hause und wirft die Tür ihres Zimmers hinter sich mit Karacho ins Schloss.

Vorsichtig öffne ich ihre Zimmertür: »Alina, mein Schatz, ist alles in Ordnung?«

»Ach, nix ist in Ordnung. Der Max hat überhaupt keine Zeit mehr für mich, der hängt nur noch mit dieser Vanessa rum.«

Ich setze mich zu meiner Tochter aufs Bett. »Du bist ja eifersüchtig.« Ich versuche, ihr zu erklären, dass es ganz normal ist, dass sich Max jetzt um die Witwe seines verstorbenen Freundes kümmert. Alina zuzelt an ihrem Lippenpiercing, wie immer, wenn sie Angst hat oder unsicher ist. »Du musst deshalb nicht eifersüchtig sein, Alina. Das ist doch ein netter Zug von Max, dass er sich kümmert.«

»Ich weiß nicht. Ich finde, er kümmert sich ein bisschen viel.«

»Gib ihm etwas Zeit. Vanessa braucht in dieser schweren Situation Freunde um sich, die für sie da sind.«

Ich drücke meine Tochter ganz fest und sorge dann mal fürs Abendessen.

Drei Tage später kommt Vanessa mit Mia in den Schoko-Traum. Sie teilt uns mit, dass die Obduktion Philipps abgeschlossen sei und eindeutig ergeben habe, dass er an einer Überdosis Heroin verstorben sei. Max will wissen, ob Vanessa irgendwelche Drogen in der gemeinsamen Wohnung gefunden habe.

»Nein, ich habe alle möglichen Verstecke durchsucht, doch gefunden habe ich nichts. Wann soll er denn die Drogen genommen haben? Er war doch immer ganz normal. Im Obduktionsbericht war von mehreren Einstichstellen die Rede. Ich verstehe das nicht.«

»Dann wäre das nicht sein erster Schuss nach dem Rückfall gewesen. Das kann ich nicht glauben.« Max schüttelt den Kopf.

»Die Polizei hat gesagt, es sei alles klar, es gäbe keinen Grund irgendwelche Ermittlungen aufzunehmen.« Vanessa nippt an ihrer heißen Schokolade.

»Na ja, da kann ich die Bullen sogar verstehen.« Max runzelt die Stirn. »Es sieht in der Tat klar aus. Aber ich wüsste zu gerne, warum Phil in den letzten Tagen vor seinem Tod so grell drauf war.«

»Ja, er war komisch drauf in diesen Tagen.« Vanessa wischt sich eine Träne aus ihrem Gesicht. »Bei jeder Kleinigkeit ist er gleich voll abgegangen. Hat sich ständig aufgeregt, wegen nichts. Normalerweise haben wir uns nie gestritten, aber in den letzten Tagen war dies immer wieder der Fall. Ich mache mir jetzt solche Vorwürfe deswegen.«

Vanessa setzt die Tasse wieder ab, die sie gerade zum Trinken angesetzt hat. »Max, vielleicht hat er tatsächlich einen Rückfall gebaut und wollte mit dir darüber reden. Vielleicht ist das die Erklärung für sein verändertes Verhalten.«

»Das glaube ich nicht. Ich bin sicher, ich hätte gemerkt, wenn er Drogen genommen hätte. Er wollte mir irgendetwas Wichtiges sagen, aber garantiert nicht, dass er einen Rückfall gebaut hat. Es muss etwas anderes gewesen sein, etwas, das ihn sehr aufgewühlt hat.«

»Und was, wenn er die Drogen genommen hat, zu Zeiten, in denen wir beide ihn nicht gesehen haben? Seit einigen Wochen hat er mir nicht immer gesagt, wo er hingeht. Wenn ich es wissen wollte, dann hat er Ausreden benutzt. Einmal hat er erwähnt, dass er bei seinen Eltern gewesen sei, ich habe aber zufällig seine Mutter in der Stadt getroffen und sie sagte mir, dass das nicht stimmte. Vielleicht dürfen wir uns nichts vormachen und müssen den Tatsachen ins Auge blicken.«

Mia fängt an zu weinen und Vanessa verabschiedet sich.

Als Max und ich allein sind, sagt er: »Es klingt irgendwie plausibel und manchmal bin ich geneigt, zu glauben, dass Phil tatsächlich an einer Überdosis Heroin gestorben ist. Aber je mehr ich darüber nachdenke, für umso unwahrscheinlicher halte ich es. Da ist irgendetwas im Dunkeln, das wir nicht sehen, nicht sehen können.«

»Max, vielleicht steigerst du dich da in was rein.«

»Nein, sicher nicht. Ich werde mich mal in der Szene umhören, wenn Phil einen Rückfall gebaut hat, dann wissen das die Leute von der Drogenszene am besten. Wenn mir einer dort klipp und klar sagt, dass er Heroin an Philipp verkauft hat, dann höre ich auf zu zweifeln, vorher allerdings nicht.«

Er macht sich dann mal auf, um ein paar frühere Freunde zu treffen. Ein bisschen mulmig ist mir schon dabei. Sicherlich ist das auch für Max eine Gefahr, wenn er sich in der Drogenszene umhört, vielleicht will ihn ja einer verführen, wieder mit den Drogen anzufangen.

Nach ihrer Arbeit kommen meine beiden Freundinnen Steffi und Biggi in den Schoko-Traum. Stefanie kann nicht verstehen, dass Max, Vanessa und ich nicht glauben wollen, dass Philipp an einer Überdosis Heroin gestorben ist.

»Das ist doch alles ganz offensichtlich.«

Auch Birgit meint, die meisten Drogenabhängigen würden irgendwann wieder rückfällig werden. Es sei verständlich, dass Max und Vanessa mit dieser Tatsache ihre Schwierigkeiten hätten, aber ich müsse das doch einsehen.

Dann erzählt Birgit von ihrer Tochter und ihrer Enkelin. »Die beiden wollen mich in Heidelberg besuchen. Sarah hat zwei Wochen Urlaub und zehn Tage davon will sie mit Marie im nächsten Monat hier verbringen. Meine Tochter und ich möchten es noch einmal miteinander versuchen und Marie soll ihre Oma endlich richtig kennenlernen.« Unsere Freundin strahlt über das ganze Gesicht. »Ich werde ihnen Heidelberg und die Umgebung zeigen und ich möchte, dass meine Tochter euch beide trifft, ihr seid schließlich meine besten Freundinnen. Ich kann immer noch nicht glauben, dass ich Oma bin. Ich freue mich so sehr auf meine Tochter und die kleine Maus.«

Steffi und ich freuen uns mit Biggi, die zum ersten Mal, seit ich sie kenne, einen rundum glücklichen Eindruck macht. Ich hoffe, dass sie sich mit ihrer Tochter aussöhnen kann und, dass sie zu Ihrer Tochter und Enkelin ab jetzt regelmäßig Kontakt hat.

»Tanja, vielleicht solltest du auch mal überlegen, ob du nicht wieder Kontakt zu deiner Schwester aufnehmen willst.«

»Wir haben seit zwanzig Jahren kein Wort miteinander gewechselt und das ist gut so.«

Über meine Schwester Yvonne möchte ich jetzt nicht sprechen. Ich gehe nach hinten in die kleine Küche und rühre für uns heiße Schokolade an.

Als ich nach vorne in den Laden komme, ist Biggi dabei, Stefanie zu erklären, wie man seine Bestellungen ans Universum postalisch korrekt aufgibt. Sie betont, wie wichtig es sei, seine Wünsche sehr präzise zu formulieren.

Ich richte noch ein Schälchen mit den Lieblingspralinen meiner Freundinnen, Cappuccino-Pralinen für Biggi, Baileys-Trüffel für Steffi, meine neueste Kreation Süße Sünde für mich.

Birgit möchte, dass jede von uns Dreien einen Wunsch ans Universum formuliert und festhält. Steffi und ich tun ihr den Gefallen.

Ich denke an Cem und bekräftige den schon einmal gedachten Wunsch, indem ich ihn aufschreibe: »Ich habe einen Mann aus meinem privaten Umfeld näher kennengelernt. Danke!«

Stefanie sehnt sich nach einem außergewöhnlichen und unvergesslichen Abenteuer mit Jonas. Eigentlich komisch, bis jetzt bin ich davon ausgegangen, dass die beiden das jede Nacht haben. Biggi hingegen erhofft sich, dass ihre

Schlankheitspillen, ihrer Zusammensetzung entsprechend, ihren Zweck erfüllen und sich nicht negativ auf ihre Gesundheit auswirken.

Nur gut, dass ich Lichtjahre davon entfernt bin, an diesen Hokuspokus zu glauben.

4

Als Max am nächsten Morgen in mein Geschäft kommt, berichtet er sofort, dass niemand aus der Drogenszene seinem Freund Philipp in den letzten drei Jahren Heroin verkauft habe. »Wenn Phil rückfällig geworden wäre, dann müsste es doch jemanden geben, der ihm den Stoff verkauft und der ihn in der Szene gesehen hätte. Ich verstehe das nicht.«

»Und wenn es doch sein erster Schuss nach der langen drogenfreien Zeit war?«

»Im Obduktionsprotokoll war von mehreren Einstichstellen die Rede. Ich habe gestern Abend noch einige Bekannte in anderen Städten abtelefoniert, aber auch dort ist Phil nicht aufgetaucht.« Max räumt in Gedanken die Schokoladentafeln auf der Theke von links nach rechts und wieder auf die andere Seite. »Weißt du Tanja, der Phil, der war so ein ganz harter Hund. Der hat damals von heute auf morgen den Entzug gemacht und hat gesagt, dass er niemals in seinem Leben wieder irgendwelche Drogen anrühren werde. Und damit meinte er nicht nur Heroin oder Kokain, sondern auch weiche Drogen. Ich bin mir ziemlich sicher, dass der nach seiner Therapie noch nicht einmal einen einzigen Joint gedampft hat.«

»Ist das nicht normal?«, will ich etwas unbedarft wissen.

»Na ja, wenn ich ehrlich sein soll, dann habe ich, seit ich clean bin, schon so einige Joints geraucht. Inzwischen nicht mehr; zu Beginn jedoch habe ich das nicht so genau genommen. Aber Philipp schon. Der wurde nach seiner Therapie zu einem richtigen Drogengegner. Das ist auch der Grund, warum ich das mit der Überdosis nicht glauben kann.«

»Wir sollten versuchen, seine letzten Tage zu rekonstruieren, vielleicht entdecken wir eine Ungereimtheit oder irgendetwas, wo wir ansetzen können«, schlage ich vor.

»Ich rufe gleich mal Vanessa an, zu welchen Zeiten sie ihn die beiden Tage vor seinem Tod gesehen hat. Und ich frage sie, ob sie weiß, was er in den restlichen Stunden unternommen hat.«

Ich habe schon ein kleines Heft hervorgekramt, das ich Max jetzt hinhalte: »Wir schreiben alles auf, dann behalten wir einen besseren Überblick.«

»Gute Idee, Tanja!« Max verzieht sich mit dem Telefon ins Lager.

Die Tür geht auf und ein junger Mann mit einem bleichen Gesicht betritt den Laden. Er sieht sich unsicher um. »Ist Max nicht da?«

»Der ist hinten im Lager, soll ich ihn holen?«

Der Mann mit den braunen kinnlangen Haaren nickt, dann sagt er: »Das wäre sehr nett von Ihnen. Ich habe eine Frage an ihn.«

Ich gehe nach hinten und sage Max Bescheid.

»Dennis? Was gibt's denn?«

»Es gibt da so ein Gerücht ...« Der junge Mann tritt nervös von einem Fuß auf den anderen. »Phil, ist er ... ist er ...«

»Ja, es stimmt, Phil ist tot.«

Mit Max' Antwort weicht auch noch die restliche Farbe aus dem Gesicht des jungen Mannes. »Stimmt es, dass ..., dass sich Phil einen goldenen Schuss gesetzt hat?«

»Ja, angeblich hat er das. Aber ich kann mir das nicht vorstellen. Ich kann das nicht glauben. Hast du ihn in den letzten Wochen gesehen?«

»In den letzten zwei Monaten habe ich Phil mehrmals in der Woche getroffen.«

»War er da jemals auf Droge? Ist dir irgendeine Veränderung an ihm aufgefallen?«

»Nee, der hat doch überhaupt nichts mehr angerührt, seit seiner Therapie. Nicht einmal was geraucht hat der.«

»Das habe ich auch gesagt. Ich verstehe das nicht. Wieso ist er an einer Überdosis gestorben, wenn er keine Drogen genommen hat?«

»Max, können wir uns heute Abend sehen? Mal quatschen?«

»Klar, komm bei mir vorbei.«

»Wo wohnst 'n du jetzt?«

»Seit einiger Zeit wieder zu Hause, bei meiner Mutter. Du warst doch schon bei mir, oder?«

»Ja klar, früher. Weiß ich noch, wo du wohnst. Bis dann!«

Der junge Mann verlässt den Schoko-Traum und Max verzieht sich erneut mit dem Telefon ins Lager.

Mein Handy klingelt und mein Herz macht einen Satz. Cems Nummer.

»Hallo Tanja!«

»Hallo Cem!«

»Es klappt doch bei dir mit dem Schokoladen-Seminar?«

»Ja, ich freu mich schon sehr auf das Seminar.« Und noch viel mehr auf dich, denke ich, sage es aber nicht.

»Du Tanja, darf ich dich am Sonntag nach dem Seminar wieder zum Essen einladen?«

»Nein Cem, diesmal bin ich dran.«

»Geht nicht, ich habe mir schon eine Überraschung für dich ausgedacht.«

»Schon wieder eine Überraschung?« Nach dem letzten Seminar lud mich Cem zum Mittagessen ins Drehrestaurant in den Mannheimer Fernmeldeturm ein. Wir genossen einen atemberaubenden Ausblick.

Im Hintergrund höre ich mehrere Stimmen. »Ja, ich komme!«, antwortet Cem. »Sorry, ich muss in ein Meeting. Ich freue mich, dich zu sehen. Bis dann, Tanja!«

»Ich freue mich auch, bis dann, Cem.«

Oh, mein Herz schlägt einen Purzelbaum nach dem anderen.

Verlieb dich jetzt bloß nicht in diesen Türken. Nicht genug, dass dein Sohn in eine Türkin verliebt ist und sich von deren Bruder eine blutige Nase geholt hat. Jetzt musst du auch noch mit diesem Cem rumturteln. Und hinterher ist wieder Land unter wie beim letzten Mal bei dem Finanzberater.

So ein Quatsch!, kontere ich meiner inneren Stimme. *Cem kann man unmöglich mit diesem windigen Finanzberater vergleichen. Cem ist ein Traum von einem Mann.*

Waren nicht genau das deine Worte über diesen ...?

Stimmt, aber ich finde, auch ich habe das Recht, Fehler zu machen.

Pass bloß auf, dass du nicht wieder reinfällst. Mit den Männern, da hast du ja so deine Erfahrungen und nicht nur positive.

Meine innere Stimme nervt mich manchmal ganz schön. Ich verstehe nicht, dass die immer so derart negativ sein muss. Immer sieht sie Probleme, wo keine sind und dieses ständige Mahnen und Warnen, völlig überflüssig. Cem ist echt ein toller Mann.

Max hat Neuigkeiten: »Am Tag, an dem Phil verstorben ist, verließ er um acht Uhr das Haus. Er brachte Mia in die Kinderkrippe. Vanessa wollte für ihre Prüfung lernen, die sie in der nächsten Woche absolvieren muss. Phil hätte ihr gesagt, er wolle sich mit Dennis in der Stadt treffen. Ich kann ihn ja heute Abend fragen, was die beiden vorhatten und wann er Phil zum letzten Mal gesehen hat. Auch in den Tagen davor gibt es drei, beziehungsweise vier Stunden, von denen Vanessa nicht weiß, wo Phil sich aufgehalten und was er in dieser Zeit unternommen hat.«

»Unter Umständen weiß sein Freund Dennis mehr, du musst ihn heute Abend unbedingt danach fragen.«

»Ja, Tanja, das werde ich. Außerdem hat Vanessa gesagt, dass Phil mehrmals in der letzten Zeit Kontakt zu Jan gehabt hätte. Phil hatte mit ihm zusammen damals die Langzeittherapie am Bodensee absolviert, aber Jan ist gleich danach wieder rückfällig geworden. Ich habe ihn

schon längere Zeit nicht gesehen, aber beim letzten Mal, war er immer noch auf Droge. Ich höre mich da mal um, könnte ja sein, dass Phil das Heroin von Jan gekauft hat.«
»Das klingt nach einer heißen Spur.«

Mein Handy klingelt. Meine Mutter. Sie will wissen, ob ich die Einladung zur Hochzeit meiner Schwester erhalten hätte.

Nun, ich denke, dass ich nicht die Absicht hege, mich dort blicken zu lassen.

»Diesmal nimmst du gefälligst mit deiner Familie an der Hochzeit deiner Schwester teil. Das gehört sich so. Was sollen denn die Leute von uns denken?«

Dieser Befehlston meiner Mutter und die Art, wie sie mit mir spricht, geben den Ausschlag dafür, dass ich in den meisten Fällen das Telefonat wegdrücke, wenn ich ihre Nummer auf dem Display sehe.

Jetzt erzählt sie mir, was meine arme Schwester noch alles für ihre Hochzeit im nächsten Jahr vorbereiten müsse.

Als meine Mutter aufgelegt hat, denke ich, sie hat mich weder gefragt, wie es mir oder den Kindern geht, noch, wie es mit meinem Geschäft läuft.

Ich verstehe nicht, warum ich mich immer noch darüber wundere und warum mich ihr Verhalten jedes Mal von Neuem kränkt.

Die Tür geht auf und mein Stammkunde Herr Maier betritt das Geschäft.

Er ist dick und gemütlich, eine Seele von Mensch, allerdings nicht immer sehr gesprächig. Heute hat er es eilig, ich sehe es an der Art, wie er sich bewegt.

Schnell teilt er seinen Einkaufswunsch mit: »Fünfhundert Gramm Pralinen, verschiedene Sorten und eine Dose Anti-Kummer-Schokolade.«

Während ich die Pralinen behutsam in die Schachtel lege, sagt er: »Ich werde mal bei meiner Skatrunde ein bisschen Werbung für Ihren Laden machen.«

»Oh, das ist aber nett. Da lege ich gleich noch ein paar Pralinen oben drauf.«

»Danke, Frau Eppstein. Jetzt aber nichts wie weg. Bin schon spät dran. Heute beginnen wir ausnahmsweise früher. Es ist ein Spiel.« Aufgrund meines irritierten Blicks fügt er hinzu: »Ein Fußballspiel.«

Ich nicke, obwohl ich keine Ahnung habe, welches Fußballspiel Herrn Maier derart zur Eile antreibt.

Am Abend ist das Bad verschlossen. Lucas teilt mit, dass sich Alina aufbrezeln würde fürs Kino. Ich denke, Max hat gar nichts von Kino gesagt, er wollte noch einmal bei Vanessa vorbeischauen und später würde ihn Dennis besuchen.

Meine schöne Tochter ist wieder ganz in Schwarz gekleidet. Ihr Gesicht ähnelt dem eines Vampirs, sie ist auf sehr blass geschminkt und ihre Augen sind dick schwarz umrandet. Die Fingernägel schwarz lackiert. Wenn ich es nicht besser wissen würde, müsste ich auf der Stelle einen Notarzt rufen, so krank sieht das Kind aus.

Ich kann mir daher ein besorgtes: »Alina, ist alles in Ordnung mit dir?«, nicht verkneifen.

Diese strahlt mich an wie die Frühlingssonne und das passt so gar nicht zu ihrem zombiehaften Outfit: »Fynn hat mich ins Kino eingeladen.«

»Fynn?«

»Ja, Fynn. Ich habe ihn zufällig vorletzte Woche in der Bücherei kennengelernt und stell dir vor, er ist erst vor Kurzem nach Heidelberg gezogen und er wird in meine Klasse gehen.«

Na toll, denke ich. Jetzt habe ich mich gerade an Max gewöhnt und dann kommt dieser Fynn daher.

»Und was ist mit Max?«, will ich wissen.

»Ach der, der hat doch nur noch Augen für Vanessa.«
»Schatz, bist du da nicht ein klein wenig ungerecht. Ich meine, sein Freund ist gerade verstorben und er kümmert sich um dessen Witwe.«
»Ja Mama, aber ich finde, er kümmert sich zu viel.« Sie winkt großzügig ab. »Aber von mir aus, soll er ruhig. Ich kümmere mich jetzt auch ein bisschen, und zwar um Fynn, der gerade hier in die Gegend gezogen ist und sich noch nicht auskennt.«

Wie es scheint, versucht meine Tochter, Max eifersüchtig zu machen.

»In welchen Film geht ihr denn?«, will Lucas wissen.
»Ach, das werden wir dann vor Ort entscheiden.«
»Aha!«, sage ich und bin ein wenig beunruhigt, schließlich kenne ich diesen Fynn nicht, und wenn ich mir Alina ansehe, dann gehe ich felsenfest davon aus, dass ich ihn nicht mögen werde, da er sicherlich auch wie ein Vampir aussieht. Warum sonst sollte meine Tochter plötzlich dieses Outfit wählen. Ich fürchte, der Kerl ist der Grund dafür, dass sie sich ihre Haare schwarz gefärbt hat, wegen ihm trägt dieses Kind nur noch Trauer und sieht aus, als hätte sie nur noch wenige Tage zu leben. Jede Wette!

Das Smartphone meines Sohnes dudelt und ich höre, wie er sich mit einer gewissen Jenny für morgen Mittag verabredet.

»Jenny?« Ich sehe ihn fragend an. Meine Kinder scheinen gerade schneller ihre Partner zu wechseln als die Figuren ihren Platz beim Hütchenspiel.

Lucas grinst vielsagend: »Ach Mama, das ist eine längere Geschichte.«

»Also! Ich habe Zeit.« Demonstrativ setze ich mich an unseren Holztisch in der Küche, während mein Sohn die Cola-Flasche ansetzt und einen großen Schluck daraus trinkt.

»Ich leider nicht«, teilt er mir mit einem verschmitzten Lächeln mit, »muss gleich zu Flori.«

Ein klein wenig wundere ich mich darüber, dass mein Sohn sich schon wieder mit einer anderen Frau trifft, war er nicht gerade schwer in diese hübsche Hülya verliebt? Na ja, bei ihm wechselt das ja ständig.

Männer!

Als ich allein in unserer Wohnung zurückgeblieben bin, fühle ich mich für einen kleinen Augenblick lang einsam. Aber dann fällt mir das Schokoladen-Seminar ein. Ich muss an meinen Wunsch ans Universum denken. Ja, Cem würde ich schon gerne näher kennenlernen, vielleicht ist der Kosmos gnädig und hilft bei der Wunscherfüllung etwas nach.

Ich beschließe, einen längeren Spaziergang zu unternehmen. Es ist herrlich mild, nicht einmal eine Jacke benötige ich. Den Neckar überquere ich über die Alte Brücke, auf dem Leinpfad schlendere ich den Fluss entlang Richtung Theodor-Heuss-Brücke. Dann laufe ich die Ufer- und die Bergstraße geradeaus bis zum Philosophenweg. Hier möchte ich mit Cem spazieren gehen, ihm meinen Lieblingsweg zeigen und ihm von den vielen Entscheidungen berichten, die ich schon im Philosophengärtchen getroffen habe. Heute genieße ich es, einfach drauflos zu wandern, keine großen Problemlösungen stehen an. Im Philosophengärtchen lege ich dennoch eine kleine Rast ein und genieße den atemberaubenden Blick auf die Altstadt, das Schloss und den Königstuhl.

In diesem Augenblick wird mir bewusst, dass ich mich doch entscheiden muss, und zwar gegen oder für die Teilnahme an der Hochzeitsfeier meiner Schwester. Die letzten zwei Jahrzehnte konnte ich ganz gut leben, ohne dass Yvonne irgendeine Rolle in meinem Leben gespielt hätte. Nun, sie scheint immer noch eine Rolle zu spielen, würde ich mir sonst über die Teilnahme an ihrer Hochzeit Gedanken machen? Ich muss das Für und Wider abwägen. Vielleicht sind zwanzig Jahre Funkstille tatsächlich ausreichend. Bin ich zu nachtragend? Nein, ich brauche meine Schwester nicht. Wir beide führen zwei völlig unterschiedliche Leben und das ist gut so.

Nach wenigen Minuten fröstle ich und gehe weiter. Ich schlendere hoch zum oberen Philosophenweg. Hier vernimmt man nur die Stille und ab und zu zwitschern ein paar Vögel irgendwo hoch in den Bäumen. Es ist, als hätte jemand den Lärm der Stadt ausgeschaltet. Ich gehe zügig unter den vielen Kastanienbäumen vorbei. Noch hängen die kleinen grünen Igelchen an den Ästen. Früher habe ich jedes Jahr mit Lucas und Alina Kastanien zum Basteln aufgelesen. Die Esskastanien haben wir meist am Wochenende im Pfälzer Wald gesammelt.

Später nehme ich den Weg runter zur Hirschgasse.

Max versucht, am nächsten Morgen mehrmals Dennis telefonisch zu erreichen, jedoch ohne Erfolg.

»Ich denke, er wollte dich gestern Abend besuchen?«

»Dennis ist nicht gekommen.« Dafür hätte er etwas über Jan herausbekommen. Er soll Crystal Meth vertreiben und es gäbe da sogar das Gerücht, dass er diese Drogen in einem eigenen Drogenlabor koche.

5

Von Crystal Meth habe ich schon mehrmals in der Presse gelesen, erst letzte Woche stand in der Tageszeitung ein Bericht darüber, dass diese Droge immer stärker auch in Deutschland zum Problem werde.

»Crystal Meth?«, frage ich. »Den Namen habe ich schon gehört, aber ich kann mir nichts Genaues darunter vorstellen.«

Max klärt mich auf: »Crystal Meth ist eine synthetische Droge, ein Methamphetamin. Die meisten Drogenlabore in Europa befinden sich in Tschechien und überschwemmen von dort aus auch den deutschen Markt. Aber Jan scheint Kontakte dorthin zu haben und sich die Stoffe zur Extraktion und Herstellung billig von dort liefern zu lassen. Bei uns bekommst du die allerdings auch.«

»Und wie gefährlich ist diese Droge?«

»Sie ist brandgefährlich. Zum einen macht sie sehr schnell abhängig und zum anderen hat sie starke Nebenwirkungen, die sich extrem rasch bemerkbar machen. Schon die Nazis haben die Droge im Zweiten Weltkrieg bei Soldaten eingesetzt. Schon mal von Panzerschokolade gehört? Das Mittel diente zur Dämpfung des Angstgefühls sowie zur Steigerung der Leistungs- und Konzentrationsfähigkeit bei Soldaten, Fahrzeugführern und Piloten. Hitler soll angeblich auch davon abhängig gewesen sein. Die Amis haben das Zeug auch eingesetzt, im Vietnam-Krieg.«

Max nippt an seiner heißen Anti-Kummer-Schokolade, bevor er weitererzählt. »Das Medikament selbst ist inzwischen nicht mehr im Handel. Aber aus anderen frei verkäuflichen Präparaten wird der Stoff extrahiert. Die Nebenwirkungen sind extrem, das Zeug zerstört die inneren Organe, greift Herz und Gehirn an und du wirst zu einem Zombie, der nicht mehr schlafen kann, du bekommst voll die Paranoia. Wenn du dann mit Meth aufhörst, fällst du in ein ganz tiefes Loch, wirst depressiv und so.«

»War da nicht auch etwas mit einem Politiker?«

»Ja, stimmt. Dieser Politiker soll das Zeug auch konsumiert haben. Verstehe ich eigentlich nicht, es ist eher eine Arme-Leute-Droge. Aber da sieht man, dass sich Crystal in immer weitere Kreise in unsere Leistungsgesellschaft hineinfrisst.«

»Hast du mal Crystal ausprobiert?«

»Ja, ein einziges Mal«, gesteht Max, »aber der Typ, der es mir gegeben hat, sah so fürchterlich aus und war dermaßen grell drauf, dass ich lieber die Finger davongelassen habe. Der hatte eine totale Paranoia. Ständig hat er sich umgesehen, weil er dachte, er würde verfolgt. Und der hatte fast keine Zähne mehr im Mund, die waren dem alle weggefault. Einen Meth-Mund nennt man das. Man bekommt Hautentzündungen von dem Zeug und Schlafen kann man überhaupt nicht mehr. Du bist voll ausgepowert, aber mit Schlafen ist nix. Bei dieser Droge verlierst du alles, Freunde, Job, wenn du Pech hast, sogar dein Leben.«

»Warum gibt es so viele Leute, die diese Droge nehmen, wenn sie derart viele und schlimme Nebenwirkungen hervorruft?« Das ist mir immer unbegreiflich, dass sich Menschen bewusst diesen unbekannten Gefahren von Drogen aussetzen.

»Es unterdrückt Müdigkeit, Hungergefühl und Schmerz. Und es steigert die sexuelle Erregung. Du hast voll das totale Selbstvertrauen und das Leben erreicht eine ungewohnte Geschwindigkeit. Die Persönlichkeitsveränderungen und Psychosen bekommt man selbst als Letzter mit, weil man so euphorisch ist. Ich hab schon einige Junk-Burgen gesehen.« Meinen irritierten Blick bemerkend, erklärt Max: »Wohnungen von Junkies, aber das Härteste, was ich jemals zu Gesicht bekommen habe, war die Einzimmerwohnung dieses Meth-Typen. Das war eine totale Müllhalde. Dreckige Wäsche türmte sich auf Abfall und schmutzigen Tellern fast bis zur Decke und die Fliegen und Maden hatten die Hoheit über die Wohnung übernommen.«

»Wie wird das Zeug denn konsumiert? Wird es gespritzt?«

»Überwiegend wird Crystal geschnupft, man kann es aber auch rauchen oder spritzen. Hiermit erzielt man eine intensivere Wirkung, dies führt aber viel schneller zur Abhängigkeit und erzeugt stärkere Nebenwirkungen.«

»Glaubst du, dass Philipps Tod etwas mit diesem Crystal-Dealer zu tun haben könnte?«

»Keine Ahnung. Aber mit dem Zeug kann man sehr viel Geld verdienen. Und wenn Phil da etwas über Jan wusste, was dem gefährlich werden konnte, dann … Tja, wer weiß? Jan war lange Zeit kokainabhängig. Diese Sucht ist teuer. Wahrscheinlich stellt er das Meth her und vertickt es, um seinen eigenen Drogenkonsum zu finanzieren. Möglich wäre das schon, dass Phil zu viel wusste und daher für Jan zu einer Gefahr wurde.«

»Vielleicht weiß ja Dennis etwas«, werfe ich ein.

Max versucht erneut, ihn telefonisch zu erreichen. Doch er bekommt ihn nicht an die Strippe.

In der Mittagspause verschwindet Max, er hat sich mit einem früheren Freund verabredet, um noch mehr über Jan zu erfahren.

Meine Freundinnen Steffi und Biggi treffen gemeinsam im Schoko-Traum ein. Die beiden hatten heute Shoppingurlaub und jetzt führen sie mir stolz ihre Trophäen vor.

»Ich dachte, der Sommerschlussverkauf wäre schon lange vorbei?«, frage ich unwissend.

»Ach, der ist doch schon lange abgeschafft. Schnäppchenzeit ist jetzt immer«, klärt mich Stefanie auf, während sie mit ihren Tüten im Lager verschwindet. Birgit folgt ihr. Na, da kann ich mich ja auf eine ausgiebige Modenschau einstellen. Obwohl mir normalerweise Shoppen ein Gräuel ist, ärgere ich mich heute, dass ich immer im Schoko-Traum stehe. Beim nächsten Mal muss mich eines meiner Kinder vertreten, dann mache ich mit beim Shopping.

Steffi und Biggi treten in den Verkaufsraum. Meine begehrlichen Blicke wechseln von der einen zur anderen. Sie sehen atemberaubend aus. Beide tragen ein leichtes Sommerkleid und jede hat neue offene Schuhe und in ihrer rechten Hand schwingt bei jeder eine neue Handtasche.

Biggis Kleid ist mit großen Mohnblumen übersät, ihre Schuhe haben die gleiche mohnrote Farbe und ebenso ihre Tasche. Stefanies Kleid zieren große Sonnenblumen und auch ihre High Heels und ihre Tasche sind quietschgelb. Jetzt drehen und wenden sich meine Freundinnen im Schoko-Traum. Wie ich die beiden beneide. Ich sehe an mir herunter, ich trage wie immer meine Jeans und ein leichtes T-Shirt. Ich sollte mir für das Schokoladen-Seminar auch ein neues Outfit zulegen.

Steffi registriert meinen Blick. »Pass auf, ich mache dir einen Vorschlag. Eine von uns beiden wird deinen Laden die nächsten zwei Stunden schmeißen und du gehst mit der anderen zum Shoppen. Was hältst du davon?«

»Ich hüte dein Geschäft und du gehst mit Steffi einkaufen, die ist stilsicherer«, schlägt Birgit vor.

Ich blicke gerührt zwischen meinen Freundinnen hin und her.

»Ich mache das gern, das weißt du ja, aber nur, wenn ich zwischendurch mal naschen darf. Seit ich meine Schlankheitspillen nehme, kann ich schließlich essen, was ich will und nehme trotzdem ab.«

»Iss so viele Pralinen, wie du willst«, sage ich, während ich meine Freundin herzlich umarme. »Aber erst brauche ich was zu essen. Ich habe einen Bärenhunger.«

»Ich gehe freiwillig zum Libanesen und danach machen wir uns auf ins Getümmel und suchen dir ein paar sexy Fummel für deinen Besuch der Schokoladen-Akademie. Da wird dein Cem große Augen machen.«

In Windeseile zieht sich Stefanie im Lager wieder um und will wissen: »Wie immer?« Wir nicken. Ich lecke mir ob der Vorfreude auf das köstliche Lamm-Couscous und die bevorstehende Shoppingtour die Lippen.

Das Essen schmeckt herrlich und nach einem Espresso danach sind Steffi und ich verschwunden.

Meine Freundin lotst mich zunächst in ihre Lieblingsboutique, dort muss ich mich in ein grünes enges Kleid zwängen. Geht aber nicht, das ist mir mindestens zwei Nummern zu klein.

Ich höre Stefanie vor der Umkleidekabine flöten: »Ich haaab's.« Schon reicht sie mir ein kurzes Kleid mit Blau- und Schwarztönen in die Anprobe. »Das harmoniert voll mit deinen Augen und deinem Teint.«

»Na ja, ich weiß ja nicht«, sage ich skeptisch.

Aber es stimmt, Steffi ist sehr stilsicher, bis auf wenige, kleine Ausrutscher. Das Kleid passt, als wäre es für mich geschneidert worden. Ich verlasse die enge Anprobe, Steffi und Anja, die Boutiquebesitzerin, bewundern mich. Ich ernte Oh- und Ah-Rufe. Es stimmt, das Kleid steht mir ausgezeichnet, auch wenn mich der Preis ins Torkeln bringt.

»Cem wird die Augen nicht mehr von dir lassen können. Wetten?«

»Ich nehm's«, sage ich entschieden, schließlich leiste ich mir ja nicht jeden Tag so einen Fummel. Obwohl, ich muss an meine letzten finanziellen Investitionen in ein männliches Wesen denken, die waren nicht gerade von Erfolg gekrönt. Nun gut, dies lag mitnichten an den Designerteilen.

»Los, du brauchst Schuhe!« Steffi ist schon dabei, mich in ein Schuhgeschäft zu schubsen.

»Da gehe ich nicht rein, viel zu teuer.« Und schon sind wir drin.

High Heels. Wie soll ich denn in so etwas laufen? Da schaffe ich noch nicht einmal einen Meter. Ich ziehe die dunkelblauen mörderischen Stelzen trotzdem an. Schon beim zweiten Schritt knicke ich um. Meine Füße sind für so etwas nicht geschaffen.

Steffi ist da anderer Meinung: »Die sind haargenau das Richtige für dein Schokoladen-Seminar.«

»Guck doch mal, wie ich in diesen Tretern rumeiere.«

»Mensch Tanja, so hoch sind die doch nicht, da musst du nur ein bisschen üben.«

Eigentlich möchte ich diese Schuhe nicht kaufen. Fast bin ich mir sicher, dass ich diese Mörderteile niemals tragen werde. Aber vielleicht hat meine Freundin recht und ich muss lediglich ein wenig üben. Gegen Steffi komme ich nicht an. Und schon sind die High Heels mein Eigentum, die ersten, die ich jemals besessen habe. Bislang habe ich es immer vermieden, mir so etwas zu kaufen.

»Und jetzt noch eine Tasche.«

»Nur über meine Leiche!« Ich besitze keine einzige Tasche, nur Rucksäcke, das wird sich auch heute nicht ändern.

»Mensch Tanja, du kannst doch nicht deinen großen blauen Rucksack zu dem Wahnsinnskleid tragen.«

»Ich habe doch diesen kleinen schwarzen Lederrucksack. Der passt hervorragend dazu.«

»Nee jetzt, das ist nicht dein Ernst?«

»Und ob!«

Dann lasse ich mich doch von Stefanie dazu überreden, im Kaufhaus die Taschenabteilung aufzusuchen.

Von wegen: Nur mal gucken!

»Raus mit dem Kleid!«

Schon kommt sie mit einer königsblauen riesigen Handtasche, die exakt den richtigen Blauton des Kleides trifft.

»Überredet«, sage ich und denke, wahrscheinlich wird dieses Monstrum nur ein einziges Mal zum Einsatz kommen.

Von den Strapazen müssen wir uns in einem Café bei einem großen Stück Torte und einem Latte macchiato erholen. Ich wage, zu Beginn noch zu protestieren, ob das nicht unfair gegenüber Birgit sei, aber Steffi schlägt vor, dass wir ihr ein Stück Torte mitbringen.

Das überzeugt mich.

Am Abend flirtet Lucas am Telefon, was das Zeug hält. Ich höre mehrmals: »Oh Hülya!«

»Hieß die Hammerbraut gestern nicht Jenny? Jetzt wieder Hülya. Blickst du bei deinen Frauen noch durch?«

»Ach Mama«, sagt mein Sohn gütig. »Hülya ist echt die totale Hammerbraut. Jenny ist ihre Freundin. Na ja, wir treffen uns jetzt alle bei Jenny, deren Eltern sind unter der Woche auf Arbeit und meist ist dort auch am Wochenende erzeugerfreie Zone. Jenny ist zurzeit mit Florian befreundet und Hülyas Eltern kennen Jenny, sie denken, dass die beiden Mädchen zusammen lernen würden. Na ja, machen wir ja auch, irgendwie.«

Mein Sohn grinst mich frech an.

»Lernen? Kommt nur drauf an, was ihr vier so alles lernt. Hoffentlich bekommt ihr Bruder, dieser Erdal, davon nichts mit.«

»Keine Angst Mama, ich hab alles im Griff.« Mein Sohn nun wieder.

Meine schöne Tochter verschwindet im Bad, um sich ihr Zombieoutfit zuzulegen.

»Sag mal, was ist eigentlich mit Max?«, will ich wissen.

»Ach Mama, der Max, der ist in den letzten Wochen richtig uncool geworden, ich weiß auch nicht, der ist so …« Alina sucht nach einem passenden Wort.

»So erwachsen«, biete ich ihr als Formulierungsvorschlag an. Es stimmt, Max hat sich sehr verändert, seit er keine Drogen mehr nimmt.

»Der Max ist viel zu alt für mich. Wir sind weiterhin Freunde. Aber halt nur Freunde«, klärt mich meine Kleine auf.

»Aha! Und dieser Fynn ist mehr?«

Meine Tochter zuckt die Schultern und grinst. »Mal sehen!«

»Diesen Vampir stellst du mir jetzt aber endlich mal vor.«

»Fynn ist kein Vampir. Mensch Mama, du hast echt keine Ahnung.«

»Na dann klär mich halt auf!«

»Andermal, jetzt muss ich los.« Trotzig wirft das Kind die Tür ins Schloss.

Und schon wieder sitze ich allein in unserer Wohnung.

Da fällt mir ein, dass ich mein neues Kleid anprobieren könnte. Ich drehe und wende mich vor dem Wandspiegel in meinem Zimmer. Ja, so kann ich mich vor Cem sehen lassen. Schnell ziehe ich das Kleid aus und meine ausgeleierte Jogginghose sowie ein viel zu großes T-Shirt an, fläze mich auf unsere kirschrote Ledercouch und schalte den Fernseher an. Heute werde ich mir einen ganz besonderen Filmabend gönnen.

Ich lege die DVD *Die anonymen Romantiker* ein. Ich liebe diesen Spielfilm, mit meinen beiden Freundinnen Steffi und Biggi habe ich ihn im Kino gesehen. Ich kam natürlich nicht drum herum, mir auch die DVD zu kaufen. Es gibt Filme, die muss man jederzeit griffbereit haben. Die Franzosen haben es drauf mit den Schoko-Liebeskomödien. Es macht mir Spaß, den beiden hoffnungslos romantischen und hypersensiblen Chocolatiers dabei zuzusehen, wie sie sich nach einem endlos langen Sehnen nacheinander endlich kriegen. Ja, der Film macht Lust auf Liebe, aber gerne nicht ganz so kompliziert. Ich bekomme auch Lust, neue Pralinen zu kreieren. Dieser Film berührt nicht nur mein Herz, sondern auch meinen Magen, er macht Hunger nach Liebe und nach Schokolade. Eine Liebe, die auf der Zunge schmilzt, jedoch nicht zuckersüß, vielmehr zartbitter. Ich drücke auf Pause, gehe in die Speisekammer, öffne meinen Pralinentresor und lege mehrere Pralinen Süße Sünde auf einen Teller, gehe zurück ins Wohnzimmer, kuschle mich auf der Couch in die flauschige terrakottafarbene Wolldecke ein, drücke die Fernbedienung auf Start und genieße.

Nachdem der Film zu Ende ist, verspüre ich einen kurzen Augenblick der Melancholie, einen stechenden Schmerz, der mich immer nach wunderschönen Liebesfilmen befällt. Heute kommt mir sogleich Cem in den Sinn. Mit ihm zusammen würde ich gerne mal einige Pralinen kreieren und von mir aus müsste es nicht dabeibleiben. Ich grinse etwas dümmlich vor mich hin.

Darf ich dich daran erinnern, dass du schon wieder mal dabei bist, dich zu verlieben. Polizist, Profiler und Deutsch-Türke!

Na und, was ist daran so schlimm? Meine Kinder sind auch ständig verliebt.

Ja, aber die beiden sind Pubertiere, die dürfen das.

Ach, und ich als Muttertier darf das nicht?

Tanja, du hast Verantwortung, daher musst du vernünftig sein.

Vernünftig? Ich bin schon eine viel zu lange Zeit viel zu vernünftig gewesen, es wird höchste Zeit, dass die Unvernunft in meinem Alltag Einzug erhält.

Ich verstehe nicht, warum sich meine innere Stimme beharrlich derart destruktiv in mein Liebesleben einmischen muss.

So, ich bin jetzt vernünftig und sehe mir noch die Nachrichten an. Meinen Kindern sage ich immer: Man sollte wissen, was in der Welt vorgeht, auch wenn man es gar nicht immer so genau wissen möchte, da es oft genug wehtut. Ich frage mich jedes Mal: Wieso müssen die Menschen überall auf der Welt Krieg führen? Leider konnte mir diese Frage bislang niemand hinreichend beantworten.

Zu dumm nur, die Volksmusikfritzen müssen immer die Zeit überziehen. Ich stelle die Lautstärke ab und sehe diesen künstlichen Menschen, die mich an Aliens erinnern, beim Mundwackeln zu. Das hat etwas Groteskes.

Ich fühle diese kribbelnde Vorfreude. Gleich werde ich Cem wiedersehen. Was er sich wohl als Überraschung für Sonntagmittag ausgedacht hat? In dem neuen Kleid und den ersten High Heels meines Lebens sehe ich umwerfend aus. Zumindest solange ich keinen Schritt gehe. Ich stehe im hinteren Raum der Schokoladen-Akademie. Cem kommt zur Tür herein. Ich denke, es könnte nicht schaden, wenn ich ihm mit diesem Hammeroutfit entgegenkomme. Auf meinen Mörderschuhen stakse ich auf ihn zu und versuche dabei besonders damenhaft auszusehen. Ich hätte etwas mehr üben sollen, denke ich und schon passiert es. Mein rechter Fuß ist eingeknickt. Und peng! Sehr undamenhaft liege ich vor Cems Füßen. Mein rechtes Bein ist völlig verdreht und jetzt nehme ich einen starken Schmerz wahr, der mir fast den Atem raubt. Die Tränen steigen mir in die Augen. Ich schwitze. Mit verschwommenem Blick sehe ich in Cems Augen, in seinem Gesicht wechseln sich Belustigung und Entsetzen ab. Er weiß noch nicht, ob er lachen oder mich bedauern soll. Dann jedoch lacht er aus voller Kehle und statt mir zu helfen, dreht er sich um und geht zu den anderen. Er zeigt in meine Richtung und jetzt lachen alle.

Anton will wissen: »Tanja, du machst ja Sachen. Hast du dich verletzt?«

»Ich glaube, mein Bein ist gebrochen.«

»Dann rufe ich mal besser einen Krankenwagen.«

Kurze Zeit später werde ich auf einer Trage aus den Räumen der Schokoladen-Akademie gebracht. Oh ist mir das peinlich! Im Hintergrund höre ich Cem noch immer lachen, ganz laut und sein Gesicht formt sich zu einer hässlichen Maske, im nächsten Augenblick ähnelt sein Gesicht dem eines Vampirs. Ich sehe ihn vor mir und höre sein schadenfrohes Lachen, obwohl ich schon längst im Krankenwagen liege und abtransportiert werde.

Siehst du, du dumme Kuh, was musstest du auch diese Mörderschuhe tragen, sind deine Haxen doch gar nicht für geschaffen. Jetzt kannst du dir deinen Cem und seine Überraschung abschminken. Recht hat sie, meine innere Stimme, denke ich.

Noch beim Wachwerden fühle ich, wie die Scham auf meiner Seele brennt, und der Ärger auf Cem in mir hochkocht. Wieso hat er mir nicht geholfen und mich stattdessen ausgelacht? Gibt es noch einen anderen Cem, einen, den ich noch nicht kenne?

Ich muss auf der Couch eingeschlafen sein. Und sofort beschließe ich: Das war ein Zeichen. Auf keinen Fall werde ich beim Seminar diese Stelzenschuhe tragen. Nie und nimmer!

Dann schalte ich den Fernseher aus, in dem jetzt irgendein Horrorfilm läuft, und begebe ich mich zu Bett.

Max ist am nächsten Tag noch nicht zur Tür der Chocolaterie drin, als er berichtet, dass er Dennis immer noch nicht erreichen konnte. Aus diesem Grund habe er ihn gestern Abend aufsuchen wollen, aber auch sein Lebensgefährte Tom hätte schon seit zwei Tagen nichts von ihm gehört. Max sieht Ähnlichkeiten mit Philipp, auch dieser hätte dringend mit ihm sprechen wollen und sei dann erst wieder tot aufgetaucht.

Ich versuche, Max zu beruhigen: »Sicherlich gibt es eine plausible Erklärung für Dennis' Abwesenheit.« Ich denke, vielleicht hat er einfach einen neuen Freund oder so.

»Max, was ist eigentlich aus Alina und dir geworden?« Ich möchte zu dieser Angelegenheit auch seine Sichtweise hören.

»Wir beide haben uns darauf geeinigt, dass wir weiterhin Freunde bleiben, mehr ist nicht mehr. Deine Tochter findet mich uncool, weil ich keine verrückten Sachen mehr mache. Es stimmt, ich habe mich geändert. Inzwischen träume ich davon, mein Abi nachzumachen und zu studieren. Aber erst muss ich die offene Verhandlung hinter mich bringen.«

»Das wird schon alles werden, Max.«

Etwas bedenklich finde ich es schon, dass meine Tochter Max uncool findet, jetzt, wo er keine Drogen mehr nimmt und Zukunftspläne schmiedet. Ich bin mir nicht sicher, ob ich mir deshalb Sorgen machen sollte oder ob dies eine völlig normale Reaktion einer pubertierenden Jugendlichen ist.

In ihrer Mittagspause schneien Birgit und Stefanie in den Schoko-Traum.
Biggis Smartphone klingelt, es ist ihre Tochter. Meine Freundin kann es nicht abwarten, bis Sarah und Marie endlich zu Besuch kommen und sie ihnen Heidelberg und die Umgebung zeigen kann.
Wir wollen wissen, wie Steffis Wochenende war und diese kann mal wieder nicht mit dem Schwärmen aufhören. Die ist völlig in ihren Jonas vernarrt. Und dann beschreibt sie uns, welche Sexpraktiken sie und Jonas am Wochenende ausprobiert hätten. Birgit und mir steht der Mund offen.
»Mensch Steffi, man könnte meinen, ihr beide erfindet das Kamasutra neu«, lästert Biggi.
»Gar keine so schlechte Idee, das sollten wir in Erwägung ziehen. Jonas ist unersättlich.«
»Steffi, Steffi, du in deinem Alter ...« Birgit schüttelt den Kopf, »wenn das mal kein böses Ende nimmt.«
Reine Missgunst! Birgit und ich sind in der Tat neidisch auf unsere gemeinsame Freundin. Natürlich gönnen wir Stefanie ihr junges Glück, dass sie dabei ein derartig reges und aufregendes Sexleben haben muss, geht allerdings ein klein wenig zu weit.

6

Nachdem meine Kinder am nächsten Morgen in Richtung Feriennachhilfe verschwunden sind, lese ich in Ruhe die Tageszeitung.

Ein Artikel auf der Lokalseite sticht mir besonders ins Auge: *Drogenabhängiger saß tot in Schutzhütte*. Ich lese, dass am Morgen zuvor ein gewisser Dennis H. tot in der Odenwälder-Hütte aufgefunden wurde. Vermutlich sei er in der Nacht zuvor an einer Überdosis Heroin verstorben, die er sich, auf der Bank sitzend, gespritzt hätte. Die Spritze hätte noch in seinem Arm gesteckt. In den letzten Jahren sei der polizeibekannte Dennis H. nicht mehr straffällig in Erscheinung getreten. Wahrscheinlich sei die Dosis für seinen Körper nach längerer drogenabstinenter Zeit zu hoch gewesen. Dies sei schon der zweite Drogentote in den letzten beiden Wochen. Die Polizei gehe daher davon aus, dass derzeit Heroin mit einem stärkeren Reinheitsgrad als sonst im Umlauf sei. Sie spricht eine Warnung aus.

Komisch ist das schon, dass auch Dennis, obwohl er die letzten Jahre drogenfrei lebte, an einer Überdosis Heroin gestorben ist. Keinen leisen Zweifel habe ich daran, dass dies der Dennis ist, der sich mit Max treffen wollte. Die Parallele zu Phillips Tod ist schon sehr merkwürdig.

Mein Handy grölt, *Tage wie diese* von den Toten Hosen. Max ist dran und will aufgeregt wissen, ob ich schon die Tageszeitung gelesen hätte. Er ist sich sicher, dass auch Dennis Kontakt zu Jan hatte. Phil und Dennis hätten mit hoher Wahrscheinlichkeit aus dem Grund sterben müssen, da beide zu viel über diesen Dealer und Drogenkoch gewusst hätten. Er will gleich noch einmal mit Tom, Dennis' Lebensgefährten, sprechen.

»Max, pass auf dich auf. Wenn die beiden tatsächlich von diesem Jan umgebracht wurden, dann ist das, was du vorhast, alles andere als ungefährlich.«

Er verspricht, vorsichtig zu sein.

Vanessa bringt Mia in den Schoko-Traum. Da heute die Erzieherinnen der städtischen Kindertagesstätte streiken, in der sich auch die Kinderkrippe befindet, in der Mia betreut wird, habe ich Vanessa gestern versprochen, mich um die Kleine zu kümmern. Bei ihren Eltern möchte sie Mia nicht lassen, da sie sich mal wieder heftig mit ihnen gestritten hätte. Noch immer würden sie ihr vorwerfen, dass sie diesen Drogenabhängigen, Philipp, geheiratet hätte. Ihre Eltern waren von Anbeginn an gegen die Verbindung. Als sie schwanger war, rieten sie ihrer Tochter zur Abtreibung, dies führte zum Zerwürfnis zwischen Vanessa und ihren Eltern.

Ich kann die junge Frau gut verstehen. Natürlich kann ich gleichfalls die Gefühle ihrer Eltern nachvollziehen. Nur zu gut erinnere ich mich daran, wie verstört ich war, als ich erfuhr, dass meine Tochter mit einem Junkie befreundet war. Aber Philipp hatte zum Zeitpunkt, als die beiden geheiratet hatten, schon seit längerer Zeit keine Drogen mehr konsumiert. Ich bin der Meinung, dass jeder Mensch eine zweite Chance verdient, manchmal sogar eine dritte.

Vanessa wird die Prüfung zur Medienkauffrau in der nächsten Woche sicherlich bestehen. Gut, wenn sie heute noch einmal in Ruhe lernen kann. Die Arme hat seit Philipps Tod mehr als genug um die Ohren. Ich biete ihr an, Mia auch morgen in den Laden zu bringen, falls die Erzieherinnen am nächsten Tag ihren Streik fortsetzen sollten.

Kaum ist Vanessa gegangen, beginnt Mia zu weinen, ich nehme sie aus ihrem Kinderwagen und trage sie auf dem Arm durch den Laden.

Die Tür geht auf und Frau Wilhelm kommt herein.

»Oh, ist das eine Süße!« Meine Stammkundin will die Kleine auch mal halten und schon ist Mia still. Na, die beiden scheinen sich ja blendend zu verstehen.

»Darf ich die Kleine ein wenig Spazierenfahren?«

Nun, auch wenn das so mit Vanessa nicht abgesprochen war, gehe ich davon aus, dass sie nichts dagegen hätte, Frau Wilhelm ist schließlich eine überaus vertrauenswürdige Person. Ich schärfe ihr nur ein, dass sie vor dreizehn Uhr wieder hier sein müsse, da Vanessa ihre Tochter zu diesem Zeitpunkt abholen möchte. Und schon sind die beiden verschwunden.

Max kommt sehr aufgeregt in den Schoko-Traum. »Ich bin sicher, dieser Jan hat die beiden auf dem Gewissen, auch Dennis hatte Kontakt zu ihm. Stell dir vor, weder bei Phil noch bei Dennis wurden ihre Mobiltelefone gefunden. Bestimmt, weil auf beiden Jans Telefonnummer war. Tom und ich haben die zehn letzten gespeicherten Festnetznummern angerufen und dabei war auch Jans Nummer. Dennis hat an den beiden Tagen vor seinem Tod mehrmals auch vom Festnetz aus mit ihm telefoniert oder zumindest versucht, ihn zu erreichen.«

»Interessant.«

Ich begebe mich dann mal in die Küche, um für Max eine Anti-Kummer-Schokolade zuzubereiten. Der Junge ist völlig durch den Wind.

Da im Geschäft heute nicht viel los ist, setzen wir uns beide an den hinteren Bistrotisch.

»Auch sein Lebensgefährte hält es für unmöglich, dass Dennis an einer Überdosis verstorben ist. Drogen haben in seinem Leben überhaupt keine Rolle mehr gespielt. Er war seit vier Jahren vollständig clean. Ich bin sicher, Jan hat die beiden umgebracht, weil sie zu viel wussten. Ich werde mich heute Abend mal etwas genauer umhören.«

»Max, pass auf, das ist doch gefährlich. Wenn der die beiden getötet hat, dann fackelt der nicht lange, der hat doch nichts mehr zu verlieren.«

»Keine Angst, Tanja, ich gebe acht. Aber ich muss rausbekommen, was Dennis und Phil mit Jan zu schaffen hatten.«

Ein Schwarm Japaner betritt den Laden und wir beide müssen uns anstrengen, um die vielen Sonderwünsche zu erfüllen. Ich habe keine Ahnung, warum gerade die Japaner unser schönes Heidelberg so lieben. Mag sein, weil es puppenstubenähnlich aussieht, wenn man vom Schloss auf die Stadt herunterblickt und auch wenn man vom Philosophenweg auf die Altstadt, das Schloss und den Königstuhl schaut.

Als es auf dreizehn Uhr zugeht, werde ich immer unruhiger, da Frau Wilhelm noch nicht wieder mit Mia im Schoko-Traum aufgetaucht ist. Wenn ich es nicht besser wüsste, hätte ich Angst, dass die alte Dame das Baby entführt hat. Aber warum sollte sie das tun? Jedoch etwas unverständlich ist mir das schon. Ich habe ihr doch eingeschärft, dass sie unbedingt vor dreizehn Uhr wieder im Laden sein soll.

Max sieht das lockerer: »Ach, die kommt sicher gleich.«

Wir essen Pizza und Salat, die Max aus unserer Lieblingspizzeria besorgt hat.

Inzwischen geht es auf vierzehn Uhr zu, aber weder Frau Wilhelm mit Mia, noch Vanessa, sind im Laden eingetroffen. Ich werde von Minute zu Minute unruhiger und male mir die schlimmsten Katastrophen aus. Möglicherweise wurde meine Stammkundin überfahren, als sie mit Mia eine Straße überqueren wollte. Oder Frau Wilhelm stand an einer Ampel und von hinten kam ein Mann und nahm Mia aus dem Kinderwagen und rannte mit ihr weg. Oh Gott, wie erkläre ich das Vanessa? Schon mehrmals habe ich versucht, Frau Wilhelm und auch Vanessa auf ihren Mobiltelefonen zu erreichen. Bei beiden geht keiner ran.

Nach einer weiteren halben Stunde versuche ich es auf dem Festnetz.

Endlich! Frau Wilhelm meldet sich. Sie entschuldigt sich tausendmal, sie hätten mich schon die ganze Zeit anrufen wollen. Sie sei mit Mia am Neckarufer spazieren gegangen, als ihr Vanessa entgegengekommen sei. Die beiden seien dann zu Frau Wilhelm nach Eberbach gefahren, da diese Vanessa eine alte Kinderwiege aus Holz für ihre Tochter schenken wollte. Irgendwie hätten sich dann beide verschwatzt und völlig die Zeit vergessen.

Ich bin so froh, dass nichts Schlimmes passiert ist.

Am Sonntagmorgen nehmen meine Kinder und ich gemeinsam, statt eines Mittagessens, ein sehr spätes Frühstück ein und danach mache ich mich auf in die Chocolaterie.

Als Erstes fertige ich mehrere Lagen meiner neuesten Kreation Süße Sünde, die gerade zum Verkaufsschlager mutiert. Hierzu schneide ich die benötigte Menge kandierte Ingwerwürfelchen in kleine Stücke. Dann temperiere ich die Zartbitterkuvertüre auf 42 Grad Celsius, kühle sie auf 28 Grad ab, impfe sie mit einem Stück Kuvertüre, bevor ich die Schokomasse erneut auf 31–32 Grad erhitze. Für die Dekoration lasse ich eine ausreichende Anzahl Ingwerstückchen zurück. Den restlichen, kandierten Ingwer mische ich mit der flüssigen Kuvertüre und fülle die Masse in rote Alu-Pralinen-Kapseln. Es duftet herrlich. Am liebsten würde ich gleich zugreifen, aber ich muss die Pralinen erst noch auskühlen lassen.

Außerdem stelle ich verschiedene Trüffel her, Baileys- und Cappuccino-Trüffel, zudem produziere ich noch eine große Anzahl der unvergleichlich leckeren Schoko-Traum-Pralinen. Die gehen immer.

Zwischendurch sitze ich mit einem Latte macchiato an meinem Stammbistrotisch im geschlossenen Laden und freue mich auf nächstes Wochenende. Ich kann nicht aufhören, an Cem zu denken.

Am Montagmorgen ist Lucas schlecht drauf, er motzt über den ersten Schultag nach den Sommerferien. Alina hingegen ist ganz hibbelig, sicherlich weil ihr Vampir Fynn seinen ersten Tag in ihrer Klasse hat. Na, vielleicht geht das Kind jetzt gerne zur Schule. Wer weiß?
Als die beiden aus dem Haus sind, begebe ich mich zwei Stunden früher als sonst in den Schoko-Traum, da ich die vielen, am Vortag hergestellten Trüffel und Pralinen mit Kuvertüre verschließen muss.
Es riecht wieder herrlich schokoladig in meinem Laden. Ich liebe diesen Geruch, der zudem eine enorm verkaufsfördernde Wirkung erzielt.

Am Vormittag besucht Hauptkommissar Rauenberg mit Brunetti den Schoko-Traum. Ich hole sogleich einige Hundeleckerli für meinen Liebling. Max und ich setzen uns mit den beiden Spürnasen an den hinteren Bistrotisch. Ich habe für uns eine heiße Denk-Schok zubereitet.
Max versucht Rauenberg zu erklären, dass Philipp wie auch Dennis seit mehreren Jahren drogenfrei gelebt hätten und er daher nicht glauben könne, dass die beiden an einer Überdosis Heroin gestorben seien.
Der Kommissar wird gleich wieder unwirsch: »Ich habe Ihnen beiden schon einmal gesagt, Sie sollen keine Fälle konstruieren, wo keine sind. Das ist doch nicht normal, mit welcher Vehemenz sie beide aus diesen Drogentoten Mordfälle machen wollen. Wer sollte die beiden denn umgebracht haben und warum? Das sind doch die schlimmsten Verschwörungstheorien, denen Sie beide da anhängen. Einer ist mit der Spritze im Arm in einer Hütte gefunden worden und der andere hat sich in einem Park seinen letzten Schuss verpasst. Die Spritze lag neben ihm. Glauben Sie mir, bei denen brauchte keiner nachzuhelfen.«

»Man muss doch mal nachfragen dürfen?«, verteidigt sich Max.

»Hören Sie, die Mordkommission ist nicht für den Reinheitsgrad irgendwelcher Drogen verantwortlich. Und dabei geht es hier ja offensichtlich. Die beiden Männer sind unzweifelhaft an einer Überdosis Heroin gestorben. Schluss und aus!« Rauenberg trinkt seine Tasse Denk-Schok aus und stellt sie hart auf die Untertasse. »Ich muss dann mal.« In Richtung seines Hundes brüllt er: »Brunetti!« und weg ist der Herr Hauptkommissar mit dem Polizeicocker.

Von unserem Verdacht, dass Jan etwas mit dem Ableben von Philipp und Dennis zu tun haben könnte, haben wir dem Kommissar nichts verraten, der hätte uns sicherlich für verrückt erklärt.

»Wir müssen rausbekommen, was Phil und Dennis mit Jan zu schaffen hatten.« Max sieht mich an mit einer Mischung aus Ratlosigkeit und Abenteuerlust. »Nur wenn wir dem Kommissar einen konkreten Verdacht mitteilen können, wird er bereit sein, die Ermittlungen aufzunehmen.«

Ehrlich gesagt, weiß ich nicht so recht, wie wir beide das bewerkstelligen sollen.

Max muss dann los, denn um elf Uhr findet auf dem Rohrbacher Friedhof die Beisetzung von Philipp statt. Obwohl ich diesen jungen Mann nur ein einziges Mal kurz gesehen habe, hätte ich sehr gerne an seiner Beerdigung teilgenommen. Schade, dass mich niemand im Geschäft vertreten kann. Da Philipp schon vor mehreren Jahren aus der Kirche ausgetreten ist, haben Vanessa und Max einen Prediger gefunden, der einige sehr persönliche Worte sagen wird. Max hatte zunächst überlegt, selbst eine Rede zu halten, nahm dann aber wieder Abstand von der Idee.

In der Mittagspause kommen Biggi und Steffi mit megagroßen Tortenstücken in den Laden.

Ich werfe dann mal den Kaffeeautomaten an. Nachdem wir uns den Kuchen einverleibt haben, wühlt Birgit in ihrer großen Handtasche und befördert ihre Schlankheitspillen zutage.

»Wollt ihr auch mal eine? Ich habe mindestens schon vier Kilo abgenommen, seit ich die nehme.«

»Vier Kilo?«, rufen wir beide wie aus einem Munde und scannen Birgits Körper millimetergenau.

Stefanies skeptischer Blick sagt alles. Wir beide lehnen dankend ab, denn ehrlich: Biggi sieht nicht ein einziges Gramm leichter aus, die Schwimmringe an ihrem Bauch sind alle noch vorhanden.

Nach einer Stunde meldet sich Steffi auf meinem Handy: »Ich wette, Biggi hat mal wieder an dem kleinen Rädchen ihrer Waage gedreht und jetzt wiegt die sich schön.«

Stimmt. Da hat unsere gemeinsame Freundin höchstwahrscheinlich mal wieder ein wenig manipuliert, das macht sie immer so, zu Beginn einer neuen Diät. Da können wir beide ein Lied von singen.

»Wenn die das nächste Mal bei mir zu Besuch ist«, sagt Stefanie, »dann stelle ich die mal auf meine Waage, dann werden wir ja sehen, ob und wie viel die Madame abgenommen hat.«

Birgit nervt schon gewaltig mit ihren Schlankheitspillen.

Kurz nachdem ich das Gespräch beendet habe, betritt eine attraktive Rothaarige, etwas jünger als ich, den Schoko-Traum. Sie will wissen, ob sie einen Stapel Flyer für eine Lesung der Autorinnengruppe *Mörderische Schwestern* auslegen dürfe. Wir kommen ins Gespräch, sie ist selbst Autorin, deren zweiter Kriminalroman in der nächsten Woche veröffentlicht wird. Sie will wissen, ob ich nicht auch Interesse hätte, in meiner Chocolaterie eine Lesung zu veranstalten. Spontan sage ich zu und wir vereinbaren einen Termin an einem Samstag in fast fünf Wochen. Vier Autorinnen werden jeweils einen Kurzkrimi lesen. In allen Geschichten wird es um Schokolade und Mord gehen. In der Pause werde ich heißem Kakao und Pralinen reichen.

Ich bin schon überaus gespannt auf die Lesung.

Max berichtet am Nachmittag, dass es eine sehr persönliche Abschiedsfeier gewesen sei. Zu seiner Überraschung sei auch Jan dort aufgetaucht.

»Ist es nicht so«, Max ist noch ganz aufgewühlt, »dass im Film die Mörder immer zur Beerdigung ihrer Opfer kommen?«

»Meistens«, bestätige ich. »Aber als alleiniger Beweis, dass dieser Jan etwas mit Philipps Tod zu tun hat, wird sein Besuch bei der Beisetzung sicherlich nicht gelten können, schließlich hatten sich die beiden gut gekannt.«

7

Max führt am nächsten Tag mehrere Telefonate, danach will er wissen: »Kommst du heute Abend mit, ich will mich mit drei Leuten treffen, die Jan besser kennen. Der eine ist ein Bekannter von mir, die anderen beiden sind mit Jan befreundet. Wir könnten vielleicht etwas Interessantes erfahren.«

»Und was soll ich dabei? Ich habe doch keine Ahnung von Drogen.«

»Aber von Menschen. Tanja, du bist sehr kommunikativ und womöglich bekommen wir zu zweit mehr aus den Leuten raus. Bitte, ich besuche lieber mit dir gemeinsam heute Abend diese Kneipe. Außerdem ...« Max druckst rum.

»Außerdem?«

»Na ja, bring etwas Kohle mit, wir müssen denen die Zunge lockern.«

»Du meinst, wir müssen sie einladen, quasi bestechen.«

»Ja, da kommen wir wohl nicht drum herum.«

»Aha!« Ich verstehe, das kann teuer werden.

Wir verabreden uns für den Abend in dieser Studentenkneipe in der Altstadt.

Abends sitzen Max und ich fast zwei Stunden in der prall gefüllten und lauten Kneipe. Als wir beschließen, zu gehen, kommt endlich der Bekannte von Max mit zwei jungen Leuten im Schlepptau.

»Was macht 'n die Alte dabei?«, raunzt der eine Junge Max zu. »Bringst du jetzt deine Mutter mit?«

Max flüstert etwas, was ich nicht verstehe. War echt eine blöde Idee. Keiner sagt etwas, alle sitzen da und jeder trinkt schweigend aus seinem Glas. Es ist, als würde Max mit seinen Fragen immer wieder wie ein Ball an einer

Wand abprallen. Ich gebe ihm ein Zeichen und wir treffen uns vor den Toiletten.

»Das bringt nichts, Max. Ich gehe jetzt nach Hause. Wenn ich nicht dabei bin, hast du immerhin eine Chance etwas zu erfahren.« Ich stecke ihm noch ein paar Scheine zu.

Am nächsten Morgen bin ich schon sehr gespannt darauf, was Max zu berichten hat.

Zwei hätten bestätigt, dass Jan mit Crystal und einigen anderen Drogen deale, sie wussten sicher, dass er das Crystal auch selbst koche. Aber alle drei waren sich einig, dass Jan auf keinen Fall etwas mit dem Ableben von Phil und Dennis zu tun haben könne. Jan sei selbst schon lange drauf, aber er würde niemals jemanden um die Ecke bringen. Dazu sei er viel zu zart besaitet.

Also wer mit Drogen dealt und diese auch noch selbst produziert, dem traue ich so einiges zu.

»Was allerdings sehr interessant war«, sagt Max, »der eine Junkie hat später am Abend geblubbert wie ein Wasserfall. Der hat mir gesteckt, dass er wisse, dass Jan zurzeit ein Riesending mit Crystal am Laufen hätte. Was Genaues wusste er nicht, nur, dass es sich um eine große Drogenlieferung von Jan handeln könne.«

»Das passt doch. Auch wenn er sonst ein Lämmlein ist, wenn ihm die beiden damit gedroht hätten, sein Geschäft auffliegen zu lassen ...«

»Ja, Tanja, wer weiß, wie er dann reagiert hätte ... Der Eine war übrigens extrem feindselig, als er bemerkte, dass ich was über Jan wissen wollte. Er hat immer nur zugehört. Hoffentlich informiert der Jan nicht über unser gestriges Treffen.«

Am Nachmittag verschwindet Max zu seiner Psychologin.

Ein junger Mann mit einem Kampfhund betritt den Schoko-Traum. Er sieht sich um und kommt mit einer Tafel Chili-Zartbitterschokolade an die Theke.

»Schmeckt die?«

»Wollen Sie mal probieren? Ich habe hier noch kleine Probierstückchen.« Ich lasse ihn in die entsprechende Dose hineinfassen.

»Oh, ja, voll lecker.« Er zahlt die Tafel. »Darf ich mal Ihre Toilette benutzen? Das wäre sehr nett, wir sind nämlich schon seit drei Stunden durch den Wald gewandert.«

»Ja, natürlich.«

»Sitz, Breaking Bad!« Der Hund mit dem komischen Namen liegt auf Kommando friedlich neben der Theke.

Ich zeige dem jungen Mann die Toilette und schalte das Licht ein.

In der Zwischenzeit hole ich für Breaking Bad einen Wassernapf und ein paar Leckerli. Dafür, dass die beiden drei Stunden durch den Wald gewandert sind, hat der Hund aber wenig Durst.

Nach kurzer Zeit kommt der junge Mann wieder nach vorne in den Laden, bedankt sich für die Toilettenbenutzung, nimmt seinen Hund und weg ist er.

Am nächsten Tag sitzen Max und ich am späten Vormittag gemütlich bei einer heißen Anti-Kummer-Schokolade am hinteren Bistrotisch, als wir an unseren Schaufenstern mehrere schwer bewaffnete Polizisten in voller Montur vorbeischleichen sehen.

»Was ist denn da los? Sieht ja aus, als ob die irgendeine Wohnung stürmen wollen. Geil, bestimmt heben die ein Terroristennest aus oder nehmen einen Schwerverbrecher fest«, sagt Max. »Boh, voll krass, da kommen noch mehr.«

Auch ich wundere mich, komme aber nicht mehr dazu, etwas zu sagen. Wie aus heiterem Himmel wird die Tür des Schoko-Traums aufgerissen und herein stürmt ein Spezialeinsatzkommando der Polizei mit gezogenen Pistolen, schusssicheren Westen, heruntergelassenen Visieren. Die sehen aus, als befänden sie sich im Terroreinsatz gegen eine gefährliche Miliz.

»Hände hoch! Hände hoch!«, schreit ein Polizist. Ein anderer ruft: »Auf den Boden legen! Sofort!« Die Polizisten benehmen sich, als stellten sie zwei Serienkiller. Ich blicke mich um, aber außer Max und mir ist niemand im Laden, daher gehe ich davon aus, dass die wohl uns beide meinen. Max liegt schon brav am Boden. Er hat mehr Polizeierfahrung als ich. Ein Polizist stößt mich rüde auf die Erde. Dann führen sie auch mir die Arme auf den Rücken und legen mir Handschellen an.

Handschellen! Die legen uns in Handschellen! In meinem Schoko-Traum! Das glaube ich jetzt nicht. Wenn ich nur wüsste, was wir verbrochen haben? Mir fällt nichts ein.

Könnte es sein, dass ich träume?

»Sie haben sich in der Tür geirrt. Ganz sicher«, sage ich, als ich endlich meine Stimme wiedergefunden habe. Na ja, jeder macht Fehler, auch die Polizei. Das alles ist sehr unangenehm, aber gleich werden sie ihren Irrtum einsehen und dann entschuldigen sie sich vielmals bei Max und mir.

»Haben Sie Drogen im Haus?«, will der eine wissen, der sich wie der Obermacker dieser Terroristenbändiger gebärdet. »Seit wann handeln Sie beide mit Drogen?«

»Sie müssen sich irren«, versuche ich es noch einmal.

»Wir sind fündig geworden!« Ein Polizist hält triumphierend ein Päckchen hoch, als sei es eine wertvolle Trophäe.

»Na bitte! Wir haben uns also doch nicht in der Tür geirrt, Frau Eppstein.«

»Ja, der Herr Bleibtreu. Schön, Sie mal wiederzusehen. Das Päckchen gehört doch sicher Ihnen?«

»Ich mach nix mehr mit Drogen. Ich bin clean.«

»Das ist ja interessant. Er ist clean. Aber ein kleines Zubrot mit dem Verkauf von Heroin und Gras ist doch nicht zu verachten.«

»Hören Sie Hauptkommissar Puscher, ich habe mit Drogen nichts, aber auch gar nichts mehr zu tun.«

»ABFÜHREN!«

»Wie bitte?« Der meint doch jetzt nicht uns?

»Schlüssel? Die Schlüssel von dem Laden, Ihre Haus- und Autoschlüssel.« Der Rüpel sieht mich mit in Falten liegender Stirn scharf an.

»Ich besitze gar kein Auto«, sage ich und erkläre ihm, dass die restlichen Schlüssel auf meinem Schreibtisch im Lager liegen.

»Sind die Drogen in Ihrem Auto versteckt, weil Sie sich weigern, mir die Schlüssel auszuhändigen?«

Ich bin den Tränen nahe. Inzwischen hat sich vor dem Schoko-Traum ein Pulk Neugieriger versammelt, die ihre Nasen an den beiden großen Fensterscheiben plattdrücken. Wie ist mir das peinlich! Ich könnte losflennen.

»AUTOSCHLÜSSEL!«

»Verdammt, ich habe schon gesagt, ich besitze kein Auto.« Jetzt bin auch ich nicht mehr freundlich.

»Das werden wir ja sehen.«

Was soll es da denn zu sehen geben? Blödmann!

Noch liegen Max und ich auf dem Fußboden. Immerhin sind wir nicht nackt. Sie haben uns die Kleidung gelassen. Müssen wir sicher dankbar für sein.

Jetzt helfen sie uns beim Aufstehen, das ist gar nicht so einfach, wenn einem die Arme auf den Rücken gefesselt sind. Wie zwei Terroristen werden wir in Handschellen nach draußen geführt und unter lautem Johlen und Klatschen der Menge zu einem Polizeiauto gebracht und hineinverfrachtet. Nein, ich möchte so gerne im Erdboden versinken! Ganz tief! Auf der Stelle! War das eben ein Blitz oder nein, nein, bitte nicht! Weit und breit ist keine einzige Wolke am Himmel, aber neben dem Wagen steht ein Mensch mit einer Kamera und erst jetzt registriere ich, dass auch mehrere Schaulustige ihre Handys gezückt haben und Max und mich damit fotografieren. Das dürfen die doch nicht! Max und ich sind die heutigen Stars der sozialen Netzwerke.

Ich würde mich gerne mit dem rechten Zeigefinger und dem Daumen in den linken Unterarm kneifen, um zu sehen, ob das ein Albtraum ist. Geht aber nicht, wegen der Handschellen. Lediglich mit einem Fingernagel kann ich mir ins Fleisch eines anderen Fingers schneiden. Verdammt! Es tut weh. Das alles kann doch nicht wirklich stattfinden? Unmöglich!

Was werden meine Kinder sagen? Was werden die Lehrer meiner Kinder sagen, wenn morgen mein Foto auf der ersten Seite der Zeitung mit den vier großen Buchstaben prangt? Was werden meine Kunden sagen? Mir läuft eine Träne heiß die Wange herunter und ich kann sie nicht einmal wegwischen. Was ist hier los? Ich wage einen Blick zu Max. Er ist genauso verdutzt wie ich.

Zehn Minuten später werde ich in einen Verhörraum gebracht, fast so wie im Fernsehen, allerdings ohne Einwegspiegel. Irgendwo habe ich mal gelesen, dass diese Verhörzimmer in echt gar nicht existierten, zumindest nicht auf jeder x-beliebigen Wache.

Oliver fällt mir ein. Ich muss sofort darauf bestehen, einen Anwalt anrufen zu dürfen.

Im Fernsehen nehmen die den Bösen vor der Vernehmung immer die Handschellen ab. Dann reiben die Verdächtigen sich die Handgelenke und los geht das Verhör. Meist spielen die dann guter Bulle und böser Bulle. Die setzen denen solange zu, bis die alles gestehen, ganz egal was.

»Haben Sie etwas dagegen, dass die Vernehmung aufgezeichnet wird?«, will jetzt der Obermacker Hauptkommissar Puscher wissen. Stehend ist der Mann ein Zwerg, nicht größer als einssiebzig, aber wenn er sitzt, sieht er richtig groß aus, nennt man so jemand Sitzriese? Warum fallen mir in misslichen Situationen immer die banalsten Gedanken ein?

»Ich, ich möchte meinen Mann anrufen.«
»Sie haben das Recht, ein Telefonat zu führen. Ich würde Ihnen raten, besser einen Anwalt anzurufen, statt Ihren Mann, denn in Ihrem Laden haben wir eine nicht geringe Menge Drogen gefunden, die geht nicht mehr als Eigengebrauch durch.«
»Drogen?«, frage ich verwirrt. »Das kann doch gar nicht sein.«
Drogen? Eigengebrauch? Hält der mich für eine drogenabhängige Dealerin?
»So, möchten Sie jetzt mit Ihrem Mann oder einem Anwalt telefonieren?«
»Beides.«
»Es steht Ihnen nur ein Telefonat zu.«
»Mein Mann, eh Exmann ist beides, ich meine, auch Anwalt.«
»Sie Glückspilz!«
Witzbold!
Natürlich erreiche ich mal wieder nur die Praktikantin. Ich schildere ihr mein Dilemma in allen Einzelheiten. Und ich wette, die grinst sich am anderen Ende der Leitung einen ab. Blöde Kuh! Das alles ist überhaupt nicht witzig. Kein bisschen! Ich schärfe ihr ein, dass sie dafür sorgen soll, dass uns Oliver auf der Stelle hier rausholt.
Herr Hauptkommissar Puscher legt jetzt ein Päckchen auf den Tisch.
»Gehört das Ihnen?«
»Nein, natürlich nicht.«
»Wissen Sie, was sich in diesem Päckchen befindet?«
»Nein, woher soll ich das wissen?«
»Vielleicht, weil das Päckchen im Toilettenkasten Ihres Ladens gefunden wurde.«
»Das kann doch gar nicht sein.«
»Hören Sie, Frau Eppstein, am besten für Sie ist es, Sie arbeiten mit uns, der Drogenfahndung, zusammen. Erzählen Sie uns alles, dann werden wir weitersehen.«

»Aber ich habe das Päckchen noch nie gesehen.«

»Leugnen ist ganz schlecht. Außerdem, Ihr Kollege Max, der singt, schöner als jeder Zaunkönig.« Er sieht mich wieder scharf an mit seiner in Falten gelegten Stirn. »Wissen Sie, Ihr Max und ich, wir sind ja quasi alte Freunde. Wir kennen uns schon seit Jahren.«

»Na, wenn Sie Max so gut kennen, dann wissen Sie ja, dass er mit Drogen nichts mehr zu tun hat. Das ist doch ein Irrtum.«

»Wenn ich das richtig sehe, dann versucht der Max, alles Ihnen in die Schuhe zu schieben. Sagen Sie uns die Wahrheit, das ist für alle Beteiligten das Einfachste. Sicherlich haben Sie nichts mit der Sache zu tun. Eventuell hat Ihr Geschäft ohne Ihr Wissen als Umschlagplatz für Drogen gedient.«

»Ich weiß nichts über dieses Päckchen und Max auch nicht. In meinem Laden wurden niemals irgendwelche Drogen verkauft, außer Schokolade.«

»Das heißt, Sie geben zu, dass die Drogen als Schokolade über Ihren Ladentisch gingen?«

»Nein, Sie drehen einem ja das Wort im Mund herum. Ich habe gesagt, dass in meinem Laden niemals irgendwelche Drogen verkauft wurden.«

»Außer in Schokolade.«

»Nein, außer Schokolade, habe ich gesagt.«

»Das ist ja interessant! Sie stellen also Schokolade auf eine Stufe mit Heroin und Marihuana?«

»Ohne meinen Anwalt sage ich jetzt überhaupt nichts mehr.«

So machen die das im Fernsehen auch immer. Wahrscheinlich habe ich schon viel zu viel gesagt.

»Na, wir kriegen Sie schon dran. Machen Sie sich da mal nichts vor. Sie stecken sooo«, bei so zeigt er mit der rechten Hand an seinen linken Oberarm, »sooo tief drin, da kommen Sie nur noch mit einem Geständnis heraus.«

»Ich habe nichts zu gestehen. Kann ich bitte ein Glas Wasser haben?«

»Sobald Sie gestehen.«

»Das ist Folter. Ich bestehe auf einem Glas Wasser, Herr Puscher!«

In Gedanken nenne ich ihn seit Beginn des Verhörs Pfuscher.

Jetzt weist er seinen Kollegen an, der schon die ganze Zeit über gelangweilt neben ihm sitzt, mir ein Glas Wasser zu holen.

Es schmeckt wie Leitungswasser. Wahrscheinlich soll ich mich schon mal an Wasser und Brot gewöhnen.

»Was passiert denn, wenn mein Anwalt nicht zu erreichen ist?«

»Tja, dann lasse ich Sie erst mal abführen und in eine Arrestzelle bringen. Sollte Ihr Anwalt irgendwann auftauchen, führen wir die Vernehmung fort. Allerdings …« Er macht eine Pause und sieht mich eindringlich an. »Allerdings können Sie das Prozedere stark verkürzen, wenn Sie ein Geständnis ablegen.«

»Wie oft soll ich Ihnen denn noch sagen, dass ich nichts, aber auch gar nichts, zu gestehen habe.«

»Na dann: Abführen! Aber erst Handschellen anlegen.«

»Sie haben ja 'ne Meise.«

»An Ihrer Stelle würde ich mich etwas mäßigen.«

Dieser Pfuscher spinnt doch.

Ich finde mich in einer Arrestzelle wieder. Noch nie in meinem Leben habe ich eine Zelle von innen gesehen. Es riecht hier alles andere als angenehm, sehr kahl ist es hier. Eine hochgeklappte Pritsche, ein kleiner Tisch und ein Stuhl, ein Waschbecken und eine offene Toilette. Na ja, ist auch kein Fünf-Sterne-Hotel. Aber ich gehöre doch nicht hier her. Ich habe mir nichts zuschulden kommen lassen. Drogen! In meinem Schoko-Traum? Was hat das alles zu bedeuten? Ich habe keine Ahnung. Max? Nein! Ich bin mir sicher, dass Max auf keinen Fall etwas mit den Drogen zu tun hat. Oder doch? Könnte es tatsächlich sein, dass er mir diese Drogengeschichte in die Schuhe schieben will? Nein, das ist doch völliger Irrsinn. Das sagt der Pfuscher nur, weil er davon ausgeht, dass ich dann ein Geständnis ablegen werde. Die Kommissare im Tatort machen das auch immer so. Aber ohne mich! Ich kann ja auch nichts gestehen. Und Max ist ebenfalls unschuldig.

8

Drei Stunden später sitze ich immer noch in der Zelle und überdenke mein Leben. Irgendwann scheint sich irgendetwas in eine falsche Richtung entwickelt zu haben. Warum sonst sitze ich hier in dieser kargen Arrestzelle? Und wo verdammt noch mal ist Oliver?

Oliver? Der war doch noch nie da, wenn du ihn gebraucht hast. Warum sollte das plötzlich anders sein?

Stimmt! Da muss ich meiner inneren Stimme recht geben.

Die Tür wird aufgeschlossen und ich werde hinausgebeten. Mein Ex scheint endlich eingetroffen zu sein.

Ich sitze im gleichen Verhörraum wie zuvor. Auf dem Tisch vor mir steht das Aufzeichnungsgerät. Immerhin haben sie mir diesmal keine Handschellen angelegt.

Der Irrtum wird sich aufgeklärt haben und dieser unmögliche Polizist wird sich bei mir entschuldigen. Wird aber auch Zeit!

Dieser mickrige, unsympathische Beamte Puscher betritt den Raum und lässt sich mir gegenüber auf den Stuhl plumpsen. Sitzend wirkt er wieder ganz groß.

»Hören Sie, Frau Eppstein, Ihr Anwalt ist immer noch nicht aufgetaucht. Ich mache Ihnen einen Vorschlag: Sie gestehen alles, was Sie wissen, dann können Sie nach Hause zu ihren Kindern. In Ihrer Wohnung haben wir kein weiteres Rauschgift gefunden.«

»Sie haben meine Wohnung durchsucht?«

Logo, für was sonst hätte er meinen Hausschlüssel benötigt?

Meine Kinder, meine armen Kinder! Was werden die wohl dazu gesagt haben? Was werden sie dazu sagen, dass ihre Mutter verhaftet wurde? Wegen Drogenbesitz!

»Ich kann nichts gestehen, da können Sie mir Schraubzwingen anlegen oder Waterboarding einsetzen, hilft alles nix.«

»Sie denken, Sie wären eine ganz Harte, ja. Aber glauben Sie mir, da saßen schon andere Kaliber, die wir geknackt haben. Sie wissen doch über die Vergangenheit von Max Bleibtreu Bescheid?«

»Ja, natürlich weiß ich, dass Max drogenabhängig war.«

»Können Sie mir erklären, wieso Sie einen Drogendealer in Ihrer Chocolaterie beschäftigen? Er hat noch eine Verhandlung offen, weil er der Schoko-Leiche Geld und Schmuck geklaut hat.«

»Ja, das weiß ich doch alles.«

»Wenn Sie das wissen, dann brauchen Sie sich ja auch nicht zu wundern, wenn der Ihren Schoko-Laden in einen Drogen-Laden verwandelt.«

»Das ist doch Schwachsinn. Der Max, der nimmt doch keine Drogen mehr.«

»Und das glauben Sie ihm? Wie naiv sind *Sie* denn?«

Rauenberg! Wieso fällt mir der erst jetzt ein?

»Ich möchte mit Herrn Hauptkommissar Rauenberg sprechen.«

Der Kommissar pfeift durch die Zähne. »Aha! Sie hatten schon einmal mit Herrn Hauptkommissar Rauenberg polizeilichen Kontakt?«

»Ja, im Fall der getöteten Frau von Lingenthal.«

»Der Schoko-Leiche! Aha! Wurden Sie in diesem Fall als Tatverdächtige vernommen?«

»Nein, natürlich nicht.«

Du Blödmann, würde ich gerne sagen, ich habe den Fall gelöst. Aber ich bin nicht sicher, ob mir diese Äußerung in meiner augenblicklichen Situation besonders dienlich wäre.

»Sie möchten also, dass wir Herrn Hauptkommissar Rauenberg herholen. Werden Sie vor ihm ein Geständnis ablegen?«

»Ich werde mit ihm reden.«

Was soll ich denn machen, wenn Oliver hier nicht auftaucht. Soll ich die ganze Nacht in der Zelle verbringen? Kann sein, dass die mich sonst ins Untersuchungsgefängnis karren.

Hauptkommissar Puscher verlässt den Raum. In diesem Augenblick weiß ich endlich, an wen er mich erinnert, an die Zivilfahnder in den Peter-Zingler-Krimis. Die sehen auch oft so aus, na gut, nicht derart untersetzt, aber sonst: verschlissene Jeans, abgewetzte Lederjacke und man riecht, dass sie Polizisten sind. Dieser Puscher wirkt, als sei er als Kind immer zu kurz gekommen.

Ich höre laute Stimmen vor der Tür, die nur angelehnt ist. Oliver, denke ich sofort. Gleich kann ich nach Hause.

Herein kommt allerdings Herr Rauenberg.

»Frau Eppstein, Sie machen ja Sachen.«

»Herr Hauptkommissar Rauenberg, ich habe überhaupt nichts gemacht.«

»Hören Sie, die Drogenfahndung hat Heroin und weitere Drogen bei Ihnen im Geschäft gefunden. Wissen Sie etwas darüber?«

»Nein, ich habe keine Ahnung, wo das Zeug herkommt. Ich nehme keine Drogen und Sie werden mir ja wohl auch glauben, dass ich nicht damit Handel treibe.«

»Ich glaube Ihnen.«

Wenigstens ein Polizist, der mir vertraut.

»Aber die Drogen wurden im Schoko-Traum gefunden, und wenn sie Ihnen nicht gehören, dann bleibt nur noch Max Bleibtreu. Der hat ja bekanntlich schon früher mit Drogen gehandelt und war einige Jahre heroinabhängig.«

»Nein, Max hat mit der Sache auch nichts zu tun, der nimmt doch keine Drogen mehr.«

»Das heißt, Sie haben nicht mitbekommen, dass Bleibtreu in Ihrem Laden mit den Drogen gehandelt hat?«, will jetzt der Pfuscher wissen.

»Nein, Herr Hauptkommissar, Max hat nicht mit Drogen gehandelt. Herr Rauenberg, Sie kennen doch den Max, der nimmt doch keine Drogen mehr.«

»Selbst, wenn er keine mehr nimmt, dann bedeutet das noch lange nicht, dass er nicht mit Drogen handelt.«

»Das würde Max niemals tun.«

Die beiden Kommissare oder besser Hauptkommissare, seufzen vor so viel Naivität. Die haben doch keine Ahnung von dem Jungen! Man hat mir des Öfteren schon Naivität vorgeworfen, aber dieses eine Mal bin ich mir sicher, hundertprozentig. Max nimmt keine Drogen mehr und er würde das Zeug niemals verkaufen, wenn er es nicht selbst konsumiert.

Die Polizisten verlassen kurz den Raum.

»Ihr Anwalt ist soeben eingetroffen«, teilt mir dieser Pfuscher zwei Minuten später mit.

»Mensch Tanja, was ist das denn für eine Geschichte?«

»Mensch Oliver, wo treibst du dich denn rum? Nie bist du da, wenn man dich mal braucht.«

»Ich war beim Golf.«

»DU GOLFST, während ich verhaftet werde und in einer Arrestzelle einsitzen muss?«

»Tanja, das wusste ich doch nicht. Ich hatte mein Telefon abgestellt, damit ich nicht gestört werde.«

»Na klasse!«

»Jetzt bin ich ja da. Weißt du etwas über die Drogen, mit denen dieser Max dealt? Ich war gleich dagegen, dass du den bei dir einstellst, das musste ja so kommen.«

»Jetzt fängst du auch noch an. Max hat doch mit der ganzen Sache nichts zu tun.«

»Tanja, mach die Augen auf. Die Drogen wurden bei dir im Schoko-Traum gefunden.«

»Ich weiß doch auch nicht, woher das Zeug kommt. Aber es gehört weder mir noch Max, das steht fest. Bitte beende diesen Albtraum und hole uns beide endlich hier raus.«

»Nun, bei dir dürfte mir das gelingen. Aber Max werden sie hierbehalten. Der ist vorbestraft und hat sogar noch eine offene Verhandlung. Schon vergessen? Er war einige Jahre heroinabhängig. Ich meine, da muss man doch nur eins und eins zusammenzählen.«
»Ja, aber manchmal gibt eins und eins eben nicht zwei.«
»Tanja, es gibt immer zwei. Immer!«
»In diesem Fall nicht. Max ist auf jeden Fall unschuldig.«
»Das wird die Polizei sicherlich herausfinden.«
»Dass ich nicht lache! Dieser Pfuscher ist doch dümmer als die Polizei erlaubt, was soll der denn herausfinden?«
»Tanja, Herr Puscher ist Hauptkommissar bei der Drogenfahndung.«
»Na und, sonderlich schlau stellt der sich nicht an, sonst wäre der nicht mit einem SEK in meinen Laden eingedrungen, als wollte er ein Terrornetzwerk von Al-Qaida ausheben.«
»Tanja, der Polizist hat Drogen bei dir gefunden. Das Recht ist auf seiner Seite. Ihr hättet bewaffnet sein können.«
»Max und ich? Klar, mit einem Schokoladen-Gewehr. Wir hätten garantiert scharf geschossen mit Schoko-Kugeln.«
»Tanja, du musst der Realität ins Auge blicken, auch wenn das schwer für dich ist. Dieser Max Bleibtreu ist ein Drogenhändler.«
»Jetzt erzähl doch nicht so einen Quatsch! Was mich brennend interessiert: Wer hat der Polizei denn diesen Tipp gegeben, dass die bei mir Drogen finden? Derjenige hat sie vermutlich auch dort versteckt.«
Die Tür geht auf, Puscher und Rauenberg betreten den Raum.
»Ist Ihre Mandantin zu einer Aussage bereit?«
»Meine Mandantin weiß nichts von diesem Päckchen und sie hat auch nicht bemerkt, dass in ihrem Laden mit Drogen Handel betrieben wurde.«

»Ihre Mandantin kann gehen«, sagt der Obermacker der Drogenfahndung zu meinem Ex, als sei ich gar nicht anwesend. »Das verdanken Sie Herrn Hauptkommissar Rauenberg. Der hält ja große Stücke auf Sie«, blafft er jetzt in meine Richtung.

Oliver gibt mir den Autoschlüssel. Ich setze mich in seinen Wagen, den er auf einem nahen Parkplatz abgestellt hat, und warte auf ihn. Er führt noch ein Anwaltsgespräch mit Max.

»Dieser Bleibtreu bleibt auf jeden Fall bis zum Haftprüfungstermin morgen früh in Gewahrsam. Mit einem Drogensüchtigen, das musste doch schief gehen. Ich war von Beginn an strikt dagegen, dass du den bei dir einstellst.« Oliver lässt den Wagen an.

»Jetzt hör endlich auf. Max hat mit diesen Drogen nichts zu tun. Überhaupt nichts!«

»Tanja, deine Naivität ist kindisch. Mach doch mal die Augen auf. Die Welt um dich herum ist nicht süß und schokoladig, sie ist schmutzig, sie ist dreckig. Kapier das doch endlich!«

»Ja, schon möglich. Aber für Max lege ich meine Hand ins Feuer.« Ganz im Gegenteil zu dir möchte ich sagen.

»Tanja, dir ist nicht zu helfen.«

Meine Kinder sitzen im Wohnzimmer und bearbeiten wild hackend ihre Handys; aus unseren Lautsprechern schreit ein junger Mann seinen Frust heraus.

»Mama, die Bullen haben hier 'ne Hausdurchsuchung veranstaltet und Papa hat gesagt, du und Max, ihr wurdet verhaftet?« Lucas sieht mich irritiert an.

»Diese Polizisten ticken nicht richtig«, sage ich.

»Zum Glück haben sie dich freigelassen. Was ist mit Max?«, will Alina wissen.

»Den haben sie erst mal behalten. Was ist denn das für eine Musik? Cro ist das aber nicht.« Den kenne sogar ich, das ist der mit der Pandamaske, den findet meine Tochter voll süß. Nun ja, eigentlich weiß sie nicht einmal, wie der aussieht, der trägt ja immer diese Maske.

»Haftbefehl«, sagt Lucas.

»Ja, Haftbefehle und einen Wisch zur Hausdurchsuchung haben die uns unter die Nase gehalten, aber erst, als wir in Handschellen gefesselt auf dem Boden lagen.«

»Boh, voll krass Mama. Aber Haftbefehl heißt der Rapper.« Lucas zeigt zur Musikanlage.

»Wie, der da singt, heißt *Haftbefehl*? War mir bislang nicht geläufig, dass Haftbefehl ein Name ist.«

»Der kommt aus Offenbach«, steuert Alina ihr Wissen bei.

»Tragen die in Offenbach alle solche Namen?« Oder wie soll ich diese Erläuterung verstehen? »Mensch, eure Mutter wird verhaftet und ihr sitzt hier und hört *Haftbefehl*? Überaus witzig!«

Alina steht auf und macht dem Rapper den Garaus.

Dann schildere ich meinen Kindern die Polizeiaktion in allen Einzelheiten. Lucas sitzt mit offenem Mund da und hört gebannt zu, Alina zuzelt vor Anspannung an ihrem Lippenpiercing. Die beiden können nicht glauben, was ihre Mutter erlebt hat.

»Warum jagen diese Bullen keine echten Terroristen oder tun sonst etwas Sinnvolles?«, regt sich Alina auf.

Auch die beiden vertreten zunächst die Meinung, dass Max nichts mit der Sache zu tun hat. Lucas allerdings traut ihm, nach längerer Überlegung, einen Rückfall durchaus zu.

»In diesem Fall wäre Max sicherlich nicht mehr in den Schoko-Traum zum Arbeiten gekommen.«

»Mama, irgendwer muss die Drogen in deiner Toilette versteckt haben. Aus welchem Grund sollte das ein Fremder tun? Das wäre doch voll Panne. Wenn er die Drogen verkaufen wollte, dann müsste er sie doch erst wieder aus deinem Laden holen. Das macht keinen Sinn, außer Max hätte die Drogen versteckt.« Mein schlauer Sohn!

»Ich bin mir sicher, dass Max nichts damit zu tun hat«, versichere ich noch einmal.

Alina ist meiner Meinung.

Es stellt sich allerdings die Frage: Wer hat die Drogen dort versteckt und warum? Könnte es sein, dass die Polizei einem Dealer auf den Fersen war, der sich des Päckchens entledigen musste, später wollte er es vielleicht wieder abholen. Wieso sucht sich jemand gerade meine Chocolaterie zur Drogenablage aus? Und wie sollte er ...

Ich sehe den jungen Wanderer mit diesem Kampfhund vor mir.

»Ich hab's! Gestern war ein junger Wanderer mit einem Hund im Schoko-Traum. Mit seinem großen Rucksack war er auf der Toilette. Der könnte die Drogen dort versteckt haben. Ich habe den noch nie gesehen.«

»Mama, warum sollte er das tun?«, insistiert mein Sohn.

»Keine Ahnung. Aber ich bin fast sicher, der war's. Der war als Einziger bei uns auf der Toilette. Der hat uns den Stoff untergejubelt.«

»Mama, das ergibt doch keinen Sinn. Warum sollte jemand Drogen auf deiner Toilette verstecken?«

»Lucas, ich weiß es doch auch nicht. Möglicherweise will jemand Max aus dem Verkehr ziehen. Das ist ihm gelungen.«

»Aber warum?«, überlegt jetzt auch Alina laut.

»Weil ...«, ich bin mir nicht sicher, ob ich meine Befürchtung tatsächlich äußern soll. Ein bisschen kommt es mir vor, wie eine Verschwörungstheorie. »Es könnte etwas mit diesem Dealer Jan zu tun haben. Max hat sich vorgestern Abend mit einigen Leuten getroffen, um etwas über ihn herauszubekommen. Er soll mit Drogen dealen und Crystal Meth herstellen. Max und ich, wir haben überlegt, ob er Philipp und Dennis getötet haben könnte, weil sie zu viel von seinen Drogengeschäften wussten.«

»Mama, sind die nicht beide an einer Überdosis Heroin gestorben?« Lucas sieht mich ungläubig an.

»Ja, aber ...«

»Mama, ich glaube, Max und du, ihr steigert euch da in was rein.«

Mein Sohn hält mich für verrückt.

»Und woher kommen die Drogen im Schoko-Traum?«, gebe ich zu bedenken.

»Mama, das klingt alles voll krass abgefahren.«

Recht hat sie, meine Tochter. Ich weiß ja auch nichts Genaues, weder über den Tod der beiden jungen Männer, noch woher dieser Drogenfund stammen könnte.

Ich begebe mich dann mal zu Bett. Das war ein Scheißtag und ich möchte, dass er endlich zu Ende geht.

Ich dränge mich mit Max auf eine viel zu kleine Anklagebank, eher ein Anklagebänkchen. Gnädigerweise hat mir einer der beiden Uniformierten, die mich vom Gefängnis ins Gericht begleitet haben, vor zwei Minuten die Handschellen abgenommen.

Nachdem eine Reihe von Leuten in den letzten Tagen viele Unwahrheiten ausgesagt haben, steht heute meine Anhörung an.

»Sie haben doch gegenüber dem Polizisten in Ihrer allerersten Vernehmung zugegeben, dass Sie die Drogen als Schokolade verkauft haben. Haben Sie die Drogen in einer Tafel Schokolade versteckt?«, will der Staatsanwalt wissen.

»Nein, das habe ich niemals ausgesagt.«

»Sie wollen also behaupten, dass der Hauptkommissar die Unwahrheit sagt?«

Ich streiche mir eine Haarsträhne aus dem Gesicht, auf meiner Stirn hat sich ein Schweißfilm gebildet. »Dieser Polizist hat mich völlig falsch verstanden.«

Alle starren mich an und es fühlt sich so an, als würden sie alle auf mich herabsehen, auf mich, die Drogendealerin.

»Ich habe doch nur gesagt, dass ich keine Drogen, außer Schokolade, verkaufe.«

»Heroin, Kokain, Crystal Meth, all diese Drogen stellen sie mit Schokolade auf eine Stufe.«

»Nein, natürlich nicht. Ich wollte damit lediglich sagen, dass Schokolade auch ein Suchtmittel ist. Es war, ähm, ein Witz.«

»Frau Eppstein, Ihnen wird Drogenbesitz in nicht geringer Menge vorgeworfen und Sie machen *Witze*.«

»Ich verweigere die Aussage. Sie drehen mir ja auch die Worte im Mund herum, so, wie Sie es brauchen.«

»Alle Menschen drehen Ihnen die Worte im Mund herum, warum nur?«

»Aber ich bin doch unschuldig.«

»Ich glaube, niemand in diesem Saal hält sie, Frau Eppstein, für unschuldig. Sie haben die Drogen von Ihrem Mitarbeiter Max Bleibtreu besorgen lassen, um sie in Ihrem Schokoladen-Laden zu verkaufen. Seit wann geht das so?«

»Aber das stimmt doch alles nicht.« Mein Herz überschlägt sich. Der Schweiß fließt mir in Strömen die Achselhöhlen hinab. Warum glaubt mir denn keiner?

»Keine Fragen mehr, Euer Ehren!«

»Dann kommen wir endlich zu den Plädoyers. Bitte machen Sie beide schnell, ich habe heute noch einen wichtigen Termin. Herr Anwalt, bitte!«

»Euer Ehren, lieber Herr Staatsanwalt, liebe Schöffen, ich fordere für meine Mandanten, Tanja Eppstein und Max Bleibtreu, nicht weniger als ...«, Oliver räuspert sich und sieht jetzt den Richter mit großen Augen an, »lebenslänglich.«

»Ja! Steckt sie in den Knast«, stimmen mehrere Personen im Saal zu, einige klatschen, andere johlen.

»Aber Oliver ...«

Er sieht nicht mich an, sondern den Richter, wie ein kleiner Junge, der weiß, dass er exakt das gesagt hat, was Papa hören will. Seine Wangen glühen.

Der Staatsanwalt steht auf. »Hohes Gericht, lieber Herr Kollege, liebe Beisitzer, ich kann es schnell machen. Ich schließe mich meinem Vorredner an; auch ich plädiere für beide Angeklagten auf lebenslänglich.«

Der Richter spricht sich mit Blicken mit den beiden Schöffen ab, man sieht, dass sich alle einig sind.

Mir wird schwarz vor den Augen. Ich sacke weg und denke noch: ein Schwächeanfall.

»... aus diesem Grund müssen wir ein Zeichen setzen. Daher verurteile ich Sie, Tanja Eppstein, und Sie, Max Bleibtreu, zu lebenslänglicher Gefängnisstrafe. Die Verhandlung ist geschlossen.«

Mit einem riesigen Hammer, den er mit beiden Händen halten muss, schlägt der Richter auf seinen Tisch, der darauf in zwei Teile zerbricht.

Die Menschen im Saal sind von ihren Plätzen aufgesprungen, klatschen und rufen: »Zu-ga-be! Zu-ga-be!«

Der Richter erhebt sich ganz langsam von seinem Platz, verneigt sich vor der Menge und stimmt das Lied *Cocaine* von J.J. Cale an.

Der schrille Ton des Weckers, der sich in meine Gehirnwindungen bohrt, befreit mich von diesem Spektakel.

Ich atme auf und bin überaus froh, dass ich das alles nur geträumt habe. Aber in der nächsten Sekunde fällt mir der gestrige Tag ein. Und das war leider kein Albtraum, auch wenn es sich exakt so anfühlt.

Lucas hat schon die Boulevard-Zeitung gekauft. Da ist ein Foto des Polizeiwagens drin, aber zum Glück ist das Bild unscharf, Max und ich sind nur schwerlich zu erkennen. Sonst hätte ich meinen beiden Kindern sogleich Entschuldigungen für die Schule schreiben müssen. Aber nix da.

Ich beschließe, dass ich die Sache mit diesem Wanderer zunächst Herrn Rauenberg mitteilen werde. Ich hege die Hoffnung, dass der Wandersmann in der Böse-Jungs-

Kartei der Polizei zu finden ist. Besser, ich begebe mich sofort in die Höhle des Löwen und gehe zur Polizeistation in die Römerstraße. Ich hoffe nur, dass ich nicht diesem Pfuscher in die Arme laufe.

9

Herrn Hauptkommissar Rauenberg treffe ich in seinem Büro an. Brunetti stürmt gleich unter dem Tisch hervor und ich kraule den lieben Polizeicocker, während ich sein Herrchen über diesen jungen Mann mit Kampfhund in Kenntnis setze, der, einen Tag vor der Polizeiaktion, die Toilette des Schoko-Traums benutzte. Leider fällt mir der außergewöhnliche Name des Hundes nicht mehr ein. Ich weiß nur noch, dass ich noch nie auf einen Hund mit diesem Namen getroffen bin. Der Kommissar bricht ob meiner Angaben nicht in Begeisterungsstürme aus, was ich ehrlich gesagt nicht nachvollziehen kann. Immerhin überzeuge ich ihn davon, einen Blick in die Kartei mit den bösen Drogenjungs werfen zu dürfen. Er greift zum Telefon.

»Ich muss deswegen aber nicht zum Pfuscher?«

»Zum Pfuscher?«

Ups, das war ein Fauxpas. »Äh, oh, sorry, ich meine Herrn Hauptkommissar Puscher.«

Rauenberg lacht. »Keine Angst, er wird Sie nicht wieder verhaften, außer Sie nennen ihn Pfuscher, dann garantiert.«

Ich will von ihm wissen, wie die Drogenfahndung überhaupt auf die Idee kam, ein SEK in meine Chocolaterie zu schicken. Es hätte da einen Tipp aus der Szene gegeben. Klar, erst jubelt mir dieser Jan den Stoff unter und dann gibt er der Polizei den Tipp, wo sie das Zeug finden können.

Rauenberg begleitet mich zur Drogenfahndung.

Das war ja zu erwarten. Dieser Puscher glaubt mir kein Wort, der hält mich immer noch für eine Großdealerin, unter Umständen sogar für ein Mafiamitglied, was weiß ich denn. Wie der mich ansieht!

Eine Kartei gibt es nicht mehr, dafür darf ich mich an einen Computer setzen und eine Diashow ansehen. Der Einzige, den ich auf den Bildern erkenne, ist Max.

Ich will sofort wissen, wieso er nicht gelöscht wurde, nachdem er keine Drogen mehr nehme.

Der Puscher faselt was von »offener Verhandlung« und »erst mal abwarten«.

Ich darf aber einem Kollegen eine Beschreibung des Kampfhund-Besitzers geben, der Polizist setzt ein Bild im Computer zusammen, das macht der fix. Nach zwanzig Minuten ist auf dem Bildschirm mein Mann mit Rucksack abgebildet. Ich bestehe darauf, einen Ausdruck mit nach Hause nehmen zu dürfen.

Ich habe überlegt, ob ich Kommissar Rauenberg darüber unterrichten sollte, dass wir diesen Jan verdächtigen, etwas mit dem Ableben von Philipp und Dennis zu tun zu haben. Aber ich habe mich dagegen entschieden. Wir haben bis jetzt keinerlei Beweise. Besser wir hören uns da selbst noch ein bisschen um.

In der Chocolaterie telefoniere ich zunächst mit Cem. Ich berichte ihm von dem gestrigen Polizeiüberfall und unserer Verhaftung. Ich kann Cem vor mir sehen, wie er über so viel Dummheit den Kopf schüttelt. Ich erzähle ihm auch, dass ich den Hauptkommissar Puscher insgeheim Pfuscher getauft habe. Cem lacht und auch ich bin froh, dass ich inzwischen wieder lachen kann.

Cem beruhigt mich: »Alles wird sich aufklären.« Wir flirten noch ein klein wenig.

»Wir sehen uns morgen«, sagt er vielversprechend.

Nach dem Telefonat fühle ich mich etwas besser. Diese gestrige Polizeiaktion ist mir in die Knochen gefahren.

Der Nachbar aus dem Schreibwarengeschäft nebenan sucht mich heim, da er wissen möchte, was denn gestern vorgefallen sei. Ich erkläre ihm alles.

»Die Polizei, dein Freund und Helfer! Können die nicht echte Kriminelle fassen, statt sich an unbescholtenen Bürgern schadlos zu halten?«

Meine Rede!

Ich wundere mich, dass Max noch nicht da ist, da fällt mir ein, dass der Arme ja heute auf seinen Haftprüfungstermin wartet. Oliver hat angekündigt, ihn freizubekommen, da sie Max nichts nachweisen könnten, außer sie fänden seine Fingerabdrücke auf dem Drogen-Päckchen.

Gegen elf Uhr dann der Anruf von Oliver: »Max ist frei. Er will zunächst zu seiner Mutter, die in großer Sorge war, später kommt er zu dir in den Laden.«

Ich atme auf.

»Allerdings wird es auf jeden Fall zu einer Verhandlung kommen. In deinem Geschäft wurden zwanzig Gramm Heroin und dreißig Gramm Marihuana gefunden. Das gilt als nicht geringe Menge. Also zum Eigengebrauch geht das nicht durch.«

»Was heißt denn hier Eigengebrauch? Ich nehme keine Drogen und Max nicht mehr.«

»Tanja«, sagt Oliver etwas genervt, »ich kann dir nur die Fakten mitteilen. Und Fakt ist, dass die Drogen in deiner Chocolaterie gefunden wurden, wie auch immer sie dort hingekommen sein mögen.«

»Tja, das wüsste ich zu gerne.«

Dann berichte ich Oliver von unserem Verdacht gegen Jan Svoboda, diesem Dealer und Drogenkoch. Ich schildere meinem Anwalt auch, wie wir uns mit seinen Bekannten getroffen haben und dass Max hierdurch erfahren habe, dass da ein ganz großes Ding steige. Ich vergesse auch nicht zu erwähnen, dass mein Exmann das alles erst mal für sich behalten soll, da wir bis jetzt keinerlei Beweise hätten. Er schwört zu Schweigen wie ein Grab.

In der Mittagspause habe ich meinen beiden Freundinnen Biggi und Steffi einiges zu berichten. Stefanie kann's nicht lassen und kauft sich auf der Stelle die Zeitung mit den großen Buchstaben.

»Also ich erkenne dich gut«, behauptet sie. Max hingegen wäre etwas unscharf getroffen.

»Sehr beruhigend.« Hoffentlich erkennen mich nicht allzu viele Menschen, das wäre schrecklich. Jetzt, nachdem Steffi sagt, sie hätte mich sofort erkannt, auch wenn sie nichts von der Sache gewusst hätte, bekomme ich Bauchschmerzen. Werden die Lehrer meiner Kinder mich erkennen? Ihre Klassenkameraden? Die Mütter und Väter ihrer Klassenkameraden? Meine Kunden? Wer will schon bei einer Drogendealerin Schokolade kaufen?

Ich koche für uns alle drei eine besonders starke Anti-Kummer-Schokolade, die brauche ich jetzt dringender denn je.

Am frühen Nachmittag läuft Max in den Schoko-Traum ein. Ich komme nicht umhin, ihn stürmisch zu umarmen.

»Mensch, die Bullen drehen echt am falschen Rad.« Max trinkt an seiner heißen Anti-Kummer-Schokolade, die ich sogleich für ihn gekocht habe.

Ich gestehe Max, dass ich Puscher heimlich in Pfuscher umgetauft habe.

»Gott verdamme den Pusher man«, sagt Max. Meinen fragenden Blick registrierend, erklärt er: »Das ist aus dem Song *The Pusher* von Steppenwolf. Ein Pusher ist einer, der schlechte Drogen verkauft. Kommissar Puscher heißt in der Szene natürlich ausschließlich Pusher.«

»Der hat aber auch einen passenden Namen für einen Kommissar bei der Drogenfahndung.«

Wir lachen.

»Meinst du, Tanja, dass Jan echt ein großes Ding am Laufen hat, und daher die Befürchtung hatte, wir könnten ihm mit unseren Anschuldigungen in die Quere kommen?«

»Das wäre durchaus denkbar.«

Zwei Stunden später geht die Tür auf und mein Lieblingskommissar Puscher betritt, mit einem Kollegen, den Schoko-Traum.

»Können wir hier eine Vernehmung durchführen oder soll ich Sie beide aufs Präsidium bestellen?«

»Also uns ist es hier lieber. Wir können uns ja gemeinsam an einen Bistrotisch setzen«, schlage ich vor.

»Dann schließen Sie erst mal Ihr Geschäft ab. Nicht, dass uns irgendwelche Kunden stören.«

»Ist das tatsächlich nötig?«

»Frau Eppstein, Sie können sicher sein, Sie möchten nicht, dass Ihre Kunden unser Gespräch mitanhören.«

Ich schließe die Tür ab und drehe das Schild von *Geöffnet* auf *Geschlossen*.

»So, jetzt berichten Sie mir bitte alles, was Sie beide über Jan Svoboda wissen?«

Max und ich sehen uns an.

»Los jetzt! Ich möchte etwas hören!«

»Also eigentlich so gut wie nichts.«

»Frau Eppstein, Ihr Mann hat da aber ganz andere Angaben gemacht.«

»Oliver? Was hat mein Exmann Ihnen denn erzählt?«

»Hören Sie: Ich muss jetzt mal was klarstellen. Die Polizei bin ich! Das heißt, dass ich derjenige bin, der hier die Fragen stellt. Sie beide sind diejenigen, die die Antworten zu geben haben.«

Ich seufze. Hat Oliver nicht gesagt, er könne schweigen wie ein Grab. Er scheint aber ein sehr geschwätziges Grab zu sein.

»Ich höre noch immer nichts.«

»Ja also«, beginne ich, »wir haben läuten hören, dass dieser Jan ein Drogendealer sei, der auch ein Labor besitze, in dem er Crystal Meth koche. Und da er Kontakt zu den Verstorbenen Philipp und auch Dennis hatte …«

»Da dachten wir«, ergänzt Max, »dass er vielleicht etwas bei ihrem Tod nachgeholfen haben könnte, weil eventuell beide zu viel über ihn und seine Drogengeschäfte wussten.«

»Haben Sie für diese Anschuldigungen irgendwelche Beweise?«

Frau Wilhelm rüttelt an der Tür. Sie sieht uns sitzen und scheint zu begreifen. Sie winkt uns und geht weiter.

»Konzentrieren Sie sich jetzt bitte auf unser Gespräch und nicht auf Ihre Kunden!«

Wie redet der denn mit mir? Gleich droht er wieder mit einem SEK meinen Laden zu stürmen? Dieser Mann ist eindeutig als Kind zu kurz gekommen. Wer dem wohl die Leberwurst vom Brot geklaut hat?

»Nein«, sagt Max kleinlaut. »Beweise haben wir dafür nicht.«

»Dann sollten Sie die Gerüchte auch nicht in die Welt setzen.«

»Das haben wir ja auch nicht. Ich habe diesen Verdacht lediglich meinem Exmann unter dem Siegel der Verschwiegenheit mitgeteilt. Woher sollte ich wissen, dass der damit hausieren geht?«

»Hören Sie, wir werden der Sache nachgehen, besonders, da Hauptkommissar Rauenberg zumindest Sie, Frau Eppstein, für unschuldig hält. Sie halten sich ab jetzt aus allem raus. Wehe, Sie vermasseln uns die Tour!«

Max und ich geloben Gehorsam.

Na, Oliver kann was erleben, aber er lässt sich am Telefon verleugnen. Feigling!

Als ich abends die Haustür aufschließe, öffnet sich die Tür unserer Nachbarin.

»Frau Eppstein, ich habe wieder so starke Schmerzen in der Hüfte, könnte vielleicht eines Ihrer Kinder mit meinem Peterchen nach draußen gehen?«

»Kein Problem, Frau Lauer«, versichere ich ihr.

Als ich meine Kinder frage, wer von ihnen mit dem Hund geht, bekomme ich von Lucas als Antwort: »Oh

Mann, ich latsch doch nicht mit der Gerüchteschleuder ihrer behaarten Bifi durch die Gegend. Wenn mich jemand aus meiner Klasse sieht, das wäre voll endpeinlich.«

»Also manchmal bist du echt ein Arsch. Was kann denn der Dackel von der Lauer dafür, dass er dieser Wanze gehört.« Alina entrüstet sich.

»Ja, dann geh doch du mit der behaarten Wurst Gassi.«

»Kannst du mir sagen, weshalb du heute dermaßen aggressiv bist? Hat deine Hülya mal wieder mit dir Schluss gemacht oder ist das dein enormer Fleischkonsum, der diese starken Aggressionen in dir weckt? Wenn es nur Vegetarier gäbe, dann gäbe es keine Kriege auf der Welt.«

»Oh Schwesterherz, wer glaubt denn so etwas. Und darf ich dich Supervegetarierin daran erinnern, vor zwei Tagen hast du Hähnchenschnitzel gegessen. Nur weil das Fleisch weiß ist, ist es trotzdem totes Tier. Dem Huhn wurde grausam der Kopf abgehackt.«

Den Einwand meiner Tochter kann ich nicht mehr hören, da ich die Haustür von außen zugezogen habe. Ich gehe dann mal selbst mit der behaarten Bifi Gassi.

10

Endlich ist es so weit! Samstagmorgen! Im Wetterbericht wurde gestern noch einmal ein sehr heißes Wochenende angekündigt, wahrscheinlich das letzte dieses Spätsommers. Schon am Morgen zeigt die Temperaturanzeige der Apotheke am Bismarckplatz zweiundzwanzig Grad Celsius an. Mein neues Kleid hebe ich mir für den nächsten Tag auf. Heute trage ich einen langen weißen Sommerrock und eine leichte Tunika, dazu offene flache Schuhe.

Kann mir jemand erklären, warum ich derart zappelig bin, als ich die Straßenbahn Linie 5 Richtung Mannheim besteige?

Mein Handy klingelt, eine mir unbekannte Nummer. Ich gehe ran und weiß sofort, als ich die Stimme höre, dass es ein Fehler war, ich hätte das Handy ausschalten sollen. Hauptkommissar Puscher.

Sie hätten in der Nacht einen Zugriff gewagt, aber dieser Jan Svoboda habe weder ein Drogenlabor in seiner Wohnung noch sei ein einziger Krümel Rauschgift gefunden worden. »Ganz im Gegensatz zu Ihrem Laden, Frau Eppstein, konnten wir dort nichts, aber auch überhaupt nichts an Drogen konfiszieren. Noch nicht einmal ein Rauchgerät.« Der Kommissar atmet schwer und unregelmäßig. Wenn das mal nicht auf extreme Kurzatmigkeit hinweist, der Mann sollte mehr auf seine Gesundheit achten, das sind erste, ernst zu nehmende Warnzeichen. »Wissen Sie, was ich denke, dass Sie mit diesen Angaben lediglich von Ihrem Drogenbesitz und -handel ablenken wollten. Von wegen, dieser Svoboda hätte etwas mit dem Ableben der beiden Junkies zu tun. Er kannte sie und das ist auch alles. Ich habe Sie im Auge, Frau Eppstein. Merken Sie sich das. Und ich schwöre Ihnen: Ich kriege Sie dran.

Wenn Sie in Ihrem Geschäft auch nur noch ein einziges Mal Drogen verkaufen, dann schlage ich zu.«

»Drohen Sie mir? Was kann ich denn dafür, wenn dieser Dealer schlauer ist als Sie, die Polizei?«

Ich bemerke die taxierenden Blicke, der in der Nähe sitzenden Fahrgäste, alle spitzen sie jetzt ihre Ohren, um auch ja alles mitzubekommen. Solche Gespräche sollte man auf keinen Fall in einer Straßenbahn führen.

»Wir sehen uns, Frau Eppstein. Wir sehen uns!« Abrupt bricht das Gespräch ab.

Nachdem die Straßenbahn in Mannheim auf dem Paradeplatz eingefahren ist, steige ich schnell aus und setze mich auf eine Bank nahe dem Grupello-Brunnen. Ich wähle die Handynummer von Max und berichte ihm ausführlich vom Telefonat mit Kommissar Pfuscher oder Pusher, wie ihn Max nennt.

»Der Jan wird ja wohl kaum so blöd sein und die Drogen in seiner Wohnung kochen. Das hätte ich der Trachtengruppe auch sagen können.«

»Trachtengruppe?«

»Na ja, den Bullizisten.«

»Aha Max, ich verstehe.«

»Ich meine, das war doch klar. Die hätten den doch erst mal observieren müssen, dann hätten die schon herausgefunden, wo sich sein Labor befindet. Aber dieser Pfuscher muss wieder gleich mit einem SEK die Wohnung stürmen.«

»Stimmt, das macht er nur zu gerne.«

»Meinst du, wir beide sollten diesen Jan observieren?«

»Ich weiß nicht recht. Jetzt ist der doch gewarnt. Wenn ich der wäre, würde ich die Füße erst mal ganz stillhalten.«

»Wenn der ein großes Ding am Laufen hat, Tanja, dann muss der doch handeln.«

»Vielleicht hat der die große Sache schon abgeblasen. Aber, falls da andere mit drinhängen, muss der das durchziehen, kennt man doch aus den Fernsehkrimis.«

Wir beschließen, unser weiteres Vorgehen am Montag ausführlich zu besprechen.

Zum Glück bin ich zu früh in Mannheim angekommen. Ich bleibe noch zehn Minuten auf der Bank sitzen und beobachte die Menschen, die hier am Samstagmorgen über den Paradeplatz hetzen und versuche mich zu beruhigen. Ich muss jetzt erst mal umschalten.

Zur Schokoladen-Akademie ist es nur ein kurzer Weg. Cem steht etwas abseits des Eingangs und raucht eine Zigarette. Bis jetzt wusste ich noch nicht, dass er raucht. Wenn ich ehrlich bin, dann weiß ich wenig über diesen Mann. Sobald er mich erblickt, geht ein Strahlen über sein Gesicht und er kommt mir entgegen. Wir umarmen uns wie gute, alte Freunde.

»Ich freu mich so sehr, dich zu sehen, Tanja.«

»Ja Cem, ich freue mich auch.« Und wie! Ich versuche, dezent charmant zu lächeln, habe aber das Gefühl, dass es mir völlig misslingt. Viel zu sehr sieht man mir meine Freude über dieses Zusammentreffen an.

Cem trägt eine leichte beige Sommerhose und ein beigebraunes Hemd. Auf seiner Nase eine teure Sonnenbrille, in der ich mich spiegeln kann. Dieser Mann sieht einfach wieder umwerfend aus, das lässt mich ganz unsicher werden. Ich meine: Was will der attraktive Mann mit einem Mauerblümchen wie mir? Steffi würde sagen, dass es mir lediglich an Selbstbewusstsein fehle.

»Wir sind die Ersten. Wahrscheinlich konnten wir beide es nicht erwarten, dass das Seminar endlich stattfindet.«

Nett hat er das gesagt und wie recht er damit hat.

Wir gehen hinein und ich begrüße Anton, den Seminarleiter. Er umarmt mich und sagt »Tanja, schön, dass du es geschafft hast, dir das Wochenende freizuschaufeln.«

Tja Anton, wenn du wüsstest. Dass ich hier bin, liegt nicht einzig und allein an deinen außergewöhnlichen Künsten. Die jedoch wären als Grund zur Seminar-Teilnahme schon mehr als ausreichend. Anton ist der beste Chocolatier, den ich jemals kennengelernt habe. Seine Erfahrungen hat er während seiner Chocolatier-Ausbildung und danach in den besten Häusern Frankreichs gesammelt. Nach seiner Ausbildung als Konditor in Deutschland, zog es ihn für mehrere Jahre ins Elsass. Anton hat's echt drauf, er hat dieses gewisse Schoko-Händchen und zudem ist er ein hervorragender Lehrer, mit der Begabung, sein Spezialwissen an andere Menschen zu vermitteln.

Kurz nach uns treffen die weiteren Seminarteilnehmer ein und wir stellen uns vor. Es ist ein Profi-Seminar. Cem ist der einzige Laie, wobei er gewiss mehr Erfahrung im Herstellen von Pralinen hat, als die neuen drei Profis zusammen. Ein Konditor kommt aus Mannheim, einer aus Speyer und Sabina, eine Ökotrophologin, aus Heppenheim. Sabinas Traum ist es, eine eigene Chocolaterie zu eröffnen, sie ist mir auf Anhieb sympathisch und wir sind gleich beim Du.

Befragt zu unseren Erwartungen gestehe ich: »Ich möchte das Weihnachtsgeschäft meines Schoko-Traums mit neuen Rezepten ankurbeln.«

Auch die beiden Konditoren beabsichtigen ihre Verkaufszahlen zu verbessern, Cem möchte einfach nur ein paar besonders schöne Rezepte mit nach Hause nehmen.

Anton verspricht uns, dass jeder exakt das bekommt, was er will und braucht, wie immer in seinen Seminaren.

Als Erstes werden wir eine übergroße Praline in Form eines Schoko-Engels fertigen. Zunächst kreiert jeder Teilnehmer seine eigene Füllung nach einem abgewandelten Rezept. Ich entscheide mich dafür, meinem Schoko-Engel eine Nugatfüllung zu verpassen.

Vor drei Tagen nahm diese späte Hitzewelle ihren Anfang. Zum Glück verfügen die Räume der Schokoladen-Akademie über eine Klimaanlage. Während das Thermometer im Freien schon auf über siebenundzwanzig Grad geklettert ist, sitzen wir bei angenehmen zweiundzwanzig

Grad und besprechen Weihnachtsrezepte und fertigen Weihnachtspralinen. Das hat schon etwas Groteskes.

Zunächst stellt jeder seine Füllung her, die er dann in einen Schoko-Engel-Hohlkörper hineingießen wird. Die Schoko-Engel müssen bis zum morgigen Tag ruhen, dann erst werden wir die Schokoladen-Körper mit temperierter Kuvertüre verschließen.

Wie beim letzten Seminar hält sich Cem auch dieses Mal unablässig in meiner direkten Nähe auf. Dies gilt auch für die Mittagspause, die wir gemeinsam in einem nahegelegenen Bistro verbringen. Wir lachen und schnattern um die Wette. Sabina, Cem und ich verstehen uns prächtig, es ist, als wären wir gute alte Schulfreunde. Wir beschließen, uns auch einmal außerhalb der heiligen Hallen der Schokoladen-Akademie zu treffen.

Am Nachmittag stellen wir verschiedene Weihnachts-Pralinen her. Hierzu gießen wir eine Sahnefüllung, auch Ganache genannt, deren Rezept jeder selbst kreiert hat, in kleine Sterne- und Tannenbaumformen. Die Schoko-Engel-, Sterne- und Tannenbaum-Hohlkörper hat Anton schon in größer Anzahl eingekauft, sodass wir sie bei ihm mit geringem Aufschlag erwerben können, um zu Hause gleich das Gelernte weiter in die Tat umzusetzen.

Als ich einen Weihnachtsstern fülle, berührt mich Cem wie aus Versehen am Arm und ich habe das Gefühl, dass zwischen uns Funken sprühen.

Ehe ich mich versehe, ist der erste Seminartag so schnell an mir vorbeigerauscht wie ein schöner Urlaubstag. Cems Schwester hat Geburtstag, daher verabschiedet er sich eilig und weg ist er. Allerdings nicht, ohne noch einmal seine morgige Überraschung anzukündigen.

Auf der Heimfahrt sitze ich in der Straßenbahn Linie 5 Richtung Heidelberg, den Kopf zunächst voller sündiger Gedanken, die immer irgendwie um Cem kreisen. Ich muss an meinen Wunsch an das Universum denken, vielleicht erfüllt sich meine Bitte schon morgen. Ein wenig kosmische Hilfe könnte dabei sicherlich nicht schaden.

Dann drängen sich die Gedanken an Philipp und Dennis und an den Drogenfund in der Chocolaterie zurück in meine Gehirnwindungen. Inzwischen nehme ich die ganze Sache sehr persönlich. Ich muss wissen, wer mir diese Drogen untergeschoben hat. Es gibt nur eine einzige Möglichkeit: dieser Dealer Jan. Mit hoher Wahrscheinlichkeit liegt Max richtig, wenn er annimmt, dass der Crystal-Dealer für das Ableben von Philipp und Dennis verantwortlich ist.

Ich beschließe kurzerhand, mir die beiden Tatorte anzusehen, daher steige ich nicht am Bismarckplatz aus, sondern fahre in der Linie 5 weiter bis Hans-Thoma-Platz. Philipp wurde tot auf einer Bank im Graham-Park in Handschuhsheim aufgefunden. Ich weiß sogar auf welcher. An der Tiefburg, einer restaurierten Wasserburg, die diesem Vorort ein ganz besonderes Flair gibt, gehe ich vorbei. Ich setzte mich im Graham-Park auf die Bank, auf der Philipp gefunden wurde. Ein lauschiges, ruhiges Fleckchen, der ideale Platz, um sich umzubringen. Oder wollte es jemand nur so aussehen lassen? Von der Steubenstraße her könnte man die Leiche sehr wohl auch auf die Bank befördern, besonders, wenn man zu zweit ist. Dieser Jan könnte seinen Freund, den, der die Drogen im Schoko-Traum versteckt hat, auch hierbei um Hilfe gebeten haben.

Den Rückweg trete ich über die Bergstraße an; hier fällt regelmäßig alle Hektik von mir ab. Rechts und links stehen wunderschöne renovierte Stadtvillen. In Neuenheim biege ich nach links in den Philosophenweg, denn ich möchte mir auch ansehen, wo Dennis gestorben ist. Ich komme ins Schnaufen, immer unterschätze ich, wie steil mein Lieblingsweg ansteigt. Ich freue mich, dass der Kiosk am Philosophengärtchen geöffnet ist. Mit dem Betreiber halte ich wie immer ein kleines Schwätzchen, diesmal über das Wetter, bevor ich eine Flasche Mineralwasser in Empfang nehme, die ich in meinem Rucksack verstaue. Ab hier nehme ich den oberen Philosophenweg, vorbei an der Bismarcksäule.

Obwohl die Dunkelheit einbricht, wandere ich weiter Richtung Wald. Langsam wird es mir ein wenig unheimlich. Ich habe unterschätzt, wie schnell sich die Finsternis in dieser Jahreszeit gegen die Helligkeit durchsetzt. Immer wieder fallen Kastanien von den Bäumen und knallen auf die Erde, hierbei öffnet sich ihre Schale und sie rollen die Böschung hinab. Je weiter ich in den Wald laufe, je gespenstischer wirkt alles. Bei jeder Kastanie, die von den Bäumen fällt, denke ich, ich werde verfolgt. Ängstlich sehe ich mich um. Mehrmals knackt es verdächtig im Gehölz. Mit zügigen Schritten bewege ich mich über den Waldweg. Einmal falle ich über einen vorstehenden Stein, ich fange mich mit beiden Händen auf, die jetzt schmutzig sind. Vielleicht sollte ich diesen Sturz als eine Warnung betrachten.

Bei der Odenwälder-Hütte lichtet sich der Wald. Ich setze mich in die Hütte auf die rot gestrichene Holzbank. Hier saß Dennis, tot, die Spritze steckte noch in seinem linken Arm. Ich nehme meine Mineralwasserflasche aus dem Rucksack, öffne sie und trinke sie in mehreren Zügen aus. Der Verkehrslärm der Straßenzüge am Neckar ist hier nur noch sehr gedämpft zu hören. Auch dies ist ein Platz, wie gemacht für einen Selbstmord. Warum sollte sich jemand die Mühe machen, hier im Wald eine Leiche abzulegen? Mit einem Auto hätte er den Toten über die Waldwege oder sogar über den Philosophenweg hierherfahren müssen. Das hätte er doch an vielen Stellen in Heidelberg am Waldrand einfacher haben können. Eventuell verrennen wir uns da in etwas, denke ich. Aber warum dann der Drogenfund in meinem Laden?

Als ich über den unteren Philosophenweg zurückgehe, ist es stockfinster und es beginnt leicht zu nieseln. Ich gehe den Schlangenweg nach unten zur Alten Brücke. Langsam und vorsichtig, einen Tritt nach dem anderen, damit ich auf den steilen, glitschigen Treppenstufen nicht ausrutsche. Vor einigen Tagen huschten mehrere Eidechsen in die unsichtbaren Mauerritzen, als ich diesen Weg mit den vielen Stufen nach unten ging. Jetzt ist nichts von ihnen zu sehen.

Zu Hause erreiche ich endlich Oliver am Telefon. Ich will von ihm wissen, wieso er unseren Verdacht gegen Svoboda brühwarm der Polizei petzen musste, obwohl er doch geschworen hatte, zu Schweigen wie ein Grab. Er faselt irgendetwas von »dazu sei er als Anwalt verpflichtet, weil dies in meinem Sinne, als seiner Mandantin gewesen sei.«
Mir reicht's, ich lege auf.

Die Hitzewelle hält auch am Sonntag noch an und wir genießen erneut die Kühle der Seminarräume.
Mit temperierter Vollmilchkuvertüre verschließe ich zunächst meine Schoko-Engel und auch die kleineren Pralinen in Tannenbaum- und Sternenform vom Vortag werden mit der jeweils passenden Kuvertüre hermetisch abgeriegelt.
Jetzt kreiert jeder Teilnehmer seine eigene Tafel Weihnachtsschokolade. Es riecht köstlich nach Schokolade und exotischen Gewürzen in den Seminarräumen. Wieder berührt mich Cem wie unbeabsichtigt mit seinem Ellenbogen. Erneut tobt ein Funkensturm los, es fühlt sich an, als hätte ich einen elektrischen Schlag bekommen.
Zum Schluss kostet unser Chocolatier jede einzelne Kreation seiner Teilnehmer ausgiebig, danach nimmt er mich zur Seite: »Tanja, dein Schoko-Engel ist der Beste, damit könntest du sehr viel Erfolg haben, weißt du das?«
Ich stottere: »Dan-ke, danke Anton.« Diese Worte aus seinem Mund machen mich ganz verlegen.
Und ehe ich mich versehe, ist das Fortbildungsseminar schon zu Ende. Sabina, Cem und ich tauschen noch

schnell unsere Adressen aus und versichern, dass wir uns wiedersehen werden.

»So und jetzt kommt die Sonntags-Überraschung!«, kündigt Cem an, als wir auf dem Weg zu seinem Fahrzeug sind.

»Das ist mein neuer Dienstwagen«, gibt Cem bekannt, als wir vor einem schwarzen BMW stehen.

Ich bin sehr froh, dass mir das Laufen leichtfällt, denn zum Glück habe ich am Morgen beschlossen, mein neues Kleid anzuziehen, nicht aber diese mörderischen Schuhe. Stattdessen trage ich meine flachen, offenen Treter, mit denen ich kilometerweit laufen kann, ohne dass ich undamenhaft durch die Gegend stakse oder mir ein Bein breche. Gleich nach dem Aufwachen kam mir dieser schreckliche Traum in Erinnerung.

Natürlich verrät Cem nicht, wo wir hinfahren. Es geht über die Konrad-Adenauer-Brücke nach Ludwigshafen, von dort auf die Autobahn.

Ich beginne mit dem Raten: »Fahren wir in die Pfalz zu einem Weingut?«

»Nnnnein!« Cem grinst und schüttelt heftig den Kopf.

Von hier aus wäre auch noch die Richtung Speyer drin. »Nach Speyer?«

»Nein, da fahren wir auch nicht hin. Lass dich überraschen.«

Muss ich wohl oder übel, wenn mir der Mann nicht verrät, wo's hingeht.

Zunächst berichte ich Cem alle Details meiner Verhaftung und dem Drogenfund im Laden noch einmal ausführlich. Er ist auch der Ansicht, dass dieser Hauptkommissar eine Macke haben müsse, wenn er mich für eine Drogendealerin halte. Cem will wissen, ob ich wieder irgendwelche Verbrecher jage und der Drogenfund damit in Zusammenhang stehen könne?

Und schon erzähle ich ihm von Philipp und Dennis, die durch eine Überdosis Heroin ums Leben kamen, obwohl beide seit einigen Jahren ein drogenfreies Leben geführt hatten. Unseren Verdacht gegen diesen Dealer Jan behalte ich für mich.

»Eventuell wäre es hilfreich, sich mal die Obduktionsergebnisse der beiden anzusehen«, schlägt Cem vor.

»Könntest du die besorgen?«, will ich sofort wissen, während ich in seine großen dunklen Augen blicke.

»Weißt du, was ich inzwischen glaube, Tanja?« Er sieht mich spöttisch von der Seite her an. »Du machst dich an mich ran, um mich anzuzapfen.«

Diese Anschuldigung weise ich mit größter Vehemenz von mir und gebe mich sicherheitshalber megabeleidigt.

»Na gut, ich werde mal sehen, was sich machen lässt. Schreib mir einfach die Namen der beiden auf, wenn du die Todesdaten weißt, auch die.«

»Geht klar!« Schnell wühle ich einen Zettel aus meiner Tasche. Als ich die Namen von Philipp und Dennis notieren will, bemerke ich, dass ich nicht weiß, wie Dennis mit Nachnamen heißt, aber ein kurzer Anruf bei Max löst das Problem.

Auf zahlreichen der Gemüsefelder, die sich rechts und links der Autobahn erstrecken, wächst Rotkohl. Zwischen Fußgönheim und Ellerstadt werden die Felder durch Obstplantagen abgelöst, diese ab Ellerstadt wiederum vom Weinbau.

Inzwischen sind wir kurz vor Bad Dürkheim. Hier ist Wurstmarkt und es ist die Hölle los.

Ich schlage mir gegen die Stirn. »Wir fahren zum Wurstmarkt, stimmst?«

Cem lächelt vielsagend: »Isch lieb de Worschdmarkd.«

»Du bist mir vielleicht ein komischer Türke!«

»Schon vergessen: Ich bin nur ein halber Türke, dies ist der Grund, der mich zu den verrücktesten Sachen berechtigt. Saumagen essen zum Beispiel.«

»Aha, und deshalb darfst du dich auch auf Weinfesten rumtreiben?«

»Na ja, ich treibe mich ja nicht auf irgendeinem Weinfest rum. Der Wurstmarkt in Bad Dürkheim ist immerhin das größte Weinfest der Welt mit über sechshunderttausend Besuchern jährlich«

»Bekommst du Provision für deine Werbung?«

»Sollte ich mal beantragen.«

Inzwischen haben wir etwas Abseits einen Parkplatz gefunden. Cem scheint sich hier gut auszukennen, denn dieser Stellplatz gehört mitnichten zu den offiziellen Besucher-Parkplätzen.

»Du warst bestimmt schon öfter hier?«, will Cem wissen.

»Ja, früher, als die Kinder noch kleiner waren, da sind wir jedes Jahr hergekommen. Aber ich weiß gar nicht, wann wir zum letzten Mal hier waren, das muss Jahre her sein.«

»Ich lass keinen Wurstmarkt aus. Meine Mutter hat früher immer meinen Vater hierher gezwungen, jedes Jahr. Er hat sich immer künstlich verweigert, aber in Wahrheit hat er sich jedes Jahr genauso sehr auf das Weinfest gefreut wie ich mich als Kind auf Weihnachten. Mein Vater liebt es, zu feiern. Und dies hier«, Cem zeigt um sich, »ist schließlich ein riesiges schönes Fest.«

»Ja und bei dem Wahnsinnswetter ist es noch viel schöner als an einem trüben Septembertag.«

Wir schlendern über den Platz und Tausende von Menschen tun es uns gleich.

»Wo sollen wir essen: im großen Fass, in einem der Festzelte? Wir können uns aber auch an einem der Stände was zu essen holen und dann in einen Schubkärchler setzen. So haben wir das früher immer gemacht.«

»Ja, so machen wir das auch heute«, beschließe ich.

Wir kommen an einem Stand mit Süßigkeiten vorbei und Cem schlägt vor, dass ich nach dem Essen als Nachtisch rosa Zuckerwatte haben könne. Ich lehne dankend ab.

»Weißt du, dass hier auf dem gesamten Wurstmarkt ausschließlich Weine und Sekte aus Bad Dürkheim ausgeschenkt werden?« Cem sieht mich fragend an.
»Ehrlich?«
Er nickt. Das wusste ich nicht.
»Fast dreihundert verschiedene Weine und Sekte kommen hier zum Ausschank, alle stammen aus Dürkheimer Lagen.«
»Aber nicht der Sekt, oder?«
»Doch, auch all der Sekt, der angeboten wird, stammt von hier.«
»Bestimmt hast du heute Morgen wieder für mich im Internet recherchiert.«
»Nee, war nicht nötig. Dieses Fest besuchen wir jedes Jahr mit zahlreichen Verwandten, daher weiß ich sehr genau darüber Bescheid.«
Inzwischen haben wir die ersten Schubkarchstände erreicht. Ich mag die zu den Seiten hin offenen Zelte mit ihren schmalen Holzbänken und Holztischen, in denen die Winzer ihre Weine und Sekte anbieten. Die haben ein ganz eigenes Flair.
»Sollen wir uns in meinen Lieblings-Schubkärchler setzen? Ich zeige dir dann, an welchem Stand man den besten Pfälzer Teller bekommt.« Cem geht vorneweg.
An einem Essensstand stellen wir uns in eine lange Schlange und besorgen uns unser Mittagessen. Mein Begleiter ordert einen Pfälzer-Teller mit Saumagen, einem Leberknödel, einer Bratwurst mit Sauerkraut und Schwarzbrot. Ich bestelle eine Portion Leberknödel mit Sauerkraut und Brot. Mit den beiden Porzellantellern bewaffnet machen wir uns auf zum Stand.
»Du isst Schlachtplatte und liebst den Wurstmarkt. Ist das nicht ein bisschen viel Integration?«, will ich kauend wissen, als wir in seinem Lieblings-Schubkärchler Platz genommen haben.

»Och nee, finde ich nicht. Wenn man es genau nimmt, geht das möglicherweise schon in Richtung Assimilation. Schon möglich. Macht aber nichts, solange die Assimilation so gut schmeckt ...«

»Du bist mir vielleicht ein komischer Türke.« Ich schüttle den Kopf und lache.

»Halber Türke, immer muss ich das wieder und wieder betonen. Daher darf ich das alles.«

»Du nimmst dir echt ganz schön viel Integration raus.«

Wir beide kichern wie Klosterschülerinnen.

Inzwischen wird unsere trockene Rieslingschorle, die wir bestellt haben, in den typischen Dubbegläsern serviert.

Überall trinken die Leute und essen, auch die Sitzplätze rechts und links von uns sind stark frequentiert. Wir müssen immer näher mit unseren Nachbarn zusammenrücken, macht nichts, die Stimmung ist blendend und ungezwungen, sodass wir die Nebenmänner und -frauen schnell kennenlernen. Die rechts von mir kommen aus Frankfurt und interessieren sich dafür, seit wann dieses Fest gefeiert wird.

Cem erläutert: »Die Geburtsstunde des Wurstmarktes wird auf 1417 datiert. Damals hieß der jährliche Markt allerdings Michaelismarkt.«

Die Holländer neben uns möchten wissen, warum das Fest den Namen *Wurstmarkt* trägt und was der Name *Schubkärchler* bedeutet.

Diesmal gebe ich die Antwort: »Bei den Wallfahrten zur Michaelis-Kapelle brachten die Dürkheimer Winzer früher vor allem Wurst zur Versorgung der Wallfahrer mit, daher heißt das Fest Wurstmarkt. Sicherlich hatten sie auch Wein dabei, den sie per Schubkarren auf den Berg gebracht haben. Der Name Schubkärchler leitet sich wohl von den Schubkarren ab.«

Die Holländer neben uns bedanken sich für die Information bei uns, indem sie gleich noch eine Schorle für uns mitbestellen.

Langsam bemerke ich, dass mir der Wein zu Kopf steigt. So viel Alkohol bin ich nicht gewohnt, und dann noch bei dieser Affenhitze.

Cem erzählt von dem kleinen Dorf in Anatolien, in dem sein Vater aufgewachsen ist. Obwohl es inzwischen große Häuser, Flachbildschirme und Smartphones gäbe, hätte sich dort nicht wirklich viel verändert. »Die Menschen versuchen ihr gleiches, einfaches Leben zu leben wie früher. Und diejenigen, die ins Ausland gegangen sind oder in die Großstädte, werden als superreich angesehen. Wenn meine Eltern ihre Verwandten besuchen, dann erwarten diese noch immer riesige Geschenke. Wenn meine Eltern keine mitbrächten, würden sie als geizig gelten.«

Cem beschreibt das kleine anatolische Dorf derart intensiv, dass ich es fast vor meinen Augen sehe und den Duft der Bäume und Sträucher einatmen kann.

»Ich würde dir das Dorf gerne mal zeigen.«

Langsam sollte ich auf Wasser umsteigen. Mir scheint, wir sind beide ein bisschen angeschickert.

»Wie kam dein Vater damals auf die Idee nach Deutschland zu gehen?«, will ich wissen.

»Einige Verwandte waren nach Deutschland ausgewandert, um dort zu arbeiten. Jeden Sommer kamen sie mit vielen Geschenken in ihr Dorf und erzählten, wie es ihnen in diesem fremden Land erging. Die Berichte waren nicht nur positiv. Aber immerhin gab es Arbeit dort und so kam mein Vater als Arbeiter zum Benz.«

Mich interessiert, wie die Familie, Cems Großeltern, darauf reagiert hatten.

»Oh je, die waren zu Beginn überhaupt nicht begeistert. Sie erklärten sich problemlos damit einverstanden, dass mein Vater in eine türkische Großstadt zog, aber in dieses fremde Land, in dem es eiskalt ist und in dem es ausschließlich Kartoffeln und Schweinefleisch zu essen gibt? Nee, da sollte keiner ihrer drei Söhne hin. Es sind dann aber zwei hier in Mannheim gelandet. Meine Großmutter mochte Deutschland nie, sie sagte immer: »Diese Ungläubigen hätten ihren Gott erst gefoltert und ans Kreuz geschlagen, um ihn später anzubeten. Und nicht nur das, diese Kannibalen würden bei Zeremonien seinen Körper essen und sein Blut trinken.«

»Stimmt, klingt grausig, wenn man das auf diese Art erzählt.«

Wir lachen.

Cem trinkt seine Schorle aus und bestellt für sich ein neues Glas. Ich lehne dankend ab.

»Na ja, mein Vater war zu Beginn entsprechend skeptisch, aber er hat schnell bemerkt, wie die Deutschen ticken und als er sich in meine Mutter verliebte, war natürlich alles zu spät. Meine Großmutter zeigte sich entsprechend geschockt, als mein Vater im Sommerurlaub mit einer Ungläubigen im Heimatdorf aufkreuzte und diese den Eltern, als seine Braut vorstellte. Mein Vater hat meine Mutter vom ersten Augenblick an geliebt, da konnten ihn auch keine noch so großen Bedenken umstimmen.«

»Mir ist der Wein ganz schön zu Kopf gestiegen. Vielleicht sollten wir uns ein bisschen bewegen?«, schlage ich vor.

»Ja, das sollten wir tun.«

Wir bummeln zunächst noch einmal quer über den Wurstmarkt.

Cem überredet mich zu einer Fahrt auf dem Riesenrad. Als wir oben ankommen und unsere Gondel schaukelt, weiß ich, warum ich gezögert habe, mitzukommen. Mir ist etwas schwindlig. Der Ausblick allerdings ist grandios, das Panorama erstreckt sich weit über die Rheinebene, bis zum Odenwald. Und das viele Gewusel auf dem Wurstmarkt unter uns ist sehr beeindruckend. Es sieht aus, als wechsle ein Ameisenstock seinen Bau.

Als wir mal wieder den höchsten Stand mit unserer Gondel erreicht haben, sagt Cem: »Soll ich die Gondel mal ganz schnell drehen, dann kannst du die Aussicht von allen Seiten bestaunen?«

»Untersteh dich! Mir ist schon schwindlig.«

»Spielverderberin!«

Der Duft der frisch gebrannten Mandeln weht in Schwaden bis zu uns herauf.

Ich bin froh, als ich wieder festen Boden unter meinen Füßen spüre.

Als wir an einem Schießstand vorbeikommen, will Cem wissen: »Schau mal! Soll ich dir ein Stofftier schießen?«

»Och nee!« Die Dinger sind riesengroß und megahässlich.

»Dann hättest du ein Schmusetier, das dich jederzeit an mich erinnert, du könntest es mit ins Bett nehmen.« Cem grinst mich anzüglich an.

»So, so, könnte ich das?« Ich lächle entsprechend keck zurück.

»Komm schon, lass es mich versuchen.«

»Na dann mal los.« Ich denke, sicherlich trifft er nicht.

Aber da habe ich die Rechnung ohne Cem gemacht. Jeder Schuss ein Treffer.

»Du bist aber ein verdammt guter Schütze«, sage ich anerkennend.

»Jep, auch wenn ich Schießen überhaupt nicht mag, trotzdem klappt's.«

Jetzt darf ich mir ein Stofftier aussuchen. Ein Monstrum ist hässlicher als das andere. Ich entscheide mich für den großen schwarzen Cocker Spaniel.

»Ich nehme Brunetti.«

»Brunetti?«

»Den schwarzen Cocker. Er erinnert mich an Brunetti, Hauptkommissar Rauenbergs Cocker Spaniel.«

»Muss ich mir Sorgen machen, wenn du ab jetzt Nacht für Nacht mit Brunetti, dem Polizeicocker, verbringst?«

»Nein, nein, keine Sorge«, wische ich seine Bedenken zur Seite.

Warum nur, muss ich beim Anblick des schwarzen Cockers an Hauptkommissar Rauenberg denken und wieso kommt da so ein ungewohntes Gefühl in meiner Magengegend auf? Ich nehme an, daran ist der Alkohol schuld.

11

»Was möchtest du jetzt machen? Ich bin zu allen Schandtaten bereit.« Cem lächelt mich aufmunternd an, während er seine Sonnenbrille wieder auf die Nase setzt.

»Am liebsten würde ich einen Spaziergang unternehmen, fernab all des Rummels.«

Cem schlägt vor, hoch zur Klosterruine Limburg zu wandern. Damit erkläre ich mich sofort einverstanden.

Am Auto nimmt er mir Brunetti aus der Hand, setzt ihn auf den Hintersitz und schnallt ihn an.

»Manchmal bist du ein richtiger Kindskopf, oder?« Ich schüttle den Kopf.

»Das behauptet meine Mutter auch immer. Ich wette, Tanja, ihr beide werdet euch hervorragend verstehen.«

Sag jetzt bloß nichts Falsches, warnt mich meine innere Stimme.

Ja, ja, ich bin still.

Wir fahren die Schillerstraße entlang. Den Wagen parkt Cem unterhalb der Valentin-Ostertag-Schule.

»Bestehst du darauf, Brunetti mitzunehmen, ich schätze allerdings, er wird nicht zum Aufstieg bereit sein, wir werden ihn hinter uns herziehen müssen.«

»Tja, dann sollten wir den faulen Hund als Bewacher in deinem Auto lassen. Außerdem, sicherlich würde er wieder alle Leute anbellen«, sage ich.

»Wie war das mit dem Kindskopf?«

»Ich begebe mich nur auf dein Altersniveau, damit du mich verstehst.«

»Auf mein Altersniveau? Wie alt bin ich denn, deiner Meinung nach?«, will Cem wissen.

»Gefühlte drei, manchmal.«

»Na danke, aber auch.«

Wir lachen.

»Vor Kurzem habe ich gelesen: Männer werden sieben Jahre alt, danach wachsen sie nur noch.«

»Da ist was dran«, gibt Cem zu.

Wir marschieren den Luitpoldweg hoch zur Limburg; hier im Schatten ist es angenehm mild. Ich muss daran denken, wie wir, in diesem Fall: mein Ex und ich, den Weg einige Male mit den Kindern gegangen sind, als diese im Vorschulalter waren. Immer dann, wenn wir die Limburg auf der anderen Seite sahen, schrien die Kinder: Gleich sind wir da. Es war ihnen schwer zu vermitteln, dass wir noch ein ganzes Stück Weg vor uns hatten, da wir zunächst das Tal umrunden mussten.

Mein Begleiter will wissen, ob ich Brunetti mag.

Ich sage ihm, dass ich den Polizeicocker in mein Herz geschlossen habe und dass er eine ganz, ganz liebe Spürnase sei, im Gegenteil zu seinem engstirnigen Herrchen, Herrn Hauptkommissar Rauenberg.

»Ich meinte eigentlich den echten Brunetti, den Commissario, aus Donna Leons Kriminalromanen.«

Bin ich jetzt rot geworden? Und wenn ja, weshalb?

»Nein«, sage ich entschieden, »den mag ich nicht wirklich. Ich habe immer das Gefühl, er kämpft gegen Windmühlen an. Irgendwie ist alles, was er tut umsonst. Entweder hintertreibt Vice-Questore Patta seinen Plan oder ein anderer korrupter Beamter kommt ihm in die Quere. Brunetti hat keine Chance, weder gegen die Korruption in den eigenen Reihen noch gegen die Mafia.«

»Dir ist es lieber, das Gute siegt?«

»Hm, ja, doch, ich glaube schon. Zumindest sollte es nicht immer auf der Strecke bleiben.«

Cem hält meine Einstellung für normal. »Der Gedanke, das Böse könnte die Welt beherrschen, ängstigt uns Menschen, verständlicherweise. Stört es dich, wenn ich rauche? Ich nehme an, du bist Nichtraucherin.«

Ich nicke. »Es stört aber nicht, wenn du rauchst.«

Cem steckt sich eine Zigarette an.

»Übrigens, da oben«, er zeigt in Richtung Limburg, »dort auf einer Holzbank mit Blick auf die beleuchtete Klosterruine habe ich meinen ersten Joint geraucht.«

»Du hast einen Joint geraucht?«, frage ich überrascht.

»Einen? Es gab eine Zeit, so mit sechzehn, siebzehn, da habe ich ganz schön was durchgezogen. Damals war ich zwischen den beiden Kulturen meiner Eltern hin- und hergerissen. Hast du noch niemals Haschisch oder Gras geraucht?«

»Nee, ist irgendwie an mir vorbeigegangen.«

»Tanja, das sollten wir unbedingt mal nachholen.«

»Das ist jetzt nicht dein Ernst, oder?«

»Es gibt Erfahrungen, die sollte man gemacht haben.« Meinen erstaunten Blick registrierend winkt er ab. »Sieh mich nicht so an, war nur ein Witz. Erzähl etwas aus deinem Leben. Ich möchte alles über dich wissen.«

Erst denke ich, was soll ich ihm denn über mich erzählen, aber schon schildere ich ihm vom problematischen Verhältnis zu meiner Mutter und auch von dem zu meiner Schwester.

»Mit achtzehn hatte ich einen Freund, er war die Liebe meines Lebens, dachte ich damals zumindest. Meine Schwester Yvonne machte sich heimlich an ihn ran. Sie liebte ihn nicht, sie wollte ihn lediglich besitzen, weil er mit mir zusammen war. Sie wollte immer alles haben, was mir gehörte, ob es meine Puppenstube war, oder mein neues Fahrrad. Alles wollte sie sich einverleiben. Und wenn sie es nicht bekam, dann musste sie es zerstören. So bekam sie immer ihren Willen. Wenn sie es geschafft hatte, irgendetwas von mir in ihren Besitz zu bekommen, von diesem Augenblick an hatte sie jegliches Interesse daran verloren, jetzt wollte sie etwas anderes haben. Sie bekam alles. Immer ... Als ich bemerkte, dass ich schwanger war, waren mein Freund und meine Schwester seit einigen Tagen ein Paar. Meine Schwester hatte gewonnen. Sie gewann immer. Ich kam nicht einmal auf die Idee, um meinen Freund zu kämpfen.« Ich schildere Cem die Hoffnungslosigkeit und Einsamkeit, die zu dem Entschluss führte, das Kind abzutreiben. »Mit Niemand konnte ich darüber sprechen, nicht mit meiner Mutter, nicht mit dem Freund, natürlich nicht mit Yvonne, aber auch nicht mit meiner besten Freundin, sie war die kleine Schwester meines Freundes, nicht einmal mit meinem Vater, der immer ein offenes Ohr für mich hatte. Er hatte damals Probleme im Job und ich wollte ihm nicht noch mehr Sorgen bereiten. Aus heutiger Sicht ist mir das unverständlich, aber zu jener Zeit habe ich so gefühlt. Ich habe alles mit mir alleine ausgemacht.«

»Du musst unendlich einsam gewesen sein. Und sicherlich hattest du das Gefühl, dass die Welt sich gegen dich verschworen hat. Niemanden konntest du trauen und alles musstest du mit dir selbst austragen. Warst du allein bei der Abtreibung?«

»Ja, ganz allein. Niemand wusste davon.«

»Das muss schrecklich gewesen sein.«

Ich nicke nur, denn ich möchte nicht, dass sich der Kloß in meiner Kehle löst und sich die Tränen Bahn brechen. Dieser Mann soll mich nicht für eine doofe Heulsuse halten, die gleich beim ersten Date zu viel Alkohol trinkt und dann losheult. Noch immer ist dies ein Thema, bei dem ich an einer offenen Wunde rühre.

»Kurze Zeit nach der Abtreibung, hatte Yvonne ihr Interesse an meinem Freund verloren und beendete die Beziehung.«

»Wie ist das Verhältnis heute zu deiner Schwester?«, will Cem wissen.

Ich berichte ihm, dass ich seit damals keinen Kontakt mehr zu Yvonne habe.

»Ich weiß, das geht mich nichts an. Als Psychologe sage ich dir trotzdem: Du solltest dich mit deiner Schwester aussöhnen, nicht wegen ihr, sondern wegen dir. Ich bin mir sicher, du könntest ihr heute verzeihen. Es würde dir vieles im Leben erleichtern.«

»Ja, sicherlich hast du recht.« Ich möchte nicht mehr über dieses Thema sprechen.

Und dann berichtet Cem über Probleme, die er zeitweise mit seinem älteren Bruder hatte. Er hätte eine Phase durchlebt, in der er alles Deutsche abgelehnt habe. Als schrecklicher Macho hätte er sich aufgeführt. Irgendwann haben sich die beiden überworfen. Sein Bruder sei ausgezogen und erst nach zwei Jahren hätte er wieder mit der Familie Kontakt aufgenommen.

»Inzwischen ist mein Bruder mit einer erzkatholischen Deutschen mit italienischem Migrationshintergrund verheiratet. Ein elender Macho ist er immer noch. Na ja, wir beide werden niemals die besten Freunde, aber immerhin reden wir heute miteinander.«

Mit seiner Schwester hätte er sich schon immer sehr gut verstanden. »Sie ist zwei Jahre jünger, aber halt ein Mädchen, sie war schon immer viel vernünftiger als ich.«

Mit Cem ist alles so einfach. Selbst die größten Schwierigkeiten lassen sich problemlos erzählen. Ich habe das Gefühl, als würden wir uns seit der Kindheit kennen. Er ist mir sehr nah, ich bin mir nicht sicher, ob mir jemals in meinem Leben ein Mensch derart nah war.

Wir kommen oben bei der Klosterruine Limburg an. Diese imposanten Mauern machen immer einen großen Eindruck auf mich. Ich stelle mir vor, wie das Kloster früher aussah.

Die Temperaturen beim Waldspaziergang waren angenehm, jetzt brennt die Sonne auf uns herunter und ich bemerke, dass meine Zunge vor Durst am Gaumen klebt.

Wir kehren in den Garten der Klosterschänke ein. Cem bestellt eine große Flasche sauren Sprudel und zwei Eiskaffee.

»Sauren Sprudel! Du bist ja gut mit den Pfälzer Gepflogenheiten bekannt«, stelle ich fest.

»Klar doch, meine Mutter kommt aus Fränzem, aus Freinsheim. Daher rührt meine Liebe zur Pfalz und zum Pfälzer Woi.«

»Jetzt wird mir so einiges klar.«

»Ajoh, jetzt konschd in mer lese wie in e'm offne Buch. Ich bin en Pfälzer Türk.«

»Alla donn!«

Wir sitzen im weitläufigen Garten der Klosterschänke unter einem großen Sonnenschirm.

Cem erzählt mir aus der Kindheit. Die Besuche bei seiner Oma in Freinsheim hätte er genauso geliebt, wie die Türkeiurlaube im Sommer.

Nach einer halben Stunde machen wir uns an den Abstieg.

Als wir unten in sein Auto einsteigen, sagt Cem: »Hoffentlich hat Brunetti nicht sein Geschäft in meinem Auto verrichtet, dann darf der nie wieder mitfahren.«

Wir lachen.

»Meinst du nicht, dass auch Brunetti Durst hat. Ich könnte ihm gerne in meiner Wohnung ein Schälchen frisches Wasser anbieten. Nicht, dass er verdurstet, wenn wir bis Heidelberg durchfahren.«

»Nicht schlecht! Alle Achtung, da muss man erst mal draufkommen. Hattest du das schon im Sinn, bevor du mir angeboten hast, ein Stofftier zu schießen?«

»Wie kannst du mir Derartiges unterstellen?« Cems Gesichtszüge gleichen der Unschuldsmiene eines Dreijährigen. »Wie hätte ich denn wissen können, für welches Stofftier du dich entscheiden wirst?«

»Na ja, wenn ich den Affen gewählt hätte, dann hättest du garantiert vorgeschlagen, ihm in deiner Wohnung eine Banane anzubieten, damit er nicht bis Heidelberg verhungert.«

»Für derart berechnend hältst du mich also?«

»Jaaa, doch«, sage ich abwägend. »Das traue ich dir durchaus zu.«

Cem macht erst auf künstlich beleidigt, dann lacht er. »Also dann, auf nach Mannheim, oder?« Sein Seitenblick trifft mich.

»Tja, schon besser, bevor uns Brunetti noch verdurstet.«

Cem legt eine CD ein. Es erklingen die Töne einer Oper. Sie kommt mir bekannt vor, vielleicht von Verdi.

»*Rigoletto* von Giuseppe Verdi. Ach, übrigens habe ich dir schon gesagt, wie sehr ich die Oper liebe?«

»Nein, noch nicht.«

Cem erzählt, dass seine pfälzische Großmutter eine bekennende Opernliebhaberin sei und dass er mit sechs Jahren zum ersten Mal mit ihr im Mannheimer Nationaltheater eine Aufführung gesehen habe. Oma Heide habe dort noch immer ein Abonnement. »Letztes Jahr besuchten wir zusammen die Mailänder Scala. Das war ein Traum. Seitdem liebt mich meine Oma noch mehr, obwohl das fast unmöglich war.« Er will wissen, ob ich etwas für die Oper empfinde.

Bisher bin ich nicht unbedingt ein Opernkenner, auch wenn ich mit meinem Ex und den Kindern im Mannheimer Nationaltheater schon einige Opern gesehen habe. Ich erkläre Cem, dass ich bislang wohl eher ein Opernbanause sei.

»Darf ich dich mal in die Oper einladen?«

»Mit deiner Oma oder ohne deine Oma?«

Cem lacht. »Ausnahmsweise einmal ohne meine Oma Heide. Aber ich bin sicher, ihr würdet euch auf Anhieb verstehen.«

»Also dann, demnächst ein gemeinsamer Opernbesuch.«

»Abgemacht.«

Wir fahren wieder über die Konrad-Adenauer-Brücke nach Mannheim. Cem hat gesagt, er hätte im Lindenhof ein kleines Penthouse. Das Haus aus den siebziger Jahren sei vor zwei Jahren vollständig renoviert worden, danach hätte er die Wohnung im achten Stock gekauft.

Wir stehen auf der Dachterrasse mit Blick auf den Rhein. Auf der gegenüberliegenden Rheinseite ist die Ludwigshafener Parkinsel zu sehen. Gemächlich tuckert ein hoch mit Sand beladener Lastkahn rheinaufwärts.

»Besuchst du auch immer das *Festival des deutschen Films* auf der Parkinsel?«, will ich wissen.

»Die Filme sind der Wahnsinn. Ich gehe sonst eher selten ins Kino, aber das Filmfestival auf der Parkinsel ist Pflicht. Nächstes Jahr besuchen wir es zusammen.«

Irgendwie klingt Cem immer, als plane er ein gemeinsames Leben mit mir, dabei kennen wir uns doch erst seit kurzer Zeit. Das macht mich etwas unsicher.

Er zeigt mir seine Wohnung. Von wegen kleine Drei-Zimmer-Wohnung, das Penthouse verfügt zwar über drei Zimmer, aber allein das Wohnzimmer mit der offenen Küche ist so bombastisch groß, da passt unsere halbe Wohnung hinein und die ist nicht gerade klein. Das Zimmer ist modern, aber geschmackvoll eingerichtet, Designermöbel, kein Ikea wie bei uns zu Hause.

»Oh Mist, jetzt haben wir doch tatsächlich Brunetti vergessen.«

»Soll ich ihn schnell aus dem Auto holen?«, will Cem wissen.

»Nee, lass mal.«

»Tanja, ich mag dich. Ich mag dich sogar sehr. Du bist echt eine tolle Frau.«

Etwas verlegen sage ich: »Ich mag dich auch Cem. Du bist ein sehr, sehr aufregender Mann.«

»Danke, dass du jetzt nicht Kindskopf gesagt hast.« Wir lachen. »Das mit uns, geht dir das zu schnell?«

»Nein, nein, schon in Ordnung, Cem.«

Und dann passiert es. Endlich! Wir küssen uns. Cems Zunge schlängelt sich fordernd in meinem Mund. Oh, wie kann der Mann küssen! Meist bemerkt man ja gleich beim ersten Kuss, ob das mit einem Mann funktioniert oder nicht. Wenn dieser zum Beispiel beißt, dann wird das nichts, auf gar keinen Fall. Cem beißt nicht, ganz im Gegenteil. Ich habe das Gefühl zu fliegen. In meinem Bauch trudeln Tausende Schmetterlinge hoch und runter. In meinem Kopf singen die Toten Hosen *Tage wie diese*. Erst als die Melodie wieder von vorne beginnt, wird mir bewusst, dass sich das Lied nicht im Kopf abspielt, sondern in meiner Tasche. Nein, ich will jetzt nicht an mein Handy gehen. Keine Unterbrechung! Nein! Nein! Nein!

Ich sehe Cem an und lasse es weiterklingeln. Das verdammte Ding weigert sich, Ruhe zu geben, ich hole es aus der Tasche und sehe auf die Nummer. Ich habe meinen Kindern und Freundinnen eingeschärft: heute nur im äußersten Notfall. Es ist unsere Festnetznummer.

»Sorry«, hauche ich in Cems Richtung.

Alina ist dran. »Mama, das Krankenhaus hat angerufen.«

»Was ist mit Lucas passiert?«

»Mama …«, versucht mich meine Tochter zu unterbrechen, ich lasse sie aber nicht zu Wort kommen.

»Ist es schlimm? War das wieder dieser Erdal?«

»Mama, jetzt hör doch erst mal zu.«

Auf der Stelle bin ich still und meine Tochter teilt mir mit, dass unser Hausmeister Grantler mit einem Beinbruch im Zentrum für Orthopädie und Unfallchirurgie in der Schlierbacher Landstraße liege. Eine Krankenschwester habe angerufen und gebeten, dass ich dringend bei ihm vorbeikommen soll, um den Hausschlüssel abzuholen, um ihm ein paar Kleidungsstücke und seine Habseligkeiten aus seiner Wohnung im Krankenhaus vorbeizubringen. Der Grantler habe weder Familie noch Freunde und habe sich nicht selbst getraut anzurufen. »Du bist die Einzige, die den Schlüssel bei ihm holen darf, hat die resolute Krankenschwester gesagt, Mama, sonst hätte ich das gemacht. Ich störe dich nämlich nur ungern.«

Ich sehe meine Tochter grinsen, diese freche Göre.

»Schon in Ordnung, danke mein Schatz. Ich fahre gleich los.«

Cem hat schon die Terrassentür geschlossen, ich erkläre ihm die Sachlage und er bietet an, mich nach Heidelberg zu fahren. Gerne nehme ich sein Angebot an.

12

Cem fährt mich zum Eingang des Orthopädie-Krankenhauses. Er verspricht, sich zu melden, sobald er die Obduktionsergebnisse der beiden verstorbenen Junkies auf seinem Tisch liegen hätte.

Schwester Katharina nimmt mich zur Seite, bevor sie mich zu dem armen Herrn Grantler führt. Keine Ahnung, welchen Narren diese Krankenschwester an unserem Hausmeister gefressen hat. Sie schärft mir für alle Fälle ein, nett zu ihm zu sein, schließlich hätte er weder Familie noch Freunde, die sich um ihn kümmerten. Es sei ihm daher schwergefallen, jemand zu benennen, dem er sein Vertrauen schenken könne, um die Habseligkeiten aus seiner Wohnung abzuholen.

Tja bitteschön, warum macht das denn die tüchtige Krankenschwester nicht gleich selbst, frage ich mich. Ich meine, wenn jemand keinen Kontakt zur Familie hat und keinen einzigen Freund, dann gehe ich davon aus, dass hierfür triftige Gründe vorliegen. Und bei unserem Blockwart Grantler fallen mir eine Menge Gründe ein. Aber gut, ich erinnere mich daran, dass er seit einiger Zeit die Post an die Hausbewohner zustellt, diese Tatsache stimmt mich milde.

Er liegt wie ein Häufchen Elend im Krankenbett. Es sieht aus, als müsste Grantler erst noch reinwachsen, in das für ihn zu große Bett. Sein linkes Bein liegt in Gips, nach oben gezogen in einer Schlaufe.

»Herr Grantler, was machen Sie denn für Sachen?«, frage ich überflüssigerweise, da ich nicht weiß, was ich ihm sonst sagen soll.

Sofort erzählt er mir alle Details, wie er schnell mal an die frische Luft wollte und dann an der Baustelle auf den Neckarstaden gestürzt sei. Sein Bein hätte so komisch verdreht dagelegen, und erst, als er aufstehen wollte, hätte er bemerkt, dass etwas nicht in Ordnung sei. Eine ältere Frau hätte dann einen Krankenwagen gerufen und er sei hier gelandet. Leider wisse er niemanden, den er in seine Wohnung schicken könne, die meisten Menschen seien ja nicht besonders vertrauenswürdig.

Ach und mich halten Sie für vertrauenswürdig, möchte ich ihn fragen, schlucke die Worte aber hinunter.

Jetzt zählt der alte Knochen auf, was er alles braucht. »Schreiben Sie gefälligst mit, nicht dass Sie was Wichtiges vergessen!«

Wie redet der denn mit mir? In Anbetracht seiner Krankheit bin ich gnädig und zücke einen Stift.

Ich schreibe eine große Liste: »Gebissreiniger, Zahnpasta, Zahnbürste, Jogginghose.«

»Jogginghose?«, frage ich irritiert. »Wollen Sie da ein Bein abschneiden?«

»Streichen!«, befiehlt er.

Also streiche ich die Jogginghose, er diktiert weiter: »Lesebrille, drei Rätselhefte, die beiden Krimis, die auf meinem Nachttisch liegen. Und betreten Sie auf keinen Fall die Küche. Auf keinen Fall! Ich verbiete Ihnen, meine Küche zu betreten. Die ist tabu! Vollständig tabu, für jeden. Auch für Sie. Haben Sie das verstanden?«

»Ja, ja, schon klar, Küche ist tabu. Und wie wäre es mit Schlafanzügen, Bademantel, Waschutensilien?«

Er nickt immer nur, als ich weitere Habseligkeiten aufzähle. »Und können Sie drei Flaschen Bier mitbringen?«

»Bier? Im Krankenhaus?«

»Ja bitte. Muss doch keiner wissen.«

Bevor ich gehe, schärft mir Grantler noch einmal ein, dass seine Küche auf jeden Fall tabu sei. »Auf jeden Fall!«

Inzwischen frage ich mich, was es dort so Wichtiges zu sehen geben könnte. Ich denke, vielleicht liegen Pornohefte oder irgendeine Schweinerei auf dem Küchentisch. Soll er sich mal nicht so haben, ich bin schließlich erwachsen.

Auf dem Weg zu unserem Haus denke ich, warum Schwester Katharina unbedingt mich anrufen musste, sonst tauscht er doch auch alle Neuigkeiten mit der alten Lauer aus, die auf unserem Stockwerk wohnt. Was nämlich der Grantler nicht mitbekommt, hat die alte Wachtel Lauer gesehen. Die steht unserem Blockwart in nichts nach.

Ich schließe die Wohnungstür vom Grantler auf und man glaubt es nicht, aber in der Sekunde kommt die Lauer die Treppe runter, als hätte sie nur auf diesen Augenblick gewartet.

»Was machen Sie denn bei Herrn Grantler?«, will sie in einem Polizeiton wissen, als würde ich mir widerrechtlich Zugang zu dieser Wohnung verschaffen.

Ich berichte ihr, dass unser Hausmeister mit gebrochenem Bein im Orthopädischen Krankenhaus liege. Als ich die Tür zu seiner Wohnung öffne, möchte sie mich diese nicht alleine betreten lassen. Dreimal muss ich ihr versichern, dass mich Grantler darum gebeten hat. Als ich hineingehe, drängt sie sich hinter mich, das geht mir dann doch zu weit und ich bugsiere sie wieder nach draußen.

Schnell sammle ich alles im Bad ein, auch im Schlafzimmer werde ich fündig. Dort steht ein Goldfisch in einem Glas. Grantler hat mir eingeschärft, wie viel Futter ich ihm geben muss. Ein Goldfisch! Ich hätte diesem alten Haudegen nichts Lebendiges zugetraut, um das er sich kümmert, nicht einmal einen einzigen Goldfisch. Das letzte Utensil, das mir noch fehlt, ist die Lesebrille, die finde ich weder wie angekündigt auf seinem Nachttisch bei den Krimis noch im Wohn- oder Badezimmer. Die muss in der Küche liegen. Kurz kommen mir Grantlers Worte in den Sinn: Die Küche ist tabu. So ein Quatsch. Warum sollte ich die Brille nicht aus der Küche holen? Wenn ich jetzt ohne Lesebrille ins Krankenhaus komme, muss ich sicherlich noch einmal in die Wohnung zurück. Also, warum sie nicht gleich aus der Küche holen?

Etwas zögerlich öffne ich die Küchentür, als könnte mich ein wilder Tiger anspringen. Aber nichts springt mich an, also öffne ich die Tür vollständig.

Ich gehe zum Küchentisch. Da liegt sie ja, die Lesebrille. Aber, was ist denn *das* –?

Ich kann nicht glauben, was ich sehe. Nein, ich will nicht glauben, was ich sehe. Nicht einmal Blockwart Grantler hätte ich das zugetraut. Niemals!

Jetzt wird mir auch klar, wieso der nicht die Lauer in seine Wohnung gelassen hat. Die hätte auf jeden Fall die Küchentür geöffnet und was sie dann gesehen hätte, das hätten morgen nicht nur alle in unserem Haus, sondern alle in unserer Straße gewusst, mit an Sicherheit grenzender Wahrscheinlichkeit in kürzester Zeit alle Bewohner Heidelbergs.

Fassungslos und bewegungsunfähig sitze ich am Küchentisch.

Dort liegen zwei geöffnete Briefe. Der erste Brief ist an Frau Lauer gerichtet, von ihrem Sohn, der in Belgien zu leben scheint. Der zweite geöffnete Brief ist an mich adressiert, vom Finanzamt. Das ist ja wohl die Höhe! Na, der kann was erleben! Auf dem Herd steht ein Topf mit Wasser, so wie es aussieht, hat er die Briefe über Wasserdampf geöffnet und mit dem Klebestift, der auf dem Küchentisch liegt, wollte er die Briefe wieder zukleben. Aber dann ist ihm wohl aus irgendeinem Grund etwas dazwischengekommen. Tja Grantler, man sollte immer zuerst eine Sache beenden, bevor man mit der nächsten beginnt. Immer eines nach dem anderen! Den Brief an die Lauer schiebe ich in den Briefumschlag und klebe ihn zu, den werde ich in ihren Briefkasten einwerfen, meinen Brief nehme ich mit. Ich bin schon fast die Tür draußen, da fällt mir ein, dass ich die Lesebrille vergessen habe. Ich überlege kurz, ob ich sie diesem Ekel von Hausmeister überhaupt mitbringen soll. Soll er doch blind dahin darben.

Jetzt ist mir auch klar, warum der die Post der Hausbewohner in die Briefkästen einsortiert. Ich wette, der reißt sich drum, die Briefe in Empfang zu nehmen, von wegen, der Postbote drückt ihm immer den Packen in die Hand.

Im Krankenhaus fällt es mir schwer, mich zunächst zurückzuhalten. Grantler ist ganz glücklich, als ich ihm alle seine Sachen übergebe. Allerdings habe ich das Bier vergessen. Stimmt, das war nämlich in der Küche, der Kasten im Flur war leer. Ich halte es nicht mehr aus und knalle ihm meinen Brief vom Finanzamt auf das Gipsbein.

»Das ist Hausfriedensbruch. Ich habe Ihnen verboten, meine Küche zu betreten!«

»Hausfriedensbruch! Hausfriedensbruch!« schreie ich. »Verletzung des Postgeheimnisses ist das! Was bilden Sie sich eigentlich ein? Das ist wirklich das Allerletzte.«

Die Tür öffnet sich und Schwester Katharina baut sich drohend im Rahmen auf. »Was ist denn hier los? Lassen Sie doch den armen kranken Mann in Frieden! Kein Wunder, dass der sich nicht getraut hat, bei Ihnen anzurufen.«

»Armer kranker Mann? Ich kann Ihnen sagen, was das für ein armseliges Häufchen Elend ist. Ein ...«

»Jetzt reicht es aber. Sie entschuldigen sich auf der Stelle bei Herrn Grantler.«

»Was soll ich?« Das ist ja die Höhe. »Ich soll mich bei dem entschuldigen. *Ich*?« Ich glaube, mein Hamster bohnert.

»Ja, wer denn sonst?«, schreit jetzt die Schwester zurück.

»Ich könnte Ihnen Sachen erzählen ...«

»Behalten Sie Ihre Bosheiten für sich«, verteidigt diese Krankenschwester immer noch ihren Patienten. »Ihre Gemeinheiten, die will hier keiner hören.«

Gleichzeitig fleht Grantler: »Bitte, bitte sagen Sie nichts, zu niemanden. Bitte Frau Eppstein! Bitte!«

»Gnade Ihnen Gott, wenn ich Sie noch einmal dabei erwische ...«

»Jetzt drohen Sie dem armen Mann auch noch. Sie sind eine impertinente Person«, keift Schwester Katharina in meine Richtung.
»Ich bin *was*?«
Meinen Brief vom Finanzamt packe ich dann mal ein und mache mich aus dem Staub.

Auf dem Weg nach Hause überlege ich, ob ich das mit der Post meinen Kindern erzählen soll oder nicht. Ich bin mir nicht sicher, wahrscheinlich machen sie dann dem Hausmeister die Hölle heiß, aber –. Hat er das nicht verdient? Sollten nicht alle Hausbewohner wissen, dass er ihre Briefe liest, noch bevor sie einen Blick darauf werfen können? Aus diesem Grund weiß die alte Wanze immer über alles und jeden im Haus Bescheid. Wer weiß, vielleicht wirft er ja im Nachbarblock auch die Post ein? Zutrauen würde ich es ihm. Aber damit ist jetzt Schluss! Ein für alle Mal!

Max schildere ich am nächsten Morgen die Begebenheit mit unserem Hausmeister, denn mit einem Menschen muss ich darüber reden. Er ist der Meinung, dass ich doch jetzt ein hervorragendes Druckmittel gegen ihn in der Hand habe, um ihn bei dem kleinsten Anlass gefügig machen zu können. Der fresse mir noch aus der Hand.
Aber will ich das überhaupt, dass mir der Grantler aus der Hand frisst?

Die Tür geht auf und der elegante Heiße-Schokoladen-Junkie mit dem dunkelblonden Stoppelkopf tritt ein. Heute trägt er Jeans, ein Polohemd und eine Luxus-Sonnenbrille. Eine Sonnenbrille bei Regen! Seit gestern haben wir Starkregen mit Unwettergefahr. Da kann man nur hoffen, dass der Neckar nicht wieder über die Ufer tritt.
Bei einer Tasse heiße Anti-Kummer-Schokolade setzt er mich über die Neuigkeiten in seinem Leben in Kenntnis:
»Leider muss ich meine Zelte hier früher abbrechen als

geplant. Schade, schade! Gerade jetzt, wo ich Ihr Geschäft entdeckt habe.«

Mit allen nur möglichen heißen Schokoladen-Spezialitäten deckt er sich ein, nicht nur die Anti-Kummer-Schokolade und die Denk-Schok haben es ihm angetan, er kauft auch alle anderen Sorten, die ich sonst noch auf Lager habe.

Ich will wissen, wohin es ihn verschlagen habe, ich denke, es muss weit weg sein, vielleicht Amerika oder der Nordpol.

»Meine neue Wirkungsstätte ist in der Pfalz. Na ja, ich lass mich überraschen. Ich hoffe nur, dass es dort auch so eine hervorragende Chocolaterie gibt.«

»So weit ist die Pfalz doch nicht entfernt, da können Sie doch sicherlich einmal im Monat zum Einkaufen vorbeikommen.«

»Stimmt, soweit habe ich nicht gedacht. Das mache ich.«

Max und ich wünschen ihm alles Gute.

Er wird sicherlich dort eine neue Chocolaterie finden. Schade, wieder ein netter Stammkunde weniger.

Am nächsten Tag finde ich in meinem Mail-Postfach eine Nachricht von Cem. Im Anhang schickt er mir die Obduktionsergebnisse von Philipp und Dennis. Ich drucke sie aus. Mit Max setze ich mich an den hinteren Bistrotisch. Wir lesen.

»Daraus geht eindeutig hervor, dass bei Philipp wie auch bei Dennis starke Schlafmittel im Blut nachgewiesen werden konnten und beide unzweifelhaft an einer Überdosis Heroin gestorben sind«, stelle ich fest.

Max kennt den in den Befunden genannten Wirkstoff, ihm ist auch bekannt, in welchen Schlafmitteln er sich befindet, da er diese Medikamente von Zeit zu Zeit selbst eingenommen hätte. »Besonders wenn ich auf Turkey war, habe ich mir die eingeworfen. Das sind gängige Mittel, die von Drogenabhängigen als Ersatzrauschmittel konsumiert werden.«

»Max, so wie es aussieht, sind die beiden tatsächlich an einer Überdosis Heroin verstorben, zuvor haben sie diese Schlafmittel als Ersatzdroge benutzt.«

»Vielleicht war dieser Drogencocktail einfach too much. Hier drin steht auf jeden Fall auch, dass keinerlei Hinweise auf Fremdverschulden gefunden worden seien.«

»Wir haben uns geirrt. Aber, wenn beide an einer Überdosis gestorben sind, warum dann die Drogen in der Toilette des Schoko-Traums?«

13

Zwei Tage später kommt ein Anruf von Sabina. Sie ist in Heidelberg und will wissen, ob ich etwas Zeit habe. »Ich möchte gerne ein bisschen in Ruhe mit dir quatschen. Wie wär's mit Kaffee und Kuchen? Um drei bin ich im Schoko-Traum.«

Ich freue mich, Sabina wiederzusehen, sie war mir im Schokoladen-Seminar auf Anhieb sympathisch. Ich könnte mir vorstellen, dass wir gute Freundinnen werden.

Max gibt mir frei, er sagt, er schmeiße den Laden alleine.

Es tut mir gut, mal ein wenig auf andere Gedanken zu kommen. Ich kann es kaum abwarten, Sabina mein Geschäft zu zeigen.

Dann steht sie vor mir. Sie trägt ein rotes Etuikleid mit einer dünnen weißen Jacke. Ihre langen blonden Haare trägt sie offen. Diese Frau sieht fantastisch aus. Wenn ich ein Mann wäre, könnte ich mich glatt in sie verlieben.

Sabina sieht sich in meinem Schoko-Traum genau um, schließlich beabsichtigt sie, auch eine Chocolaterie zu eröffnen. Ich biete ihr verschiedene kleine Schokostückchen zum Probieren an, diese lehnt sie dankend ab, wegen ihrer Linie. Auch eine heiße Anti-Kummer-Schokolade möchte sie nicht. Klar, man sieht, dass diese Frau keinen Kummer hat. Max zeigt hinter ihrem Rücken mit seinem Daumen nach oben. Sabina scheint auch auf ihn Eindruck zu machen.

»Los, wir gehen jetzt, ich will endlich mit dir reden. Ich hab dir so viel zu erzählen.«

»Da bin ich ja richtig gespannt.«

Im Café suchen wir uns beide ein Stück Torte aus. Sabina kann sich, ob der vielen Auswahl erst nicht festlegen und entscheidet sich mehrmals um. Ich weiß, was ich will: eine Schokoladen-Torte.

Wir suchen ein ruhiges Plätzchen in einem der Räume.

»Schön, dass du mich besuchst.«

»Ja, das musste sein.«

»Du strahlst, als wärst du frisch verliebt«, stelle ich fest. Das stimmt, man sieht den meisten Menschen an, wenn sie sich neu verliebt haben, dann geht so ein einzigartiges Strahlen von ihnen aus.

»Oh Gott, sieht man mir das an? Ja, es ist sehr schlimm. Es hat mich voll erwischt.«

»Erzähl schon. Wer ist der Glückliche?«

»Du kennst ihn.«

»Ich kenne ihn?« In Gedanken gehe ich alle infrage kommenden Männer durch, aber außer Anton fällt mir niemand ein und der ist es sicherlich nicht. Ich überlege, wer noch alles am Schokoladen-Seminar teilgenommen hat. Eigentlich kann es nur ein Mann aus dem Seminar sein, sonst haben wir keine gemeinsamen Bekannten.

»Ein Mann aus dem Schoko-Seminar?«

»Volltreffer! War auch nicht schwer zu erraten, oder? Ich meine, es hat zwischen uns ja schon während des Seminars heftig gefunkt. Er ist ein Traummann. Gutaussehend, intelligent, charmant, durchtrainiert, exotisch, er hat einfach das gewisse Etwas.«

»Dich hat's aber wirklich erwischt.« Ich weiß allerdings beim besten Willen nicht, auf welchen Mann aus dem Schokoladen-Seminar diese Beschreibung zutreffen könnte, bis auf einen ... Nein, das kann unmöglich sein!

»Am Montag«, plappert Sabina weiter, »da waren wir zusammen auf dem Wurstmarkt in Bad Dürkheim.«

»Ach, das ist ja lustig. Da war ich nach dem Seminar. Jetzt sag schon, wer es ist.«

»Mensch Tanja, kannst du dir das nicht denken?« Sie sieht mich mit einem Blick an, als wäre ich der dümmste Mensch auf der ganzen Welt.

»Der Konditor aus Speyer?«

»Glaubst du, ich leide an Geschmacksverirrung?« Sie macht kunstvoll eine Pause. »Cem natürlich.«

»CEM?« Die Gabel mit dem Kuchen, die ich mir zum Mund führen wollte, lasse ich wieder sinken.
»Das ist ein Witz, oder?« Ich glaube ihr kein Wort.
»Nein, wieso soll das ein Witz sein. Ich meine, wir haben doch schon beim Seminar geflirtet.«
»Ach ja?«
»Natürlich. Hast du nichts davon mitbekommen?«
»Eigentlich nicht.«
»Na ja, du warst halt so mit deinem Schoko-Engel beschäftigt.«
Komisch, warum wird mir Sabina von Satz zu Satz unsympathischer? Habe ich nicht noch vor einigen Minuten gedacht, wir beide könnten beste Freundinnen werden? Ich schätze, daraus wird wohl nichts. Hat sie tatsächlich gesagt, sie sei mit Cem auf dem Wurstmarkt gewesen? Das glaube ich jetzt nicht.
Hör jetzt ganz genau zu.
Was soll ich denn sonst tun?
»Cem hat mich abends nach dem Seminar noch angerufen und wollte wissen, ob ich am nächsten Tag Zeit hätte, er möchte gerne mit mir zum Wurstmarkt nach Bad Dürkheim fahren. Eigentlich hatte ich etwas anderes vor, aber für diesen Traummann habe ich den Termin abgesagt. Wusstest du, dass Cems Oma aus Freinsheim stammt? Lustig, ein Pfälzer Türke.«
Er hat am Abend nach dem Seminar mit ihr telefoniert, das heißt, er hat Sabina angerufen, nachdem er mich nach Heidelberg gefahren hat. Mist! Wenn sich unser Hausmeister kein Bein gebrochen hätte, dann hätten Cem und ich miteinander geschlafen und er wäre wohl kaum auf die Idee gekommen, Sabina anzurufen.
Wer weiß, sicherlich ist dir dadurch eine viel größere Enttäuschung erspart geblieben. Du solltest dem Grantler dankbar sein.
»Ihr habt also den Wurstmarkt besucht. Was habt ihr denn da gemacht?« Das interessiert mich jetzt aber brennend.

»Also zuerst haben wir uns an den Ständen eine Schlachtplatte geholt und in einem Schubkärchler haben wir was getrunken. Und Cem hat mir von sich erzählt. Wir saßen da einige Stunden, ich habe gar nicht bemerkt, wie die Zeit verging. Mit diesem Mann vergesse ich Zeit und Raum.« Sie kichert wie ein Schulmädchen. »Und stell dir vor, danach hat er mir ein riesiges Stofftier geschossen.«
»ER HAT DIR EIN STOFFTIER GESCHOSSEN?«
»Ja, witzig, oder? Cem ist ein besonders guter Schütze. Ich habe mir einen riesengroßen Affen ausgesucht. Dass er mir dieses Stofftier geschossen hat, das war so kindisch, aber süß.«
»Wie nett von ihm!«, sage ich bissig. Es fällt mir schwer, Sabina weiter zuzuhören. Ich kann das alles nicht glauben. Mit wie viel Frauen Cem wohl auf dem Wurstmarkt war, jeden Tag mit einer anderen? Na ja, es kam mir gleich komisch vor, dass sich ein Mann wie Cem für mich interessiert.

Und mit dieser Frau wolltest du vor einer Stunde noch befreundet sein. Manchmal bist du ganz schön naiv.

Ja, ja, ja, sie hat ja recht, meine innere Stimme.

»Wir haben uns das eindrucksvolle Feuerwerk angesehen und dabei hat er mich zum ersten Mal geküsst. Was hat der Mann weiche Lippen. Und wie gut der küssen kann!«

Warum muss ich mir das anhören?

»Und dann hat er mir sein Penthouse im Lindenhof gezeigt. Und weißt du, was er als Ausrede benutzt hat?«

»Lass mich raten«, sage ich wutentbrannt. »Er wollte dem Affen eine Banane zu essen geben, damit der arme Kerl nicht verhungert.«

»Tanja, woher weißt du das? Bist du Hellseherin?«

»Ja, quasi mein zweiter Beruf.«

Dieser Schuft! Dieser verdammte Schuft!

Da siehst du mal wieder. Du und deine Traummänner. Habe ich dir nicht gleich gesagt, du solltest Vorsicht walten lassen und nicht gleich zu viel Gefühl investieren.

Ja, hätte ich nur auf meine innere Stimme gehört. Ich fühle mich, als wäre ich im freien Fall. Das alles kann doch nicht wahr sein.

»Sein Penthouse mit den vielen Designermöbeln macht schon was her. Wenn du wüsstest! Die Einrichtung ist ein bisschen gewöhnungsbedürftig, aber echt edel. Und erst das Wasserbett!« Sabina wird rot. »Du glaubst es nicht, aber Cem hat ein großes Wasserbett. Das ist echt lustig. Man kommt sich darauf vor wie auf hoher See.« Sie kichert wieder.

»Habt ihr ...«

Eigentlich will ich die Antwort gar nicht hören. Aber ich muss es wissen.

»Das hat sich so ergeben. Erst habe ich mich geziert, aber Cem hat keine Ruhe gegeben, da haben wir das große Wasserbett ausprobiert. Es war tatsächlich ein Erlebnis. Nicht nur das Wasserbett, auch Cem. Er ist so stark und vital, dieser Mann ist ein fantastischer Liebhaber.«

Mir reicht's. Ich will nichts mehr hören.

»Du Sabina, es war schön, dich zu sehen, aber ich muss jetzt wieder.«

Sabina umarmt mich stürmisch.

»Du hast ja deinen leckeren Kuchen gar nicht aufgegessen?«

»Ich bin etwas unpässlich. Bis bald mal.«

»Wir können doch mal zu dritt etwas unternehmen, Cem, du und ich. Wie findest du das?«

»Eine tolle Idee, eine wirklich tolle Idee. Ich muss jetzt, leider.«

Ich stürme aus dem Café hinaus.

Ich möchte nicht wissen, mit wie vielen Frauen dein Traummann Cem auf dem Wurstmarkt war.

Jeden Tag mit einer anderen und immer das gleiche Programm: Essen, Trinken, Stofftier schießen und dann ins Penthouse abschleppen. Immer die gleiche Nummer, wie einfallslos. Ich hätte ihm mehr zugetraut.

»Dieser Schuft!«, sage ich laut, als ich auf der Fußgängerzone in Richtung Schoko-Traum marschiere.

Eine ältere Frau dreht sich zu mir um: »Ganz richtig, junge Frau. Schufte! Alle miteinander!« Sie legt mir ihre knochige kleine Hand auf meine Schulter. »Das vergeht, glauben Sie mir.«

Ich nicke ihr nur zu. Sagen kann ich nichts, sonst flenne ich auf der Stelle los, hier mitten in der Fußgängerzone, zwischen all den Menschen. Das muss ich unbedingt vermeiden. Dieser tennisballgroße Kloß in meiner Kehle schmerzt.

Im Schoko-Traum rausche ich an Max vorbei Richtung Toilette.

Ich kann das alles nicht glauben. Mein Wunsch an den Kosmos kommt mir in den Sinn. Zwischen dem Universum und mir scheint es eine Menge Fehlschwingungen zu geben.

Irgendwann klopft Max an die Tür: »Tanja, ist alles in Ordnung?«

Als Antwort bekommt Max nur ein herzzerreißendes Schluchzen.

»Tanja, mach auf der Stelle die Tür auf! Was ist denn los?«

Ich drehe den Schlüssel um und weine mich in Max' Armen aus. Er streicht sanft über meinen Kopf, so wie ich das bei Alina oft mache.

»Tanja, was ist denn? Was ist denn los?«, will Max besorgt wissen.

Ich sage immer nur: »Dieser Affe! Dieser Affe!«

Max lotst mich an den hinteren Bistrotisch und kocht erst mal eine Anti-Kummer-Schokolade. Dann berichte ich ihm von Sabinas neuer Liebe. Nicht nur ich bin baff. Auch Max kann das alles nicht glauben.

»Ich kenne ihn ja nur aus deinen Erzählungen, aber das hätte ich diesem Cem niemals zugetraut.«

Max schlägt vor, dass ich mich zu Hause erst mal ein bisschen ausruhen soll. Stimmt, verflennt, wie ich aussehe, bin ich nicht gerade verkaufsfördernd. Was sollen denn meine Kunden denken, wenn ich ihnen so gegenübertrete? Ich packe meine sieben Sachen und verabschiede mich.

Zu Hause bin ich allein. Auf dem Küchentisch liegen zwei Zettel. Auf einem steht: »Bin mit Fynn unterwegs. Alina«, auf dem anderen: »Schlafe heute Nacht bei Flori. Lucas.«

Ich begebe mich in die Speisekammer. Dort finde ich eine Flasche Barolo. Genau das Richtige. Zurzeit scheint sich die Welt gegen mich verschworen zu haben. Letzte Woche stürmt ein Spezialeinsatzkommando den Schoko-Traum, Drogen werden gefunden und ich werde verhaftet. Und heute diese Katastrophe. Ich öffne den Wein und setze die Flasche an meinen Mund, um einen großen Schluck zu trinken. In der Küche lasse ich mich mit der Flasche Wein am Holztisch nieder.

»Mama, bist du jetzt unter die Trinker gegangen?«

Mein Sprössling wundert sich, dass seine Mutter Wein aus der Flasche trinkt. Das tut sie normalerweise nicht. Außer bei Weltuntergangsstimmung.

»Was machst du denn hier?«, will ich wissen.

»Das mit Flori hat sich zerschlagen. Mama, ist bei dir Landunter oder was?«

Ich nicke nur.

»Komm Mama, wir setzen uns ins Wohnzimmer und du erzählst mir alles. Er nimmt zwei Gläser aus dem Schrank und führt mich ins Wohnzimmer.

Und dann berichte ich ihm von Sabinas Abenteuer mit Cem.

Zwischendurch klingelt mein Handy. Es ist Cem. Ich drücke ihn weg und schalte das Handy aus.

»So ein blöder Affe«, ist der Kommentar meines Sohnes und dann gesteht er mir, dass er sich hin und wieder mit Hülya bei ihrer Freundin Jenny treffe. Eigentlich wollte diese Hammerbraut heute bei Jenny übernachten, aber ihre Eltern hätten sie in letzter Minute nicht gelassen. Wahrscheinlich hätte mal wieder ihr Bruder interveniert. Und dann weiht mich Lucas in das Geheimnis ein, dass Sebastian, Bastian oder Basti, der beste Hacker an der Schule gar nicht existiert, sondern dass Hülya sich so nennt.

»Warum denn das?«

»Na, welcher Hacker heißt schon Hülya?«

»Aha, jetzt ist mir einiges klar.«

»Hülya sieht nicht nur gut aus, sie ist auch weit und breit die beste Hackerin, ich meine weit über unsere Schule hinaus.«

Mein Sohn stellt fest, dass wir beide derzeit eine Affinität für unsere türkischen Mitbürger hätten.

Nun ja, ich nicht mehr. Mir reicht's. Dieser Cem ist echt das Letzte. Gut, er ist ein Traummann, aber gibt ihm das, das Recht allen Frauen gleichzeitig den Kopf zu verdrehen? Soll er doch mit Sabina glücklich werden.

Lucas hat Hunger. Ich nicht, aber meinem Sohnemann zuliebe werde ich mich an den Herd stellen und auch eine Kleinigkeit mitessen.

Vorher schalte ich mein Handy noch einmal ein. Cem hat schon zweimal draufgesprochen und mir eine SMS geschickt: »Tanja, ich hab soooo eine Sehnsucht nach dir. Wie geht es Brunetti? Ich würde gerne heute Nacht, und von mir aus auch an allen anderen Nächten, mit ihm tauschen. GlG Cem«

Dieser elende Schuft!

14

Bevor ich mich am Morgen in Richtung Schoko-Traum aufmache, muss ich noch einmal ins Krankenhaus. Blockwart Grantler braucht neue Wäsche, darüber hat mich Schwester Katharina gestern am Telefon informiert. Ich verstehe nicht, warum sie das nicht selbst macht, wenn ihr unser Hausmeister so sehr am Herzen liegt. Die hat mich doch tatsächlich ermahnt, ich soll nicht wieder gemein zu dem armen Mann sein. Ich und gemein! Wenn die wüsste!

In Grantlers Wohnung entdecke ich noch zwei Schlafanzüge. Allerdings finde ich dort auch diese Wut auf ihn wieder. Die Post seiner Nachbarn zu lesen, das ist schon ein starkes Stück, das ist alles andere als ein Kavaliersdelikt.

Ich bin noch nicht die Tür zum Krankenzimmer drin, da ruft er schon: »Das sind doch Sie in dem Polizeiauto?«

»In welchem Polizeiauto?«, frage ich betont gelangweilt.

»Na hier, in der Zeitung vom Freitag letzter Woche. Ein Bettnachbar hat mir seine alten Zeitungen geschenkt, als der gestern entlassen wurde. Ich habe Sie gleich eindeutig erkannt auf dem Bild. Und dieser junge Mann, der neben Ihnen sitzt, das ist doch der, der schon bei Ihnen gewohnt hat. Hier sehen Sie!« Er hält mir die Zeitung mit dem Foto unter die Nase.

»Ich kann da nix erkennen.«

»Aber ich! In ihrem Schokoladen-Laden wurden Drogen gefunden. Sind Sie jetzt unter die Dealer gegangen?«

»Hören Sie, Herr Grantler, die auf dem Bild, das bin nicht ich. Und ich bin auch keine Drogendealerin.«

»Dann ist der junge Mann ein Dealer. Ich meine, wie naiv ist das denn, so einen in Ihrem Laden zu beschäftigen?«

»Der Max dealt nicht mit Drogen.«

»Setzen Sie sich. Sie wissen doch, ich liebe Krimis. Jetzt berichten Sie mir endlich mal alle Einzelheiten.«

Und dann erzähle ich dem Grantler von Philipp und Dennis, von unserem Verdacht gegen Jan und von dem Drogenfund in meinem Laden. Auch den jungen Mann mit dem Hund lasse ich nicht aus.

»Und mit diesem Max, da sind Sie sich ganz sicher?«

»Ja, für den lege ich beide Hände ins Feuer.«

»Na, na, Frau Eppstein, wenn Sie sich da mal nicht Ihre Griffel verbrennen ...«

»Max hat damit nichts zu tun. Auf keinen Fall.«

»Dann kann's doch nur der junge Mann mit dem Hund gewesen sein. Nehmen wir mal an, dieser Jan hat die jungen Männer um die Ecke gebracht und er weiß von Ihrem Verdacht gegen ihn, dann hat der doch allen Grund, Ihnen Drogen unterzuschieben. Aber selbst, wenn die beiden jungen Männer an einer Überdosis gestorben sind, dann kann trotzdem dieser Jan hinter der Sache stecken. Da läuft ein großes Ding und der will sich nicht von Ihnen in die Suppe spucken lassen. Die im Fernsehen, die würden den beschatten. Der würde die Nullkommanix zu seinem Drogenlabor führen und dann würden die die Polizei verständigen und der würde singen wie ein Vögelchen.«

»Tja, Herr Grantler, leider sind wir nicht im Fernsehen.«

»Aber Sie müssen doch rauskriegen, wer Ihnen die Drogen untergeschoben hat, sonst bleibt das an Ihnen hängen.«

Wenn er recht hat, der Grantler, dann hat er recht. Ich nehme dann mal seine Schmutzwäsche an mich, um sie zu waschen.

»Übrigens: Anfang nächste Woche werde ich entlassen, aber ich habe ja immer noch das Gipsbein. Könnten Sie mir bis dahin meinen Kühlschrank füllen?«

»Ich soll Ihnen den Kühlschrank füllen?«

»Ja klar, wer denn sonst, ich hab doch außer Ihnen niemand.«

Jetzt bin ich zur einzigen Bezugsperson unseres Hausmeisters mutiert. »Irgendwelche Sonderwünsche?«

»Ja, jede Menge. Der Fraß hier ist ja ungenießbar.«

Und schon notiere ich mir Grantlers Wünsche: Pfälzer Leberwurst, Schwartenmagen und natürlich Saumagen, gefühlt noch tausend andere Nahrungsmittel.

Max und ich arbeiten im Schoko-Traum wie immer Hand in Hand. Am Vormittag kreiere ich meine Schokoladen-Spezialitäten, während Max sich um das Geschäft kümmert, am Nachmittag verkaufen wir zusammen im Laden.

Vanessa stattet uns mit Mia einen Besuch ab. Sie ist so froh, dass sie die Ausbildungs-Prüfung hinter sich gebracht hat. Trotz dieser schweren Zeit und der vielen Turbulenzen, hat sie mit guten Zensuren bestanden. Wir beide gratulieren ihr. Das muss gefeiert werden, mit einer heißen Anti-Kummer-Schokolade.

Wir sitzen zu dritt am Bistrotisch, als Vanessa eine Dose mit Pillen aus ihrer Tasche hervorkramt.

»Hier, die habe ich in einem Koffer gefunden. Ich glaube, jetzt ist alles klar. Phil ist rückfällig geworden. Er muss das Zeug heimlich geschluckt haben. Und an dem Abend vor seinem Tod, da wollte er sicherlich mit dir drüber reden. Ich denke, er musste sich jemanden anvertrauen. Mir hätte er das garantiert nicht gesagt, ich meine, ich hatte mit der Prüfung und der Kleinen so viel um die Ohren. Phil ist an einer Überdosis gestorben und Schluss. Wir müssen diese Tatsache akzeptieren.«

Max dreht die Glaspackung mit den Pillen in seinem Fingern. Auf dem Behältnis steht lediglich eine Nummer. Daraus ist nicht ersichtlich, welches Medikament sich darin befindet.

»Das Zeug könnte von Jan stammen. Sieht selbstgemacht aus.«

»Mensch Max«, sagt Vanessa, »jetzt hör endlich auf damit. Jan hat nichts mit Phils Tod zu tun, er ist an einer Überdosis Heroin gestorben. Und aus!«

»Ich weiß nicht.«

»Bitte, hör auf damit, Max. Ich ertrage das nicht.«

Mia weint und Vanessa geht mit ihrer Tochter ins Lager, um sie zu stillen und zu wickeln und, wie ich annehme, auch selbst ein bisschen zu weinen.

»Irgendetwas stimmt an der ganzen Sache nicht.« Max trinkt den Rest Kakao aus. »Ich hätte gute Lust, Jan zu beschatten. Ich habe keine Ahnung, um welche Pillen es sich hierbei handelt, aber sie könnten durchaus von ihm stammen. Kannst du nicht Cem bitten, das Zeug analysieren zu lassen?«

»CEM? Schon vergessen, dass ich nicht vorhabe, mit diesem Schuft jemals wieder ein einziges Wort zu wechseln.«

»Ja, reg dich nicht auf, Tanja, war ja nur 'ne Frage.«

»Aber eine ziemlich blöde! Sag mal, Vanessa und du, wird das was mit euch?«

»Ich weiß es nicht. Sie ist noch durch den Wind. Ich unterstütze sie, wo ich kann. Und wenn ich ehrlich bin, dann könnte ich mir das mit uns zwei oder besser uns drei vorstellen. Aber ich werde einen Teufel tun und sie jetzt, kurz nach Phils Tod, zu irgendwelchen Entscheidungen drängen. Ich glaube, dann hätte ich sie ganz schnell verloren. Ich bewundere sie sehr, wie sie das alles durchzieht. Sie ist voll tough.«

»Ja, das stimmt. Ich mag sie auch sehr. Und Mia ist einfach nur süß.« Ich lege meine rechte Hand auf Max' Arm. »Ihr beide würdet gut zusammenpassen. Das sage ich nur ungern, denn inzwischen habe ich mich an dich gewöhnt, es wäre mir lieber, wenn du weiterhin der Freund von Alina bliebst. Mit dir war alles so einfach. Du hast ihr gesagt, sie soll lernen und das Kind hat's gemacht. Na ja, ich befürchte, der Vampir wird das mitnichten zu ihr sagen. Und selbst wenn, er hat nicht diesen Einfluss, den du auf sie hattest. Angeblich bringt sie ihn nächste Woche mal zum Abendessen mit. Er ist schon ganz gespannt auf die Drogendealerin, hat er zu Alina gesagt.«

»Na, der ist aber witzig.«

Vanessa kommt mit Mia aus dem Lager. Sie verabschiedet sich.

Draußen vor der Tür treffen gerade zwei meiner Stammkunden aufeinander. Frau Wilhelm und dieser Chefarzt aus der Uniklinik. Wie es scheint, kennen die beiden sich sehr gut. Jetzt betreten sie den Laden.

»Liebe Frau Eppstein, Sie kennen doch Herrn Dr. Brück.«

Der Arzt begrüßt mich mit Handschlag. Vor zwei Tagen kam Frau Wilhelm in den Schoko-Traum, als Max und ich uns über die Obduktionsergebnisse von Philipp und Dennis unterhielten. Sie wollte wissen, weshalb wir nicht noch einmal einen Spezialisten draufschauen ließen.

»Gute Idee«, sagte ich, »wir kennen nur leider keinen Spezialisten.« Außerdem hielten wir die Sache für aussichtslos, da beide Befunde eindeutig waren.

»Frau Eppstein, wissen Sie, dass Herr Dr. Brück lange Jahre auf einer Entzugsstation in einer Psychiatrischen Klinik gearbeitet hat? Mit Drogen kennt er sich aus. Ich habe ihm von diesem Obduktionsprotokoll erzählt, er würde gerne mal einen Blick drauf werfen.«

Mist! Ich habe die beiden Schreiben schon vernichtet. Am Computer im Lager rufe ich Cems Mail mit den Befunden noch einmal auf, um die Ergebnisse erneut auszudrucken. Obwohl ich mir sicher bin, dass das nichts bringt. Frau Wilhelm meint es nur gut, aber es ist völlig überflüssig, jetzt auch noch diesen Arzt in die ganze Sache hineinzuziehen. Vor allen Dingen, da ich die Berichte überhaupt nicht besitzen dürfte. Cem könnte sicherlich großen Ärger bekommen. Ach, was interessiert mich Cem. Ärger gönne ich ihm. Soll er doch großen Ärger bekommen. Mir doch egal!

Frau Wilhelm, Herr Dr. Brück und Max sitzen an einem Bistrotisch und warten auf die Ausdrucke.

»Das wird leider nichts bringen. Ich meine, die beiden sind eindeutig an einer Überdosis Heroin verstorben.« Herrn Dr. Brück drücke ich die Obduktionsprotokolle in die Hand.

Dieser setzt eine Lesebrille auf. Er liest und liest. Zwischen seinen Augenbrauen bildet sich eine große senkrechte Falte, die sich immer tiefer einzugraben scheint, je länger er liest.

»Dieser Wirkstoff, der bei beiden jungen Männern gefunden wurde, der ist in verschiedenen, starken Schlafmitteln enthalten. Die Medikamente werden allesamt auch von Drogenabhängigen konsumiert, wenn diese unter Entzugserscheinungen leiden oder keine anderen Drogen zur Hand haben.«

Ja, Herr Doktor, soweit waren wir schon, denke ich. Das Ganze bringt doch nichts. Es war wirklich unnötig, jetzt auch noch diesen Arzt zu bemühen.

»Es entspricht den Tatsachen, dass beide Männer eindeutig an einer Überdosis Heroin gestorben sind.«

»Na also!« Max sieht mich an und zuckt mit den Schultern.

»Aber ihren letzten Schuss konnten sich diese beiden jungen Männer unmöglich selbst gesetzt haben.«

»Wie bitte?« Ich glaube, jetzt habe ich mich verhört.

»Beide können sich ihren, wie es so heißt, goldenen Schuss, auf keinen Fall selbst injiziert haben.«

Frau Wilhelm strahlt. Kluge Frau, wie es aussieht, war ihre Idee, Herrn Dr. Brück zu fragen, doch nicht so dumm.

»Wie kommen Sie darauf?«, platzt Max heraus.

»Ganz einfach. Beide Männer hatten einen so hohen Wirkstoffgrad des Schlafmittels im Blut, dass sie unmöglich noch bei Bewusstsein gewesen sein konnten, als ihnen ihr letzter Schuss verabreicht wurde. Jemand, der unter einer dermaßen hohen Dosis Schlafmittel steht, ist unmöglich in der Lage, sich selbst noch eine Spritze zu setzen.

Ergo muss beiden das Heroin durch eine dritte Person injiziert worden sein. Selbst für stark Abhängige, was beide, nach den Aussagen, die hier gemacht werden, fraglos nicht waren, wäre die Dosis dieses Mittels eindeutig zu hoch gewesen.«

»Sind Sie sich da sicher?« Das möchte ich doch genau wissen.

»Ja, selbstverständlich, damit kenne ich mich aus.«

»Oh verdammt, dann wurden die beiden umgebracht. Ich hab's doch gleich gewusst.« Max sieht mich an und presst die Lippen aufeinander.

Herr Dr. Brück schüttelt den Kopf. »Nein, nicht zwangsläufig, es kann auch Selbstmord auf Verlangen gewesen sein.«

»Woraus schließen Sie das?« Frau Wilhelm fixiert Herrn Dr. Brück, während sie an den Perlen ihrer sündhaft teuren Kette spielt.

»Wenn ich das richtig sehe, sind da noch andere Medikamente im Blut beider Männer festgestellt worden. Der eine Wirkstoff kommt in der Krebstherapie zum Einsatz. Als Rauschmittelersatz eignet sich diese Substanz auf keinen Fall. Die weiteren aufgeführten Stoffe sagen mir nichts. Waren Herr ...« Er sieht sich die Befunde noch einmal an. »Herr Schröter und Herr Hoover an Krebs erkrankt?«

Alle Blicke richten sich auf Max. »Nein, nicht dass ich wüsste. Also bei Philipp bin ich mir ziemlich sicher, dass er nicht an Krebs erkrankt war. Und einen Selbstmord auf Verlangen schließe ich definitiv auch aus.«

»Hören Sie, ich würde mich bezüglich der beiden Befunde gerne noch einmal mit einem Krebsspezialisten der Uniklinik kurzschließen, wenn Sie nichts dagegen haben.«

»Selbstverständlich, gerne«, sage ich.

Herr Dr. Brück verlässt den Schoko-Traum mit den Protokollen.

»Das ist voll krass.« Max kann es noch immer nicht fassen.

»Ich dachte mir, Fragen kostet ja nichts.«

»Danke Frau Wilhelm, das war sehr weise. Gerade waren wir uns sicher, dass beide lediglich an einer Überdosis Heroin verstorben sind und jetzt das.«

Max kommt mit den Pillen, die Vanessa in den Müll geworfen hat. »Vielleicht solltest du Cem doch bitten, die mal analysieren zu lassen.«

»Nein, sicherlich nicht.« Ich ziehe die Nase hoch, das geht mir alles noch ganz schön an die Nieren. »Auf keinen Fall werde ich jemals wieder auch nur ein einziges Wort mit diesem Cem sprechen.«

»Wenn man vom Teufel spricht.« Max nickt in Richtung Tür.

Cem!

»Hallo! Tanja, ich muss dringend mit dir reden!«

»Aber ich nicht mit dir.«

»Tanja, ich weiß nicht, was los ist, aber ich hatte das Gefühl, dass da zwischen uns beiden etwas Besonderes entsteht. Ist dein Handy defekt? Warum meldest du dich nicht mehr?«

»Hör mal Cem. Machen wir uns doch nichts vor, du hast mit mir gespielt, das war sicher lustig für dich. Aber jetzt lass mal gut sein.«

Mehrere Kunden betreten den Laden.

»Wir sollten uns woanders in Ruhe unterhalten«, schlägt Cem vor.

Ich für meinen Teil, möchte mich überhaupt nicht mit diesem Mann unterhalten. Ich will ihn noch nicht einmal ansehen, willige jedoch ein.

Wir gehen ein Stück, bis zu einem Café und Restaurant. In den beiden hinteren Zimmern sind leider alle Plätze besetzt. Lediglich im vorderen Raum ist noch ein einziger Tisch frei, aber an diesem trapezförmigen Tisch möchte ich auf keinen Fall Platz nehmen. Hier saß ich schon einmal mit einem Mann, in den ich verliebt gewesen war. Er saß direkt vor der lebensgroßen Statur der Justitiar, vor der jetzt auch Cem Platz nimmt.

Kann mir ein Mensch sagen, warum sich immer alles im Leben wiederholen muss?

Ich setzte mich Cem gegenüber. Wir bestellen zwei Kännchen Kaffee.

Sag ihm, er soll sich zum Teufel scheren. Was triffst du dich überhaupt mit diesem Betrüger?

Ja, da enthüllt meine innere Stimme mal wieder die Wahrheit. Das alles hier, das bringt doch nichts. Ich möchte keinen Mann, der außer mir noch so viele Freundinnen hat, dass er sich leicht in den Terminen verheddern kann.

»Tanja, ich weiß nicht, was passiert ist. Erklär mir's.«

»*Ich* soll *dir* etwas erklären? Vielleicht solltest du mir was erklären?«

Na, der hat Nerven!

»Eigentlich dürfte ich nicht hier sein. Wir sind gerade in einer heißen Phase.«

»Dann hättest du dortbleiben sollen, wo auch immer du warst.«

Richtig! Gib's ihm!

»Tanja, du bist mir sehr wichtig. Ich muss wissen, was los ist. Ich verstehe es nicht.«

»Mit wie vielen Frauen warst du auf dem Dürkheimer Wurstmarkt?«

Cem sieht mich irritiert an. »Mit wie vielen Frauen ich auf dem Dürkheimer Wurstmarkt war? Wieso willst du das denn wissen?« Er scheint sich prächtig über meine Frage zu amüsieren.

»Gib mir einfach eine Antwort.«

Bin schon sehr auf seine Ausrede gespannt.

»Also ich war dreimal auf dem Wurstmarkt, beim ersten Besuch mit drei, nein falsch, mit vier Frauen.«

»Aha!«

»Nix aha! Das waren meine Mutter, meine Oma, meine Tante und eine sehr junge Nachbarin meiner Oma. Meine Omas, die deutsche wie auch die türkische, versuchen nämlich ständig, mich mit irgendwelchen Frauen zu verkuppeln, die, nach ihrer jeweiligen Ansicht, eine hervorragende Ehefrau für mich abgäben.« Cem lacht. »Auf die musst du nicht eifersüchtig sein.« Er lacht schon wieder laut und herzlich.

Ich finde das weniger lustig.

Der soll jetzt endlich mal zur Sache kommen.

Da bin ich ganz der Meinung meiner inneren Stimme.

»Dann war ich an einem Abend noch einmal dort, mit meiner Schwester und ihrem neuen Freund. Wir haben uns zum Abendessen in Bad Dürkheim getroffen. Und am Sonntag war ich mit dir auf dem Wurstmarkt.«

»Und am Montagabend, dem letzten Tag des Wurstmarktes, an dem Tag, an dem immer das große Feuerwerk stattfindet?«

»Am Montagabend war ich zu Hause.«

Der Mann lügt, ohne mit der Wimper zu zucken.

Stimmt, wenn ich es nicht besser wüsste, dann würde ich dem alles abkaufen, was er sagt.

»Du warst also zu Hause?«

»Ja, das war ich. Aber ich habe sogar eine Zeugin.«

»Eine Zeugin?«

»Ja, frag Sabina.«

»Sabina?« Das schlägt dem Fass den Boden aus!

»Ja, sie stand abends plötzlich mit einer Flasche Sekt vor meiner Tür. Ich bin mir nicht sicher, ob ich die Tür geöffnet hätte, wenn ich gewusst hätte, wer davorsteht. Sie hat nicht unten geklingelt, sondern oben, an meiner Wohnungstür. Ich habe gedacht, es ist die ältere Frau von nebenan, sie hat manchmal Probleme mit der neuen Technik in ihrer Wohnung. Es ist alles computergesteuert und die alte Dame kennt sich damit nicht aus. Sie fragt mich des

Öfteren um Rat, zum Beispiel, wenn ihre Jalousien morgens um zehn statt abends um zehn heruntergehen.«

Das interessiert mich jetzt überhaupt nicht!

»Ich war sehr überrascht, Sabina zu sehen. Aber ich hatte gleich ein komisches Gefühl. Ich meine, was macht diese Frau abends mit einer Flasche Sekt vor meiner Haustür?«

»So, so, und dann seid ihr zum Wurstmarkt gefahren.«

»Nein, was hast du denn immer wieder mit dem Wurstmarkt? Wir haben ein Glas Sekt miteinander getrunken und dann habe ich sie nach Hause geschickt. Sie war mir sympathisch beim Schokoladen-Seminar, mehr nicht. Sie dachte anscheinend, ich will mehr von ihr. Aber diese Frau ist überhaupt nicht mein Typ. Wir saßen auf der Terrasse und haben ein Glas Sekt getrunken und ich habe ihr immer wieder von dir erzählt. Ausführlich habe ich ihr von unserem gemeinsamen Besuch am Tag zuvor auf dem Dürkheimer Wurstmarkt berichtet. Alles habe ich ihr erzählt, auch dass ich mich in dich verliebt habe.«

»Ist das wahr?« Will der mich verarschen? So viel Dreistigkeit traue ich nicht einmal Cem zu.

»Natürlich ist das wahr. Glaubst du, ich erzähle dir irgendwelche Lügen? Warum sollte ich das tun?«

»Und du hast ihr keinen Affen geschossen?«

»Tanja, wie kommst du denn da drauf? Sie war nur bei mir zu Hause, da konnte ich ihr keinen Affen schießen.«

»Dann hast du auch kein Feuerwerk mit ihr zusammen gesehen?«

»Nein, natürlich nicht. Wie kommst du nur auf all diesen Unsinn? Ich hätte nicht gedacht, dass du eifersüchtig bist.«

»Ich möchte nur Klarheit, das ist alles. Sabina war bei mir und hat mir erzählt, dass sie mit dir auf dem Dürkheimer Wurstmarkt war, am letzten Abend. Sie hat behauptet, ihr hättet dort Schlachtplatte gegessen, du hättest ihr einen Affen geschossen, und nachdem ihr gemeinsam das Feuerwerk gesehen hättet, hättest du den Vorschlag gemacht, den Affen bei dir zu Hause mit einer Banane zu füttern, damit er nicht verhungert.«

»Hat sie auch behauptet, sie und ich, wir hätten ...«

Ich nicke nur.

»Dieses gemeine Biest. Ich habe ihr offenbart, wie sehr ich in dich verliebt bin. Ich dachte, wenn ich ihr alles vom Tag zuvor schildere, dann begreift sie, dass ich schon vergeben bin und alles ist gut. Ich meine, ich habe ihr klipp und klar zu verstehen gegeben, dass sie nicht mein Typ ist. Und dass zwischen dir und mir was läuft oder zumindest zu laufen beginnt. Ich hoffe es ...«

»Oh Cem, es tut mir leid. Aber ich dachte ...«

»Woher sollst du auch wissen, dass Sabina nur Lügen erzählt. Ich denke, die Frau ist eine pathologische Lügnerin. Der Fachbegriff lautet: Pseudologia Phantastica. Bei dieser krankhaften Form des Lügens geht es denjenigen darum, im Mittelpunkt der Aufmerksamkeit zu stehen. Das ist eine narzisstische Persönlichkeitsstörung. Diese Menschen glauben ihre Lügen manchmal selbst, viele haben auch ein außergewöhnlich gutes schauspielerisches Talent, deshalb bringen sie diese Unwahrheiten auch täuschend echt rüber.«

»Ja, das war sehr echt.«

»Ich bin so froh, Tanja, dass wir das alles richtigstellen konnten.«

»Ja, ich auch, Cem.«

»Du musst mich ja für einen schlimmen Schuft gehalten haben.«

»Allerdings! Aber jetzt weiß ich es ja besser.«

Und dann unterrichte ich Cem über die Neuigkeiten bezüglich der Obduktionsergebnisse und will von ihm wissen, ob er Philipps Medikament, das Vanessa gefunden hat, analysieren könne.

»Klar, mach ich. Kann ich sonst noch etwas für dich tun?«

»Ja, umarme mich endlich.«

Das lässt er sich nicht zweimal sagen.

Meine innere Stimme enthält sich jeglichen Kommentars. Leider muss Cem dann wieder zu seiner augenblicklichen Arbeitsstelle zurück, wohin hat er mir nicht verraten.

15

Sabina, eine pathologische Lügnerin! Das hätte ich niemals für möglich gehalten. Alles, was sie erzählte, hat derart echt geklungen. Wenn diese Menschen die Lügengeschichten, die sie erzählen, selbst glauben, dann ist das natürlich kein Wunder, dass man nicht zu zweifeln beginnt. Ich bin froh, dass ich mich nicht in Cem getäuscht habe. Gestern gab ich ihm im Schoko-Traum noch die Pillen, die Vanessa gefunden hatte. Cem versprach, mir die Analyse so schnell als möglich zukommen zu lassen.

Zwei Tage später trifft eine Mail von Cem mit den Analysedaten ein. Die sagen mir rein gar nichts. Aber sicherlich Herrn Dr. Brück. Ich rufe ihn an, Frau Wilhelm hat schon gestern mit ihm gesprochen und ihn gefragt, ob er bereit sei, sich diese Daten mal anzusehen. Als Bezahlung möchte er eine Tafel Schokolade. Die kann er gerne bekommen. Ich maile ihm die Datei von Cem zu.

Schon zwei Stunden später steht Herr Dr. Brück bei mir im Schoko-Traum.

»Frau Eppstein, dieses Medikament gibt es nicht.«

»Wie«, frage ich, »gibt es nicht? Was soll das heißen?«

Wir setzen uns an einen Bistrotisch.

»Dies ist kein im Handel erhältliches Pharmazeutikum.«

»Ist es ein Schlafmittel oder irgendein Betäubungsmittel?«

»Nein, dies ist ein Präparat, das einen Wirkstoff enthält, der gegen Krebs eingesetzt wird. In dieser Zusammensetzung mit den anderen enthaltenen Wirkstoffen, stufe ich das Arzneimittel jedoch eher als lebensgefährlich ein. Nicht nur ich, übrigens. Ich habe mich mit zwei Krebsspezialisten kurzgeschlossen, auch sie teilen diese Meinung. Und wissen Sie, dass die gleiche Zusammensetzung bei beiden jungen Männern gefunden wurde, die angeblich an einer Überdosis Heroin gestorben sind? Beide müssen demnach dieses Medikament eingenommen haben. Aber ich kann mir nicht vorstellen, dass ihnen das von einem Arzt verabreicht wurde, ich meine, kein Arzt setzt seine Patienten einem derartig gefährlichen Medikamentencocktail aus.«

»Könnten die beiden die Tabletten als Ersatz für andere Drogen missbraucht haben?«

»Nein, das ist auf keinen Fall möglich, denn dieses Medikament ist lebensgefährlich, aber es erzeugt keinerlei Rausch.«

»Warum haben die beiden dann diese Tabletten eingenommen?«

»Tja, Frau Eppstein, ich habe keine Ahnung. Ich kann mir das auch nicht erklären. Wie gesagt, in der Zusammensetzung ist das kein auf dem Markt erhältliches Pharmazeutikum.«

»Kann es sein, dass das Mittel im Ausland eingesetzt wird?«

»Also beide Krebsspezialisten haben mir versichert, dass, nach ihrem Wissen, dieses Medikament in der vorliegenden Zusammensetzung weder in Deutschland noch irgendwo sonst im Ausland im Verkehr sei.«

Herr Dr. Brück sucht sich eine Nugat-Schokolade als Bezahlung aus. Ich danke ihm vielmals.

Als Max von seiner Psychologin zurückkommt, berichte ich ihm, was mir Herr Dr. Brück mitgeteilt hat. Auch Max kann sich keinen Reim darauf machen.

»Warum sollten Philipp und Dennis dieses Medikament eingenommen haben?« Max stützt den Kopf auf seine rechte Hand auf, während er nachdenkt.

»Und vor allem, wer hat ihnen die Tabletten verabreicht?«, ergänze ich.

»Vielleicht turnt das Zeug ja doch irgendwie. Blöd, dass wir keine der Pillen mehr haben. Ich hätte das glatt ausprobiert.«

»Max, wenn Dr. Brück der Meinung ist, dass es nicht als Drogenersatzstoff zu verwenden ist, dann kannst du ihm das glauben. Ich meine, wenn der einige Jahre auf einer Entzugsstation gearbeitet hat dann weiß der doch, wovon er redet.«

»Stimmt auch wieder.«

»Schon sehr mysteriös, das Ganze.«

In der Mittagspause kaufe ich im Supermarkt ein, da Alina uns ihren Vampir am Abend vorstellen wird. Außerdem muss ich Grantlers Kühlschrank füllen, der wird heute entlassen. Wahrscheinlich sitzt er schon zu Hause rum und ärgert sich, weil er nichts zu essen hat. Am Morgen habe ich seine gewaschenen Schlafanzüge und seine Unterwäsche in seine Wohnung gebracht. Lucas behauptete, ich mache Mutter Teresa enorm Konkurrenz in Sachen Nächstenliebe. Er meinte, dass ich die Sache mit dem Grantler etwas übertreibe. Aber was soll ich denn machen?

Also klingle ich für alle Fälle an seiner Haustür, bevor ich aufschließe und tatsächlich ...

»Endlich, ich warte schon seit zwei Stunden. Was soll ich denn essen? Und das Bier ist auch alle.«

Ich räume seinen Kühlschrank ein und sage: »Herr Grantler, wenn Sie möchten, kann ich Ihnen noch einen Rest Gulasch mit Reis bringen.«

»Oh ja, gerne. Hoffentlich können Sie überhaupt kochen.«

»Das werden Sie ja dann sehen. Und Ihr Bier können Sie sich per Telefon bestellen, die liefern das dann sicher gleich aus. Ihr Mundwerk scheint ja tadellos zu funktionieren.«

»War nicht so gemeint, mit dem Kochen.«

»Wir haben bestimmt auch noch 'ne Flasche Bier.«

»Danke, Frau Eppstein«, presst er etwas zerknirscht zwischen den Zähnen hervor.

Er will wissen, wann ich wieder für ihn einkaufe und ob ich auch das Geschirr spülen könne.

»Ich kann Ihnen ja Frau Lauer schicken, die kümmert sich gerne um Sie«, schlage ich vor.

»Die Lauer? Bloß nicht, die betritt meine vier Wände nicht. Ich glaube, dass mit dem Geschirr schaffe ich schon.«

Ach, auf einmal!

Ich kündige ihm an, dass ich ihm morgen früh ein paar Reste von heute Abend vorbeibringen werde. Sein Gesicht hellt sich auf.

Das Gulasch wollte ich selbst essen, na ja, ich koche ja heute Abend, da reicht am Mittag auch ein Stück Brot. Dann schaffe ich die warme Mahlzeit mal zum Grantler.

Endlich hat meine Tochter ihren Vampir zum Abendessen eingeladen. Wie es von einem Blutsauger zu erwarten war, ist er kein Vegetarier, das wollte ich natürlich vorab von Alina wissen. »Leider noch nicht«, sagte sie betrübt. »Na ja, ist ja auch nicht üblich bei Vampiren«, war mein Kommentar. Das fand meine Tochter unverständlicherweise gar nicht lustig und verzog sich türschlagend in ihr Zimmer.

Immerhin kommt der Vampir pünktlich und bringt mir sogar eine weiße Calla mit. Gilt diese Blume nicht seit jeher als Totenblume? Sie sieht edel aus. Bekleidet ist er mit einem besonders schönen schwarzen T-Shirt, na ja, alles an ihm ist schwarz. Er ist blass geschminkt, mit dicken schwarzen Augenringen, wenn ich es nicht besser wüsste, würde ich auf der Stelle einen Krankenwagen rufen. Der Junge sieht aus, als hätte er nicht mehr allzu lange zu leben, außer, er bekommt Frischblut. Hoffentlich nicht von meiner Tochter! Fynns Frisur erinnert mich stark an eine Trauerweide. Sein Gesicht ist mit zahlreichen Piercings geziert. Und ich frage mich ernsthaft, welche Funktion dieser Nasenring mit dem Rosenkranz bis zum Ohr hat. Die Frage danach liegt mir den ganzen Abend auf der Zunge, meiner Tochter zuliebe würge ich sie jedes Mal hinunter. Kinder! Kinder!

Beim Hauptgericht, Auberginen-Reis-Mussaka, einmal mit und einmal ohne Hackfleisch, werde ich darüber aufgeklärt, dass er eine bestimmte Art von Gothic oder Goth sei.

Meine Bemerkung: »Ich dachte, die Gruftis sind ausgestorben«, quittiert er mit Kopfschütteln und langen Erklärungen. Aber wenn ich mich in der Stadt umsehe, dann sind diese schwarzen Untoten, die früher durch die Fußgängerzone schlurften, doch inzwischen – bis auf meine Tochter und Fynn – fast gänzlich aus dem Stadtbild verschwunden. Es gäbe da noch einen Rest, sie seien übers Internet verbunden und eine verschworene Gemeinschaft. Sofort hege ich den Verdacht, dass Fynn meine Tochter als Mitglied einer Vampir-Sekte anwerben könnte.

Dann will Fynn alles über die Polizeiaktion im Schoko-Traum wissen.

»Hat ja nicht jeder an der Schule eine Freundin, deren Mutter wegen Drogenbesitzes verhaftet wurde.« Das findet er einen voll krassen Oberhammer. Ihm zum Gefallen berichte ich die Nummer in allen Einzelheiten.

Immerhin verteidigt mich meine Tochter: »Also weder meine Mama noch der Max, haben mit den Drogen irgendetwas zu tun.«

»Aber wer bunkert denn in Ihrem Laden seine Drogen?«, will er skeptisch wissen. Selbst der Vampir hält mich für schuldig.

Alina antwortet ihrem Freund. »Die Mama wird das schon herausbekommen. Die hat nämlich schon einmal einen Mord aufgeklärt.«

Dass Alina aber auch derart mit ihrer Mutter angeben muss. Jetzt will Fynn auch noch diese Geschichte hören. Ich schildere die Kurzversion.

Lucas und Fynn unterhalten sich dann eingehend über Musik und danach über verschiedene Internetforen.

Ich bereite dann mal die Schokoladensoße zu, für den Lieblingsnachtisch meiner Tochter, für unser spezielles *Schokoladen-Fondue*. Hierfür schmelze ich Vollmilch- und Zartbitterkuvertüre im Wasserbad, füge Sahne, Butter, Vanille, eine Prise Salz und etwas Ahornsirup hinzu und rühre alles glatt. Das Obst habe ich schon zuvor vorbereitet.

Lucas kommt in die Küche und sagt: »Mama, brauchst dir keine Sorgen zu machen. Der Vampir ist harmlos.«

»Und wenn er Alina beißt?«

»Sag ihr, sie soll die Pille nehmen.«

»Ich wusste nicht, dass die auch gegen Vampire hilft.«

»Tut sie Mama, zumindest verhindert sie die Fortpflanzung von Vampiren.«

»Danke mein Sohn, für deine Aufklärung.«

»Bitte Mama, gern geschehen!«

Der Vampir haut ganz schön rein beim Schokoladen-Fondue, immer wieder spießt er Stückchen von Äpfeln, Birnen, Mango, und Ananas auf und tunkt sie genüsslich in die Schokoladensoße. Zum Schluss kratzt er stöhnend den Fonduetopf aus.

»Frau Eppstein, das ist aber auch ein voll krasses Schokoladen-Fondue. Verraten Sie mir das Rezept?«

»Klar«, sage ich großzügig.

Den restlichen Abend verbringen wir damit, Mister X zu jagen. Der Vampir bekommt ihn immer zu fassen. Wer hätte das gedacht!

Nachdem Fynn gegangen ist, will Alina wissen, wie ich ihn finde.

»Ich glaube, er ist einer von den netten Vampiren.«

»Ja, das ist er. Danke Mama.« Meine Kleine strahlt mal wieder wie die Frühlingssonne und gibt mir ein Bussi auf die Wange.

»Aber nicht, dass du allen deinen Klassenkameraden erzählst, dass deine Mutter wegen Drogenbesitzes verhaftet wurde.«

»Ach Mamili, dich hat doch ohnehin jeder in der Zeitung erkannt.«

»Ist das wahr?« Oh nein, jetzt werde ich blass. Meine Tochter hat einen Witz gemacht, oder?

»Na ja, einige schon«, versucht sie zurückzurudern.

Und ich war mir sicher, das Bild sei so unscharf, dass mich niemand darauf erkennen könnte. So kann man sich irren!

Einen Tag später taucht am Nachmittag plötzlich Sabina im Schoko-Traum auf. Ihre Umarmungsversuche wehre ich vehement ab.

Ich habe nicht die geringste Lust auch nur ein einziges Wort mit dieser Lügnerin zu wechseln. Muss ich aber, nur nicht im Schoko-Traum, sonst schreie ich sie hier vor meinen Kunden an oder Sabina flippt aus. Also bitte ich Max mal wieder ein Auge aufs Geschäft zu werfen.

Mit Sabina begebe ich mich ins unweit gelegene Café. Einen Kuchen lehne ich heute ab. In der Nähe dieser Person vergeht mir der Appetit. Sie ist wieder ganz aufgekratzt, sie ordert eine Himbeertorte.

»Wie geht's dir denn so?«, will sie von mir wissen.

»Pass auf Sabina, ich habe keine Lust auf deine Spielchen. Lass uns nicht um den heißen Brei herumzureden. Ich finde das, was du getan hast, schrecklich.«

»Liebe Tanja, was gefällt dir denn nicht, dass ich mit Cem schlafe, oder was?«

»Du schläfst nicht mit Cem!«

»Ich schlafe nicht mit Cem? Tja, da muss ich dich enttäuschen. Was auch immer er dir erzählt hat, *das* war eine Lüge.«

Jetzt hat sie ihr ach so nettes Getue abgelegt. Sie zeigt mir ihr wahres Gesicht.

»Du hast mich belogen. Ihr wart überhaupt nicht zusammen auf dem Wurstmarkt. Du standest mit einer Flasche Sekt vor seiner Tür.«

»Das mit dem Sekt ist richtig, aber nach einem Glas Sekt fuhren wir nach Bad Dürkheim, dort war alles so, wie ich es dir erzählt habe. Okay, das mit dem großen Affen war gelogen, er ist viel kleiner, aber auch nur, weil ich mir diesen kleinen süßen Affen ausgesucht habe. Das war meine einzige Lüge. Nach dem Wurstmarkt sind wir in Cems Penthouse zurückgefahren und haben sein Wasserbett ausprobiert.« Sie bearbeitet mit der Gabel ihren Kuchen, als wolle sie ihn erstechen.

»Sabina, das stimmt nicht. Ich kenne die wahre Geschichte von Cem. Du musst hier keine Märchen erzählen.«

Sie lacht hysterisch auf, mehrere Besucher an den Nachbartischen schauen interessiert zu uns herüber.

»Keine Märchen? Wer sagt dir denn, dass Cems Geschichte der Wahrheit entspricht und nicht meine?«

»Ach Sabina, lass gut sein«, sage ich ganz ruhig, als wäre sie eine ungezogene Jugendliche. Sie kann ja nichts für ihr Verhalten, sie ist krank, denke ich.

»Die kluge Tanja, die weiß natürlich alles, die weiß, wer die Wahrheit sagt und wer lügt.«

»Ja, Sabina, lass das Theater, es hat keinen Zweck.« Warum kann diese Frau nicht einfach mit den Spielchen aufhören?

»Aber ich habe mit Cem geschlafen. Und das mit Bad Dürkheim stimmt auch. Wenn ich es dir nur beweisen ...«

Jetzt beginnt sie zu strahlen. »Mensch, das kann ich doch. Cem hat einen Schnappschuss von mir gemacht und ihn auf mein Mobiltelefon geschickt.«

Sabina kramt in ihrer Handtasche und holt ihr Smartphone heraus.

Sie gibt ein paar Befehle ein und dann zeigt sie mir ein Foto.

Das glaube ich jetzt nicht! Ich weiß nicht mehr, was und wem ich glauben soll. Ich sehe Sabina, die sich nackt in Cems Wasserbett rekelt, in ihrem linken Arm liegt ein Affe und sie streckt ihre Arme aus, als wolle sie sagen: Hör endlich auf Fotos zu schießen und komm ins Bett. Ich erkenne die Einrichtung, ob es ein Wasserbett ist, das sieht man auf dem Foto nicht, aber das ist unzweifelhaft Cems Bett und sein Schlafzimmer und Sabina ist eindeutig nackt.

Ihr Blick ist siegessicher, ich hingegen sehe aus wie ein Boxer, der soeben einen wichtigen Kampf verloren hat.

»Hier, falls du mir immer noch nicht glaubst«, sie zeigt mir den Absender des Fotos: Cems Handynummer. Auch das ist eindeutig. Sogar die Uhrzeit des Anrufs lässt sie mich lesen: der besagte Montag, inzwischen Dienstag, zwei Uhr dreißig.

»Ich muss jetzt, Sabina.«

»Tja, Tanja, so sind sie die Männer. Mach dir nichts draus.«

Schon wieder flüchte ich aus dem Café.

In der Chocolaterie schließe ich mich zunächst auf der Toilette ein, bis Max mehrmals an die Tür klopft. »Tanja, komm raus und erzähl mir, was los war.«

Tränenverschmiert öffne ich die Tür. Max, der kluge Junge, hat schon eine Anti-Kummer-Schokolade gekocht, die ich jetzt bitter nötig habe. Nachdem ich ihm alles unter vielem Schniefen berichtet habe, überlegt er einige Zeit.

»Also gesetzt den Fall, Sabina lügt, dann stellen sich doch die folgenden Fragen: Erstens: Wieso lag sie nackt in Cems Wasserbett? Zweitens: Wieso hatte sie einen Affen im Arm, wenn er ihr keinen geschossen hat? Drittens: Wieso schickt Cem dieses Foto um zwei Uhr dreißig auf ihr Mobiltelefon?«

»Genau Max, das sind die Fragen, die mich brennend interessieren. Sie hätte ja schon einen Affen mitbringen müssen, das ist doch höchst unwahrscheinlich. Und sie hätte heimlich Cems Mobiltelefon entwenden und ihm nach der Aufnahme wieder zukommen lassen müssen.«

»Hast du bei ihm einen Affen gesehen? Er könnte ja auch ihm gehören.«

»Nein, aber ich habe natürlich auch nicht alles perfekt abgescannt. Ich habe ja nur einen kurzen Blick in sein Schlafzimmer geworfen.«

»Das ist alles sehr verworren. Ich meine, warum sollte dir diese Frau was vorlügen, sie muss damit rechnen, dass du Cem darauf ansprechen wirst und dass dann ihr Lügengebäude wie ein Kartenhaus in sich zusammenstürzt.«

»Cem hat gesagt, so etwas wäre krankhaft. Diese Menschen glaubten ihre eigenen Lügen selbst, daher kämen sie authentisch rüber.« Ich nehme einen großen Schluck Anti-Kummer-Schokolade.

»Aber die Ungereimtheiten bleiben. Vielleicht solltest du deinen Cem danach fragen.«

»Er ist nicht mein Cem und – ehrlich gesagt – ich weiß auch nicht, ob er es jemals werden wird.«

»Rede mit ihm, Tanja, dann hast du Klarheit.«

Mehrere Kunden betreten den Laden.

Als Cem am Abend auf meinem Handy anruft, drücke ich das Gespräch weg. Ich habe Angst. Was ist, wenn er mich angelogen hat? Was, wenn Sabina die Wahrheit gesagt hat? Ich fürchte mich davor, schon wieder von einem Mann enttäuscht zu werden. Ich entscheide mich, ihn erst am nächsten Tag anzurufen. Heute fühle ich mich dafür nicht gewappnet.

In der Nacht bereue ich es sehr, Cem nicht angerufen zu haben. Ständig habe ich die wildesten Träume und ich bin nicht diejenige, mit der Cem schläft, sondern das tut er sehr intensiv mit Sabina, und einmal, da ist es ihr Affe, und Brunetti, mein Stofftier, sieht kläffend dabei zu.

Am nächsten Morgen nehme ich all meinen Mut zusammen und wähle Cems Nummer. Jetzt erreiche ich ihn aber nicht. Mist!

Ich begebe mich in den Schoko-Traum. Gegen Mittag sehe ich endlich Cems Nummer auf dem Handy. Ich gebe meine Kundin an Max ab und verziehe mich ins Lager.
Cem will wissen, wie es mir geht.
Ich sage nur: »Schlecht, sehr schlecht.«
»Ist etwas passiert?«
»Kann man so sagen.«
»Nicht, dass Sabina dir wieder einen Besuch abgestattet hat.«
»Woher weißt du das?«
»Sie hat dir aber nicht schon wieder irgendwelche Lügen erzählt?«
»So wie es aussieht nicht. Immerhin hatte sie Beweise für ihre Aussagen.«
»Tanja, was hat dir diese unmögliche Person schon wieder für einen Bären aufgebunden? Und was sind das für angebliche Beweise?«
»Also ein Bär ist es eher nicht, den sie mir aufgebunden hat, eher ein Affe. Und der Beweis ist ein Foto, das du von ihr geschossen hast und welches du mitten in der Nacht von deinem Smartphone auf ihr Mobiltelefon geschickt hast.«
»Ich habe weder ein Foto von Sabina aufgenommen, noch eines an ihr Telefon geschickt.«
»Cem, ich habe das Foto gesehen. Lasziv rekelt sie sich nackt in deinem Wasserbett und sie hat einen Affen in ihrem Arm. Außerdem streckt sie die Hände nach dir aus.«
»Verdammt, deshalb hat die so lange auf der Toilette gebraucht.«
»Willst du mir jetzt tatsächlich erzählen, dass Sabina sich heimlich ausgezogen, sich in dein Wasserbett gelegt und diesen Affen in ihrem Arm platziert hat. Dann hat sie mit

deinem iPhone ein Foto geschossen und es später an ihr Mobiltelefon geschickt, wohlgemerkt um zwei Uhr dreißig. Und du hast von all dem nichts mitbekommen?«

In der Leitung herrscht Stille. Dann höre ich Cem schwer atmen.

»Der versohle ich den Hintern.«

»Ich schätze, das ist so ziemlich genau das, was Sabina sehr gerne möchte.«

»Tanja, du musst mir glauben. Ich habe von all dem nichts mitbekommen. Na gut, die Decke war zurückgeschlagen. Ich dachte noch, dieses kleine Biest hat sich in meinem Schlafzimmer umgesehen.«

»Und der Affe?«

»Ich habe keine Ahnung, vielleicht hat sie ihn mitgebracht. In ihre riesengroße Handtasche hätte auch ein Affe gepasst, nicht gerade in Lebensgröße. Aber ein kleiner, das wäre durchaus möglich gewesen.«

»Und die Aufnahme mit deinem iPhone?«

»Also diese Sabina ist ein ausgekochtes Miststück. Das iPhone lag auf dem Wohnzimmertisch, dachte ich. Aber nachdem sie gegangen war, da fand ich es nicht mehr. Am nächsten Morgen lag es in meinem Briefkasten. Ich dachte, eventuell ist es mir im Aufzug aus der Hosentasche gefallen. Hinterher ist man oft nicht mehr ganz sicher: Hat das Mobiltelefon heute auf den Wohnzimmertisch gelegen oder gestern?«

»Aha!«

»Tanja, vertraue mir! Die kommt niemals wieder in meine Wohnung. So ein ausgekochtes kleines Biest. Ich dachte, sie sei einfach eine notorische Lügnerin, aber das nimmt ja schon Auswüchse von Stalking an.«

»Cem, ich habe im Augenblick Schwierigkeiten überhaupt irgendetwas zu glauben. Das klingt alles so … so haarsträubend.«

»Tanja, du musst mir glauben. Ich möchte dich nicht verlieren. Ich weiß nicht, was diese krankhafte Person mit

ihrer Aktion erreichen will. Bitte Tanja, ich versuche, am Wochenende nach Heidelberg zu kommen.«
»Ich weiß nicht, ob das so eine gute Idee ist.«
»Tanja, bitte.«
Ich willige einem Treffen ein.

Am Nachmittag kommt Kommissar Rauenberg in den Schoko-Traum. Wir setzen uns an einen Bistrotisch. Ich überlege, wie ich ihn dazu bringen könnte, Herrn Dr. Brück einen Blick auf die Obduktionsergebnisse der beiden getöteten jungen Männer werfen zu lassen. Ich kann ja schlecht sagen, dass er das schon getan hat. Da bekäme Cem sicherlich große Schwierigkeiten. Also rede ich ein bisschen über Dr. Brück. Ich berichte, dass er einige Jahre als Arzt leitend auf einer Entzugsstation tätig war und dass er ein Spezialist für Obduktionsprotokolle von Drogentoten sei.
»Frau Eppstein, vergessen Sie's. Es gibt keine Fälle. Die beiden jungen Männer sind an einer Überdosis Heroin gestorben. Aus und Schluss!«
»Aber, gesetzt den Fall, jemand hätte Hand angelegt, dann kann das Dr. Brück garantiert feststellen. Ich meine, er kennt sich aus mit der Dosis von Medikamenten im Blut und all diesen Dingen.«
»Damit kennen sich die Mediziner auch aus, die die beiden Männer obduziert haben.«
»Herr Dr. Brück ist Spezialist. Wenn Sie ihn mal ganz unverbindlich auf die Obduktionsergebnisse der beiden schauen lassen könnten. Ich verspreche Ihnen, dann werde ich niemals wieder behaupten, dass bei den jungen Männern etwas nicht mit rechten Dingen zugegangen ist.«
»Hören Sie, so geht das nicht. Ich kann doch nicht mit den Obduktionsergebnissen bei diesem Arzt reinschneien. Wie stellen Sie sich das denn vor?«
»Biiittte! Herr Hauptkommissar, Herr Dr. Brück ist ein wahrer Experte. Verzeihung ...«

Mein Telefon hat schon mehrmals geläutet, ich habe versucht, es zu ignorieren.

Es ist Steffi: »Tanja, kann ich Max sprechen?«

»Der ist bei seiner Psychologin.«

»Kannst du mit einem Bolzenschneider oder so etwas umgehen oder hast du eine große Kneifzange zur Hand?«

»Ich habe weder einen Bolzenschneider noch eine große Kneifzange. Ich weiß nicht einmal, wie ein Bolzenschneider aussieht. Brauchst du einen Handwerker? Hast du einen Wasserrohrbruch?«

»Nicht so direkt. Ist irgendein Mann im Laden?«

»Nur Herr Hauptkommissar Rauenberg.«

»Gib ihn mir ans Telefon! Sofort«

»Was ist denn los?«

»Gib ihn mir, bitte Tanja! Ich erzähle dir später alles.«

Ich reiche das Telefon an Herrn Rauenberg weiter.

»WIE BITTE? WAS HABEN SIE? Ja, ich komme vorbei. Ihre Adresse? Die schreibt mir ihre Freundin auf. Rufen Sie den Schlüsseldienst. Und sagen Sie ihm, er soll erst mit der Türöffnung beginnen, sobald ich vor Ort bin.«

»Die Adresse von Stefanie Knoll?«, frage ich nach.

»Ja, schnell. Also Sie haben ja Freundinnen!«

Kopfschüttelnd verlässt er den Schoko-Traum, alle meine Nachfragen ignorierend.

Ich überlege, ob ich Steffi anrufen soll, aber das Geschäft füllt sich mit Kundschaft.

Eine Stunde später ist der Hauptkommissar wieder da.

»Also echt, Sie haben vielleicht Freundinnen! Und dieser Jonas, der ist doch viel jünger als Frau Knoll.«

»Ist das ein Verbrechen, das Sie zu Ermittlungen zwingt?«

»Nein«, der Kommissar kann gar nicht mit dem Kopfschütteln aufhören, »das nicht und das andere auch nicht. Strafbar ist das nicht, aber man könnte überlegen, ob nicht in bestimmten Fällen Dummheit bestraft werden sollte.«

Der Mann spricht in Rätseln. Mehr verrät er mir nicht. Langsam werde ich richtig neugierig. Als ich allein im Laden bin, versuche ich Steffi auf ihrem Handy zu erreichen, aber sie geht nicht ran.

16

Kurz vor Ladenschluss kommt Biggi in den Schoko-Traum. Steffi erwarte uns in unserer ganz speziellen Lieblingspizzeria. Sie möchte die Geschichte von heute Nachmittag nur ein einziges Mal erzählen, das sei schon peinlich genug. Birgit weiß nichts Genaues, nur so viel, es gehe um Jonas und Steffi, Hauptkommissar Rauenberg hätte die beiden befreit.

»Die machts aber spannend«, sage ich, während ich die Kaffeemaschine säubere und die restlichen Tassen in die Spülmaschine räume.

Stefanie sitzt schon an unserm Stammtisch. Giovanni empfiehlt das Scaloppina á la Chef an Mangold mit Rosmarinkartoffeln und zuvor einen kleinen gemischten Salat.

»Haben! Haben! Haben!«, schreit Biggi.

Stefanie und ich bestellen auch die Tagesempfehlung. Klingt sehr lecker. Dazu ein gutes Weinchen.

Jetzt nötigen wir Steffi dazu, uns zunächst ihr heutiges Erlebnis zu erzählen.

»Also Jonas und ich, wir hatten uns heute Nachmittag bei mir verabredet. Ich hab Überstunden abgebummelt und Jonas hat heute sein Studio früher geschlossen. Und na ja, wir wollten halt mal was Neues ausprobieren.«

»Oh ha!«, ist Birgits vielsagender Kommentar.

»Jonas hatte Handschellen dabei. Er wollte, dass ich ihn damit ans Bett fessle. Ich habe aber nur seine rechte Hand an den Bettpfosten gefesselt, er ist Linkshänder, müsst ihr wissen.«

Biggis und mein Blick finden sich.

»Und meine linke Hand habe ich auch festgemacht. Ich fand das irgendwie witzig, von jedem von uns eine Hand ans Bett zu fesseln. Natürlich habe ich Jonas zuvor nach den Schlüsseln gefragt.«

»Oh, oh, ich ahne was.« Ich kann mir denken, was jetzt kommt.

»Genau! Das liest man ja immer wieder in der Zeitung und denkt sich: Wie blöd können Leute nur sein? Jonas war sich sicher, er hätte die Schlüssel für die Handschellen in seiner Hosentasche, da hat er sie wohl auch rein. Unter großer Anstrengung bekam ich die Hose zu fassen, mit der Entfernung hatte ich mich etwas verschätzt, aber die Hosentaschen waren schlüsselfrei. Die müssen ihm rausgefallen sein.«

»Oh Mist!« Ich muss schon wieder grinsen.

»Das war alles andere als lustig, Tanja.«

»Das kann ich mir vorstellen.«

»Na ja, ich dachte dann, ich telefoniere erst mal mit dir, vielleicht kann uns Max weiterhelfen. Zum Glück lag mein Handy in greifbarer Nähe.«

»Und dann kam Hauptkommissar Rauenberg.«

»Ja, der hat immerhin auch an den Schlüsseldienst gedacht. Die Tür war von innen abgesperrt und der Schlüssel steckte. So was mach ich nie wieder. Dein Kommissar hat dann den Schlüsseldienst vor der Tür warten lassen, bis er selbst anwesend war. Ein wahrer Kavalier. Er hat uns höchstpersönlich mit dem Bolzenschneider befreit. Für Handschellen fühlte sich der Schlüsseldienst nicht zuständig. Ich dachte erst, die hätten da vielleicht so eine Art Generalschlüssel für Handschellen. Hatten die aber nicht. Dein Kommissar ist echt nett. Na ja, der hat nur immer den Kopf geschüttelt, sonst hat er uns keine Moralpredigt gehalten. Was hat er denn gesagt?«

»Nichts. Außer: Sie haben Freundinnen! Und immer den Kopf hat er geschüttelt, ununterbrochen. Ach ja, und dann hat er noch vorgeschlagen, dass in bestimmten Fällen Dummheit bestraft werden sollte.«

»Sehr witzig, dein Kommissar.«

»Darf ich dich daran erinnern, dass er mitnichten *mein* Kommissar ist.«

»Ein bisschen verguckt hat der sich schon in dich, keine Frage«, stellt Birgit fest.

»Quatsch«, wehre ich ab. »Und wie erging es Jonas in dieser äußerst pikanten Situation?«

»Der sagte immer nur schuldbewusst: So etwas ist mir noch nie passiert.«

Unser Salat wird serviert, wir stürzen uns drauf. Steffi, weil sie vom vielen Sex ausgehungert ist, Biggi, weil sie immer hungrig ist und seit dem Konsum ihrer neuen Schlankheitspillen essen kann, was sie will, und ich, da ich heute noch nichts Anständiges gefuttert habe.

Dann setze ich meine Freundinnen über den neusten Stand bezüglich der Aussagen von Herrn Dr. Brück in Kenntnis. Sie können nicht fassen, dass beim Tod der beiden jungen Männer, nach Meinung des Arztes, tatsächlich jemand nachgeholfen haben könnte. Ich berichte ihnen, dass Max und ich, nach wie vor, diesen Dealer und Drogenkoch Jan verdächtigen. »Der war es garantiert auch, der mir die Drogen untergeschoben hat. Bei der Razzia in seinem Haus haben sich die Polizisten derart dämlich angestellt, dass sie kein Milligramm Drogen gefunden haben.«

»Was willst du denn jetzt machen?«

»Freiwillig ins Gefängnis gehe ich nicht. Ich habe auch keine Lust, dass es zu einem Prozess kommt. Wir müssen zum einen herausbekommen, wer mir die Drogen untergeschoben hat und zum anderen, wer Philipp und Dennis auf dem Gewissen hat. Wahrscheinlich ist für beides dieser Jan verantwortlich. Wir müssen es ihm nur noch nachweisen.«

»Das ist ja nur eine zu vernachlässigende Kleinigkeit.« Biggi schüttelt unablässig den Kopf, wie am Nachmittag Hauptkommissar Rauenberg. »Dir ist klar, dass ihr, du und Max, euch in Gefahr begebt? Wenn dieser Jan zwei Morde begangen hat, dann schreckt der auch vor zwei weiteren nicht zurück.«

»Biggi, die beiden machen das schon. Und wenn ihr Hilfe braucht, dann meldet ihr euch, dann sind wir da.«

»Also ich bin für Undercover-Tätigkeiten nicht zu haben. Mädels, das ist mir zu gefährlich. Mensch, das ist doch kein Fernseh-Tatort, das ist echt.«

»Ja, soll die Tanja vielleicht ins Gefängnis oder der Max?«

»Ihr vergesst immer, dass es da noch eine Institution gibt, die sich mit Verbrechen auskennt und dafür zuständig ist, diese aufzuklären und die bösen Jungs zu fangen: die Polizei.«

»Birgit, manchmal bist du echt ein wenig naiv. Warum sollen die sich den Stress machen und ermitteln, wenn sie die Drogen bei Tanja gefunden haben. Dann können die doch getrost davon ausgehen, dass sie ihr gehören.«

»Ihr Kommissar Rauenberg wird schon dafür sorgen, dass sie nicht in den Knast muss.«

»Rauenberg ist nicht mein Kommissar«, protestiere ich zum wiederholten Male.

Giovanni bringt unser Hauptgericht. Das Scaloppina à la Chef ist ein Gedicht. Wir konzentrieren uns aufs Essen.

Danach berichte ich den beiden, dass ich meine Mutter-Teresa-Rolle bei Grantler endlich los bin, da sie ihm heute den Gips entfernt haben. Steffi und Biggi finden auch, dass ich zu gut für diese Welt sei. Wenn die beiden erst wüssten, dass der alte Knochen regelmäßig die Post aller Hausbewohner gelesen hat, dann würden die mich sicherlich für verrückt erklären, dass ich dem auch noch zur Hand gehe. Aber wie einsam kann ein Mensch sein, der die Post seiner Nachbarn lesen muss, um einmal etwas aus ihrem Leben mitzubekommen? Der tut mir fast schon leid.

Am nächsten Tag überlege ich gemeinsam mit Max, wie wir vorgehen könnten. Er ist dafür, Jan zu observieren.

»Dazu brauchen wir ein Auto«, stellt Max fest.

»Ich könnte Steffi fragen, vielleicht leiht uns Biggi auch mal ihren Wagen, dann hätten wir schon zwei zum Wechseln. Das fällt nicht so auf.«

»Abfetzmäßig! Dann stellen wir uns vor Jans Haus, und wenn er rauskommt, fahren wir ihm hinterher und: Bingo! Dann wissen wir, wo sein Drogenlabor ist.«

»Tja, und dann?«

»Dann stellen wir ihn zur Rede.«

»Und sterben beide auch an einer Überdosis. Keine gute Idee, Max.«

»Dann stecken wir das den Bullen. Die nehmen den hops, er gesteht die Morde und dass er dir die Drogen untergeschoben hat. Das wäre doch pangalaktisch.«

»Max, glaubst du tatsächlich, dass der freiwillig zwei Morde gestehen wird und warum sollte er das mit den Drogen zugeben, wenn sie ihm nichts nachweisen können.«

»Was sollen wir denn sonst machen?«

»Das mit dem Beschatten ist gut. Damit fangen wir an und dann sehen wir weiter. Aber wie soll das denn laufen? Wir bräuchten viel mehr Personen, wenn wir ihn rund um die Uhr observieren wollen.«

»Stimmt. Wen hätten wir denn da?«

»Also Steffi, ob Biggi mitmacht, weiß ich nicht, Frau Wilhelm, Alina, Lucas. Aber es müsste ja auch immer einer dabei sein, der Autofahren kann.«

»Dann fragen wir die Leute, wann sie zum Beschatten bereit sind und teilen sie entsprechend ein.« Max sieht mich kampfeslustig an.

Ich schnappe mir das Telefon, außerdem unser Detektivnotizheft und verschwinde ins Lager. Steffi und Biggi leihen mir abwechselnd ihre Autos. Wir planen zwei Tage und drei Nächte zur Observierung ein: Donnerstagnacht bis Samstagnacht. Ich hoffe nur, dass dieser Dealer während dieser Zeit auch sein Labor aufsucht, sonst sehen wir alt aus. Stefanie und sogar Birgit sind bereit, ein paar Stunden an der Aktion teilzunehmen, aber nur mit mir oder Max. Alina, Fynn und Lucas machen mit und auch Florian hat zugesagt. Frau Wilhelm ist schon ganz heiß drauf, sie kommt mit ihrem eigenen Auto, ich müsse sie nur noch instruieren. Na also, wer sagts denn? Die Leute sind da, wenn man sie braucht. Ich versuche, einen Einsatzplan für tagsüber und einen für nachts zu schreiben. Über zu viel Schlaf werden weder Max noch ich klagen müssen.

»Schlaf wird in der Regel überbewertet«, meint Max lapidar, als er unseren Plan in den Händen hält.

»Wir beide bekommen schon einige Mützen Schlaf, aber halt nicht am Stück.«

Am Donnerstag werden im Schoko-Traum die letzten Vorbereitungen getroffen. Max und ich sitzen am hinteren Bistrotisch vor einer heißen Denk-Schok.

»Was, wenn wir Jan zwei Tage und drei Nächte beschatten, der in dieser Zeit sein Labor aber nicht aufsucht?«, gebe ich zu bedenken.

»Der sucht das schon auf, aber was, wenn es sich doch in seinem Haus befindet, im Keller oder auf dem Speicher, oder wo auch immer.« Max hat recht.

»Irgendwo müssen wir beginnen. Da die Polizei seine Wohnung und sicherlich das gesamte Haus auf den Kopf gestellt hat, sollten wir davon ausgehen, dass er das Labor außerhalb untergebracht hat. Nachher bringt Biggi ihren Wagen vorbei.« Ich nehme noch einen großen Schluck heiße Konzentrations-Schokolade.

»Das Cabrio? Cool.«

»Ich muss dich enttäuschen. Steffi fährt das Cabrio. Ihr sollt Jan lediglich verfolgen, falls er das Haus verlässt und sonst auf eurem Hintern sitzen bleiben, schon klar, oder?«

»Logo!«

Die erste Schicht werden Max und Lucas von zwanzig bis vierundzwanzig Uhr übernehmen, Steffi und ich lösen die beiden für die nächsten vier Stunden ab. Tagsüber ist es wichtiger, da ich davon ausgehe, dass der sein Labor dann aufsuchen wird. Die nächsten zwei Tage werden Max und ich uns im Schoko-Traum ablösen, einer muss immer bei der Observierung anwesend sein. Wir beide haben kein Auto, jedoch einen Führerschein. Es wird Zeit, dass Lucas seinen Schein macht, da soll er mal seinem Vater auf den Zahn fühlen.

»Was, wenn der läuft?« Ich komme ins Schwitzen, denn das haben wir nicht eingeplant. Ich möchte auf keinen Fall, dass mein Sohn oder meine Tochter einen Mörder zu Fuß verfolgen. Ich weiß, dass das Beschatten zu Fuß nicht einfach ist, das merkt die Zielperson schneller, als man bis drei zählen kann. Nur in den Krimis, da merken die immer nichts davon.

»Dann verfolge ihn, ganz vorsichtig.«

»Ich weiß nicht, Max, ich möchte das nicht. Das ist viel zu gefährlich.«

»Keep cool, Tanja. Das läuft wie am Schnürchen, wirst sehen!«

Ich fungiere als Zentrale. Alle melden sich bei mir, wenn etwas Unvorhergesehenes eintreten sollte. Alle Beteiligten stehen bei Bedarf handymäßig Stand-by.

Am Abend sind meine Kinder ganz aufgekratzt, als spielten sie in ihrem ersten Spielfilm mit. Ich hingegen habe Angst, als sich Lucas auf den Weg macht, Max und sein Bruder Florian werden ihn zusammen unten am Neckar aufnehmen. Ich gehe dann mal schlafen.

Blöd, wenn man im Bett liegt und seinen kräftigen Herzschlag spürt. Irgendwann klingelt der Wecker und ich schnelle aus dem Bett hoch, als wäre Bombenalarm. Energisch schalte ich den Knopf der vorbereiteten Kaffeemaschine an und schlüpfe in die Kleider. Auf meinem Handy sind keinerlei Nachrichten, das heißt, dass sich nichts getan hat. Ich hätte das Klingeln auch gehört, derart laut, wie ich mein Handy eingestellt habe. Sicherlich wäre ich in diesem Fall vor Schreck aus dem Bett gefallen. Ich packe noch eine Schachtel Bonbons ein und zwei Tafeln Schokolade, Nervennahrung ist immer gut.

Steffi wartet an den Neckarstaden gegenüber dem Vincentius-Krankenhaus und blendet die Scheinwerfer auf, als sie mich kommen sieht.

»Ich bin schon ganz aufgeregt. Endlich mal was los. Jonas hat übrigens gesagt, dass er auch gerne mit von der Partie sei.«

»Schön, umso mehr wir sind, umso besser. Umso länger können wir unserer normalen Tätigkeit nachgehen und umso länger kann jeder Einzelne schlafen.« Wach fühle ich mich nicht, eher so, als hätte ich zu früh mit dem Schlafen aufgehört.

Ich wähle die Nummer von Lucas.

»Alles im grünen Bereich, Mama. Geile Aktion. Die Zielperson hat gegen zweiundzwanzig Uhr dreißig ihre Wohnung betreten und um dreiundzwanzig Uhr und vierzehn Minuten das Licht gelöscht. Ich glaube nicht, dass da heute Nacht noch was geht.«

»Danke mein Schatz. Ich denke, der schläft wie ein Baby. Wird wohl eine ruhige Beschattungszeit. Schlaf gut, Lucas und einen lieben Gruß an Max und Flori. Wir sehen euch, ihr könnt jetzt losfahren. Auch von Steffi soll ich euch *Gute Nacht* sagen.«

Die beiden winken uns zu, das ist sicherlich nicht sehr professionell, ich winke zurück. Wir fahren in die frei gewordene Parklücke. Max und ich haben uns vor einiger Zeit das Haus in der Weststadt, in dem Jan wohnt, angesehen. Er stand am offenen Fenster und telefonierte, daher wissen wir, in welchem Stockwerk des vierstöckigen Mehrfamilienhauses sich seine Wohnung befindet. Kurze Zeit später verließ er das Haus, stieg in seinen alten klapprigen VW und fuhr davon. Zuvor schoss Max mit dem Mobiltelefon noch ein Foto von Jan. Wir fuhren ihm hinterher, hatten ihn jedoch an der zweiten Ampel verloren. Immerhin kennen wir hierdurch seinen Wagen, er steht zwei Autos weiter. Svoboda kann uns also nicht entwischen.

Das Foto der Zielperson haben wir an alle Beteiligten der *Operation Crystal Meth* verteilt.

Alles ist dunkel und nach kurzer Unterhaltung schlage ich Steffi vor, dass zunächst sie etwas Augenpflege betreiben soll, später sei ich an der Reihe. Es dauert keine zwei Minuten und ich vernehme ein regelmäßiges Atmen und leichtes Pusten Stefanies.

Auch mir fallen ein paar Minuten später die Augen zu. Vom Bellen eines kleinen Kampfhundes werde ich wach. Eine halbe Stunde habe ich geschlafen. Der Hund geht mit Herrchen im Schlepptau am Nachbarhaus der Zielperson vorbei. Auch Steffi öffnet die Augen.

»Sollen wir nicht nach Hause fahren, hier passiert doch nichts.«

»Das ist richtig, aber jetzt haben wir diese Einteilung vorgenommen und jetzt sollten wir sie auch einhalten. Schlaf weiter Stefanie, ich halt die Augen auf.«

Wie machen das nur die vielen Polizisten oder Privatdetektive mit dem Wachbleiben? Nehmen die Aufputschmittel? Vielleicht Crystal Meth? Ich habe keine Ahnung. Im Fernsehen sieht das immer so leicht aus.

Nach kurzer Zeit döse auch ich wieder weg. Erst als ein Auto an uns vorbeifährt, werde ich wach. Max mit Alina und Fynn. Wollen wir mal hoffen, dass das gut geht, mit den Dreien. Alina musste natürlich unbedingt den Vampir mit ins Boot holen. Der findet die Aktion saucool.

Mein Telefon klingelt.

»Hallo Mama, was geht?« Meine Kleine ist völlig aufgekratzt.

»Alles in Ordnung, mein Schatz. Unsere Zielperson scheint zu schlafen. Wir fahren dann mal, damit ihr Platz habt. Ich wünsche euch eine ruhige Zeit. Frau Wilhelm und ich lösen euch dann um acht Uhr ab.«

»Alles klar, Mama.«

»Seid vorsichtig, ja!«

»Logo, Mama.«

»Bis dann!«

Inzwischen haben wir schon fast das Krankenhaus erreicht. Ungewöhnlich ist das schon, um kurz nach vier Uhr morgens durch das verschlafene Heidelberg zu fahren. Es ist ein bisschen, als wäre es eine andere Stadt, eine, in der es gemütlich und unaufgeregt zugeht. Bei dieser Beschaulichkeit erscheint es mir unvorstellbar, welche Menschenmassen sich tagsüber durch unsere Fußgängerzone wälzen.

Ich verabschiede mich von Steffi und gehe die wenigen Meter bis zu unserem Haus zu Fuß.

Meinen Wecker stelle ich auf halb acht. Insgesamt komme ich auf sieben Stunden Schlaf, die müssten ausreichend sein.

Als der Wecker klingelt, fühle ich mich immer noch müde. Ich schaue auf mein Handy. Keine Nachricht, somit war alles ruhig.

17

Frau Wilhelm findet die *Operation Crystal Meth* klasse. Auf ihre alten Tage hätte sie ja ein ruhiges und betuliches Leben, da komme ihr diese Abwechslung gerade recht. Sie kichert wie eine Sechzehnjährige, während wir zum Beobachtungsposten fahren.

Sie möchte, dass ich fahre, für Verfolgungsjagden sei sie zu alt.

Mein Handy läutet: »Einsatztruppe an Mama: Zielperson hat das Haus nicht verlassen. Das war voll langweilig. Also in die Schule können wir heute nicht. Gell, du schreibst mir doch eine Entschuldigung.«

»Und was hast du?«, frage ich.

»Schlafdefizit aufgrund einer Beschattungsaktion.«

»Vielleicht sollten wir einfach Erkältung draufschreiben.«

»Geht klar, Mama. Bis später. Viele Grüße von Max und Fynn.«

»Kinder!« Ich lächle meiner Stammkundin zu.

Wir winken den Dreien zu, die wegfahren, während ich Frau Wilhelms Wagen auf dem freiwerdenden Platz einparke.

»Ihre Kinder sind doch prächtig. Sie können sich nicht beschweren.«

»Und dann berichte ich ihr vom Vampir.«

Frau Wilhelm macht mir Mut, indem sie mir erzählt, was ihre Tochter als Pubertier alles angestellt hat.

»Wer ist denn heute Vormittag im Schoko-Traum?«, will Frau Wilhelm wissen.

»Bei Lucas fallen heute zwei Stunden aus, er muss erst gegen Mittag in die Schule. Das passt gut. So kann er erst mal übernehmen, bis ich ihn ablöse. Max soll erst noch ein bisschen schlafen.«

Wir unterhalten uns sehr prächtig, die Zeit vergeht, ohne dass es uns bewusst wird. Frau Wilhelm erzählt mir ihre

Lebensgeschichte und bald weiß ich alles über ihre Tochter Sabine. Wir sind bei der künstlerischen Ader ihrer Tochter angelangt, als sich die Tür des Hauses öffnet und dieser Jan herauskommt. Ich werde ganz hektisch, bestimmt würge ich gleich den Wagen ab. Meine Fahrpraxis der letzten Jahre lässt einiges zu wünschen übrig. Normalerweise bin ich zu Fuß oder mit dem Fahrrad unterwegs, mehr braucht man in einer Stadt wie Heidelberg nicht.

Jan drückt auf den automatischen Türöffner seines Autos. Ich starte auch schon mal durch. Zumindest versuche ich es. Das musste ja so kommen, natürlich würge ich das Fahrzeug ab.

»Frau Eppstein, wir kriegen den schon. Nur die Ruhe!«

Frau Wilhelm ist ein Schatz. Aber im Augenblick fühle ich mich alles andere als ruhig. Ich brauche drei Anläufe, bis ich das Auto aus der engen Parklücke herausmanövriert habe. Jan ist schon über alle Berge, ich sehe, dass er nach links abbiegt. An der nächsten Ampel fährt er geradeaus, zwei Autos sind zwischen uns. Gleich ist er weg und leider kann ich keinen Kollegen anrufen, der ihn an der nächsten Kreuzung mit einem anderen Fahrzeug übernimmt.

»Der blinkt nach rechts.«

Ich sehe nichts, aber, wenn Frau Wilhelm das sagt, dann wird es stimmen, also halte ich mich rechts. Wenigstens ein Auto versuche ich immer zwischen uns zu lassen, dann biegt der Volvo vor uns ab und wir sind direkt hinter ihm. Na ja, wenn er uns sieht, denkt er sicherlich eine ältere Frau mit ihrer Tochter, das dürfte ihm nicht gefährlich erscheinen. Ich bleibe eine Zeit lang hinter ihm, dann lasse ich mich etwas zurückfallen, so machen die das in den Kriminalfilmen auch immer.

Die Verfolgung klappt ganz gut. Inzwischen sind wir auf der Römerstraße.

»Hier gehts zum Emmertsgrund«, stelle ich fest. »Gut möglich, dass der sein Drogenlabor in einer Wohnung in diesen Hochhausschluchten hat.«

»Bestimmt!«

Wir fahren auf der B 3, dann biegt er Richtung Emmertsgrund ab. Ein roter Kleinwagen ist zwischen uns und Jan Svoboda. Erneut biegt er ab, nach links in die Jellinekstraße. Dort fährt er in die Tiefgarage einer Wohnanlage.

»Mist. Ich steige aus, vielleicht kann ich den Fahrstuhl im Erdgeschoss stoppen.«

»Nein, Frau Eppstein, ich steige aus, der weiß doch, wie Sie aussehen.« Stimmt! Wenn er mir die Drogen untergeschoben hat, dann hat er sich garantiert zuvor die Homepage des Schoko-Traums angesehen.

»Seien Sie bloß vorsichtig, Frau Wilhelm«, rufe ich ihr hinterher, während ich ihren Wagen ein Stück weiter in eine Parklücke setze.

Jetzt warte ich ungeduldig auf die Rückkehr von Frau Wilhelm. Nach wenigen Minuten wähle ich ihre Nummer. Ich lande auf ihrer Mailbox: »Frau Wilhelm, wo sind Sie denn? Bitte melden Sie sich!«

Ich entscheide mich, ihr hinterherzugehen und nach dem Rechten zu sehen, da fährt Svobodas VW aus der Tiefgarage heraus. Oh Schreck! Und jetzt? Was, wenn er Frau Wilhelm erwischt und in seinen Kofferraum verfrachtet hat? Ich muss mich schnell entscheiden. Ich brause ihm hinterher. Er fährt wieder Richtung Innenstadt.

Wieso war der so kurz in der Wohnung? Möglicherweise hat er nur etwas in seiner Drogenküche kontrolliert oder neu eingestellt. Fährt der wieder nach Hause?

In Rohrbach-West biegt er nach links in die Max-Joseph-Straße. In einer Seitenstraße parkt er seinen VW, steigt aus und schlendert einige Häuser weiter, dort betritt er ein Café. Frau Wilhelms Wagen parke ich nicht gerade vorschriftsgemäß, steige aus und gehe zu Svobodas Volkswagen.

Ich klopfe für alle Fälle auf den Kofferraum und rufe: »Frau Wilhelm, sind Sie da drin?«

Ein kleines, höchstens drei Jahre altes Mädchen mit Dreirad, steht plötzlich neben mir und sieht mich verwundert an. »Autos können doch nicht reden. Bist du aber dumm!« Tadelnd schüttelt sie den Kopf.

»Ja, ich weiß, war nur ein Witz.« Schnell gehe ich weiter.

Mein Handy klingelt. »Wo sind Sie denn? Ich habe schon alles abgesucht.«

»Frau Wilhelm, endlich! Geht es Ihnen gut?«

»Alles okay.«

»Ich habe unsere Zielperson mit dem Wagen verfolgt. Ich bin gleich wieder bei Ihnen.«

Frau Wilhelm steht an der Jellinekstraße. Sie nimmt auf dem Beifahrersitz Platz.

»Ach war das aufregend. Ich habe den Aufzug im Erdgeschoss gestoppt und bin mit ihm in die sechste Etage gefahren. Direkt nach ihm habe ich den Fahrstuhl verlassen. Er ist zu seiner Wohnung nach rechts gegangen, ich nach links und habe dort an einer Wohnungstür geläutet. Dort war niemand zu Hause, inzwischen war Svoboda in einer Wohnung verschwunden. Ich habe mir dann das Klingelschild neben seiner Tür angesehen. *H. Boda* steht drauf. Plötzlich ging die Tür auf und er stand vor mir. ›Was wollen Sie denn hier?‹ Er sah mich böse an. Was sage ich jetzt, dachte ich noch, als ich antwortete: ›Ich komme von den Zeugen Jehovas und würde gerne ein Gespräch über den Glauben an Gott mit Ihnen führen.‹ ›Ich glaube, es hackt‹, sagte er. Und dann: ›Verschwinde, aber schnell, sonst mache ich dir Beine, alte Kuh.‹ Ein sehr unfreundlicher Mensch. Eilig ging ich zur nächsten Tür und läutete. Eine ältere Frau öffnete. Svoboda stand noch immer vor der Aufzugstür und wartete. Ich dachte, Gott, was sage ich denn jetzt? Ich wusste nichts Besseres, als den gleichen Spruch aufzusagen. Aber nein! Die Frau ließ mich in ihre Wohnung. ›Kommen Sie doch rein. Ich führe immer gerne ein Schwätzchen, auch über Gott.‹ Was sollte ich der denn jetzt sagen? ›Kennen Sie Ihren Nachbarn, Herrn Boda?‹

›Meinen Sie diesen unfreundlichen jungen Mann nebenan?‹ Ich nickte. ›Ein komischer Vogel. Ich habe schon mal bei ihm geklingelt, weil mein Wasser in der Toilette ununterbrochen lief. Glauben Sie, der hätte mir geholfen? ›Zisch ab, alte Wachtel‹, hat der zu mir gesagt. Was sagen Sie dazu? So etwas muss man sich heutzutage bieten lassen. Diese Jugend ist verkommen.‹ ›Ach wissen Sie‹, gab ich ihr zur Antwort, ›diese Jugend ist auch nicht schlechter als zu allen anderen Zeiten. Es gibt immer solche und solche. Ich glaube, ich muss dann mal weiter.‹ Sie behauptete, der Kaffee sei noch nicht durchgelaufen und wir hätten noch nicht über Gott gesprochen. Ich schlug ihr vor, das Gespräch ein anderes Mal fortzuführen, und dann machte ich, dass ich wegkam.« Frau Wilhelms Wangen glühen. »Frau Eppstein, das hat richtig Spaß gemacht.«

»Frau Wilhelm, Frau Wilhelm, Sie sind mir ja eine.«

Kurze Zeit später sitzen Max, Lucas, Florian, Alina, Fynn, Frau Wilhelm und ich im Schoko-Traum.

»Lucas, müsstest du nicht schon längst in der Schule ...«

»Mama, ich habe beschlossen, heute zu schwänzen. Manchmal gibt es Wichtigeres als die Schule. Ich bin der Meinung, dass ich heute hier viel mehr fürs Leben lernen kann.«

Was soll ich darauf antworten? Wenn ich meine Kinder in so etwas mit reinziehe, dann muss ich wohl auch die Konsequenzen tragen.

Und dann koche ich erst mal zwei Liter heiße DenkSchok, bevor wir eine Lagebesprechung abhalten. Ich teile unsere neuesten Erkenntnisse mit. Wir entscheiden uns dafür, die Beschattungsaktion abzubrechen. Immerhin wissen wir jetzt mit großer Wahrscheinlichkeit, wo sich Jans Labor befindet, sein Frühstückscafé in Rohrbach-West kennen wir auch. Nur über das weitere Vorgehen, da gehen die Meinungen auseinander. Frau Wilhelm schlägt vor, unsere Erkenntnisse der Polizei mitzuteilen, inzwischen halte auch ich das für die beste Idee, denn dieser Mensch ist gefährlich. Max möchte ihn weiter beschatten, da er davon ausgeht, dass da was Großes läuft.

»Gerade deshalb sollten wir die Polizei einschalten«, argumentiere ich, »denn diese Sache ist echt eine Nummer zu groß für uns.«

»Ich kann mich in der Szene umhören.« Max trinkt seine Denk-Schokolade in einem Zug aus.

»Damit warnen wir ihn doch nur. Vielleicht sollte ich mit Rauenberg sprechen«, schlage ich vor.

»Wir könnten ja mal Svobodas Computer anzapfen, Bastian und ich.«

»Nein, Lucas, diesen Einfall halte ich für zu gefährlich. Ihr macht nichts Illegales. Nicht, dass ihr verhaftet werdet.« Ich sehe schon den Pfuscher vor mir, wie er Lucas und Hülya Handschellen anlegt, bevor er die beiden abführt.

»Ach Mama, wir machen das schon.«

»Ich möchte das nicht, Lucas. Auf keinen Fall! Hast du schon vergessen, dass ich vor Kurzem verhaftet wurde? Wenn wir so weitermachen, dann landet unsere gesamte Familie noch im Gefängnis.«

»Oh Mama, lass die Kirche mal im Dorf.« Lucas stellt seine leere Tasse ab. Der will nur wieder mit Hülya rumhacken.

Fynn will auch was zur Sache beitragen: »Dieser Jan, der hat sicherlich zu oft den Drogenkoch in der amerikanischen Serie *Breaking Bad* gesehen, und dann ...«

»So hieß der Hund«, konstatiere ich.

»Welcher Hund? Von was redest du, Mama?« Lucas sieht mich fragend an.

»Der Hund von diesem Wanderer, der hier auf der Toilette war, der hieß Breaking Bad.«

Max zückt sogleich sein Telefon und wählt. Er verschwindet mit seinem Mobiltelefon im Lager.

Keine zwei Minuten später kommt er zurück.

»Der beste Freund von Jan hat einen Kampfhund, der Breaking Bad heißt. Pangalaktisch!«

»So«, beschließe ich, »alles Weitere ist zu gefährlich. Wir wissen, dass uns Jans Freund die Drogen untergeschoben hat und wo sich Jans Labor befindet. Ich rufe jetzt Hauptkommissar Rauenberg an und teile ihm mit, was wir herausgefunden haben, der kann das der Drogenfahndung weitergeben und dann werden die hoffentlich diesen Svoboda mitsamt seinem Drogen-Labor hochgehen lassen.«

»Warum stimmen wir nicht ab?« Ein demokratischer Vampir.

»Also gut! Wer für meinen Vorschlag ist, der hebt die Hand.« Außer Lucas und Max sind alle dafür, die Polizei einzuschalten.

Dann wähle ich mal Rauenbergs Nummer. Ich versuche, ihm zu erklären, was wir herausbekommen haben, aber der Mann kennt keinen Dank. Immerhin machen wir die Arbeit der Polizei, aber statt eines kleinen Dankeschöns, schreit der mich schon wieder an.

»FRAU E-PP-S-T-EI-N, warum müssen Sie sich ständig in polizeiliche Ermittlungen einmischen?«

So wie der meinen Namen ausspricht, fühlt es sich an, als lägen die einzelnen Buchstaben miteinander im Clinch.

»Warum ich mich in polizeiliche Ermittlungen einmische? Vielleicht weil ich wegen Drogenbesitzes verhaftet wurde? Schon vergessen? Ich bin sicher, dass mir dieser Svoboda über seinen Freund die Drogen untergeschoben hat. Jetzt tun Sie doch endlich mal was. Bei mir im Laden sind Sie ja auch mit voller Mannschaft und gezogenen Waffen eingelaufen, das können Sie doch bei diesem Drogendealer erst recht.«

»Frau Eppstein, die Drogenfahndung hat schon seine Wohnung durchsucht und keine Drogen gefunden, ich glaube nicht, dass die das jetzt noch einmal machen.«

»Ja, darf denn so einer Crystal Meth kochen und die Polizei interessiert sich nicht dafür?«

Es sei überhaupt nicht erwiesen, dass in dieser Wohnung nicht ein anderer Herr Boda wohne.

Ach, ist der Mann aber auch schwer von Kapee. Ich erkläre ihm noch einmal, dass Frau Wilhelm gesehen hat, dass er aus der Wohnung herausgekommen ist und die Nachbarin bestätigt hätte, dass Herr Svoboda, oder besser Herr Boda, dort wohne.

»Also gut, ich werde Herrn Puscher davon in Kenntnis setzen, aber versprechen kann ich Ihnen nichts.«

»Danke, Herr Hauptkommissar Rauenberg.«

»Ich möchte, dass Sie in diesem Fall nichts mehr unternehmen. Frau Eppstein! Ich warne Sie! Ich lasse Sie noch einmal verhaften und dann stecke ich Sie in den Knast.« Und abrupt beendet er das Gespräch.

Wie redet dieser Mensch denn mit mir? Ach, was solls. Die gefährlichen Aktionen sind auf jeden Fall zu Ende, das ist das Wichtigste. Jetzt können alle nachts wieder schlafen und tagsüber können die Kinder zur Schule gehen und Max und ich können uns wieder voll und ganz um den Schoko-Traum kümmern.

Alina schlägt vor, für alle beim Libanesen etwas zu essen zu beschaffen. Gute Idee. Allerdings entscheide ich, dass Max unser aller Nahrungsversorgung sicherstellt, denn meine Kinder – einschließlich des Vampirs – müssen heute für die Schule entschuldigt werden, da sähe es nicht gut aus, wenn sie beim Libanesen anrücken und Berge von Couscous ordern.

Dreißig Minuten danach sitzen wir alle im Schoko-Traum und essen. Es schmeckt köstlich. Sogar Alina stöhnt vor Wonne, denn dieser Libanese zaubert nicht nur ein herrliches Lamm-Couscous, sondern auch eine wunderbare vegetarische Variante. Zum Nachtisch serviere ich Pralinen und Kaffee. Alle sind pappsatt.

Nachdem sich unsere Undercover-Mitarbeiter verabschiedet haben, sind Max und ich wieder unter uns.

Gegen fünf Uhr verlässt eine Kundin den Laden, direkt danach betritt ein Mann die Chocolaterie. Ich sehe ihn an. Oh verdammt! Ist das nicht Jan Svoboda?

18

Direkt bevor meine letzte Kundin den Laden betrat, hatte ich beabsichtigt, ein Telefonat mit einem Schokoladen-Anbieter zu führen, aus diesem Grund liegt mein Handy noch auf der Theke, hinter der Kasse, nicht sichtbar für Jan Svoboda, der zur Tür hereinkommt. Das letzte Telefongespräch führte ich mit Herrn Rauenberg. Schnell stelle ich das Handy so ein, dass er angewählt wird und mithören kann, und lege es zurück.

Svoboda hat noch keinen Ton gesagt, aber sein Blick ist furchterregend. Jetzt steht er vor dem Tresen, Max kommt soeben mit einem Turm Pralinenschachteln aus dem Lager.

»Das trifft sich gut. Da habe ich euch beide zusammen. Hallo Max, bist du jetzt zum Schokoladen-Junkie mutiert?«

»Ja, ist gesünder. Solltest du auch mal versuchen.«

»Dank euch beiden Gestalten werde ich, wenn's schlecht läuft, viel Zeit zum Entzug haben.«

Plötzlich fuchtelt er mit einem langen, schlanken Messer vor unserer Nase herum.

»Nehmen Sie doch das STILETTO-MESSER herunter, Herr SVO-BO-DA«, sage ich, ein wenig zu laut und zu hysterisch. Aber erstens habe ich Angst und zweitens möchte ich sichergehen, dass Herr Rauenberg weiß, *wer* uns hier mit *was* bedroht.

Dank eines Elternabends in Lucas' Klasse weiß ich immerhin, dass man das Messer Stiletto nennt, denn ein Messer dieser Art war bei einem Mitschüler im Rucksack gefunden worden, bevor er die Schule verlassen musste.

»Schließ die Tür zu!«, fordert er mich jetzt auf. Aha, wir sind per Du.

Ich gehe zur Tür und schließe ab, das Schild an der Innentür drehe ich um auf *Geschlossen*.

»Warum haben Sie mir die Drogen untergeschoben?«, vielleicht bekomme ich ein Geständnis, wäre sehr hilfreich, wenn dies Hauptkommissar Rauenberg am anderen Ende der Leitung mithören könnte.

»Das war ich nicht«, behauptet Svoboda.

»Blödsinn, das können einzig und allein nur Sie gewesen sein, nicht selbst, aber Ihr Freund mit diesem Hund, der heißt, wie diese amerikanische Fernsehserie.«

»Breaking Bad«, kommt mir Max zu Hilfe.

»Warum musstet ihr beide mir auch in die Quere kommen? Selbst schuld!« Er fuchtelt wieder mit seinem Stiletto herum. »Was ist da hinten?«

»Die Küche und das Lager«, sage ich schnell.

»Ein zweiter Ausgang?«

»Nein, es gibt keinen zweiten Ausgang«, erklärt Max.

Jan Svoboda treibt uns vor sich her ins Lager. Dort schließt er die Tür.

»Was wollen Sie? Reicht es nicht, dass sie schon zwei Menschen umgebracht haben?« Ich versuche, an sein Gewissen zu appellieren, falls er denn eines besitzen sollte.

»Wen soll ich umgebracht haben? Die Leute, die meine Drogen nehmen, die wissen genau, auf was sie sich einlassen.«

»Ich spreche von Philipp und Dennis.«

»Max, was redet diese Alte für einen Stuss? Phil und Dennis sind an einer Überdosis gestorben. Das Heroin hatten sie nicht von mir.«

»Da hat jemand nachgeholfen, Jan. Wir gehen davon aus, dass du derjenige warst, der ihnen den goldenen Schuss verpasst hat.«

»Ihr spinnt ja total! Warum sollte ich das tun? Die beiden waren meine Freunde. Na ja, Freunde ist zu viel gesagt, aber sie waren okay.«

»Die beiden wussten zu viel von Ihren Geschäften, Herr Svoboda, deswegen mussten sie sterben.« Schade, denke ich, dass dieses Gespräch hier im Lager nicht aufgezeichnet wird. Wenn er gleich zwei Morde gestehen sollte, dann sind nur Max und ich als Zeugen anwesend.

»Oh fuck, das ist totaler Müll. Ist das der Grund dafür, dass ihr meine Bekannten und Freunde über mich aushorcht? Mensch Max, wenigstens dir hätte ich das Vorhandensein von etwas mehr Gehirnmasse unterstellt. Ich konnte die beiden gut leiden, die waren echt in Ordnung. Es gibt nicht so viele ehemalige Junkies, die dich noch kennen, wenn sie clean sind. Aber Phil und Dennis, die waren echte Kumpels. Wir sind ab und zu mal 'nen Kaffee trinken gegangen. Fuck, ich hätte denen niemals was antun können. Warum auch?«

»Als ich Phil zum letzten Mal sah, wollte er mir etwas Wichtiges stecken, es hatte mit Nebenwirkungen von Drogen zu tun. Ich nehme an, mit den Nebenwirkungen des Crystal Meth, das du kochst.«

»Schwachsinn! Ja, das Zeug hat Nebenwirkungen, aber mein Crystal ist noch verhältnismäßig rein, deshalb ist es auch so gefragt in der Szene. Andere mischen da viel schlimmeres Zeug drunter. Hat sich noch nie einer über meinen Stoff beschwert. Und was dir Phil stecken wollte, das kann ich dir sagen. Er hat an einer Medikamenten-Studie teilgenommen und bei sich selbst festgestellt, dass die Pillen starke Nebenwirkungen haben. Er wollte diesen Studienleiter zur Rede stellen.«

»Die Tabletten waren nicht von dir?«

»Glaubst du jetzt, ich stelle Pillen her? Mir kam das auch komisch vor, mit Phil und Dennis. Ich meine, die beiden waren schon seit Jahren clean und ich hatte nicht den Eindruck, als wären sie irgendwann in letzter Zeit auf Droge gewesen, zumindest nicht, als ich sie gesehen habe. Und ihr seid euch sicher, dass bei den beiden jemand nachgeholfen hat?«

»Ja, Jan, wir sind uns hundertprozentig sicher.«

»Dann war das der Studienleiter. Dennis hat auch an dieser Studie teilgenommen, die beiden haben sich darüber unterhalten, als wir uns auf einen Kaffee getroffen haben.«

»Hm«, Max presst die Lippen aufeinander, »wenn du nichts mit ihrem Tod zu tun hast, dann müssen wir herausfinden, ob der Studienleiter sie ins Jenseits befördert ...«

In diesem Augenblick rumpelt es vorne im Laden, als hätte jemand die Tür aufgesprengt. Jan hält immer noch das Messer in seiner Hand.

»Lassen Sie das Messer fallen«, sage ich hastig, »die erschießen Sie sonst noch.«

Er wirft das Stiletto auf die Erde und schon geht die Tür auf und zum zweiten Mal innerhalb einer Woche stürmt ein Spezialeinsatzkommando der Polizei meinen Schoko-Traum. Diesmal muss sich aber nur Jan Svoboda auf den Fußboden legen, Max und ich bekommen die Handschellen im Stehen angelegt. Ich hoffe nur, dass nicht wieder ein Fotograf vor dem Laden steht. Das wäre echt etwas zu viel an Negativ-Werbung.

Natürlich hat sich vor dem Schoko-Traum schon wieder eine gaffende Menge gebildet. Und etliche zücken ihre Mobiltelefone, um das Spektakel für die Internetwelt festzuhalten. Wie sehr ich das hasse.

Hauptkommissar Puscher lässt Max und mich auf der Rückbank eines Polizeiwagens Platz nehmen, Jan Svoboda darf allein in einem anderen Flitzer zum Präsidium fahren.

Diesmal sage ich nur einen einzigen Satz beim Verhör, man lernt ja dazu: »Ich bestehe darauf, meinen Anwalt zu kontaktieren.«

Der Hauptkommissar schiebt missmutig ein Telefon in meine Nähe. Ich wähle die Nummer meines Ex, seine Praktikantin ist dran. Ich berichte ihr, was passiert ist und befehle ihr, sie soll Oliver auf der Stelle benachrichtigen, ganz egal, an welchem Ort er sich im Augenblick aufhalten sollte, bei Gericht, beim Golfen oder auf dem Mond. Ich glaube, diesmal hat sie mich verstanden.

Der Pfuscher sitzt provozierend vor mir.

Ich kann mir nicht verkneifen, ihn zu fragen: »Stürmen Sie jetzt jede Woche meinen Laden zweimal mit einem SEK? Nette Werbekampagne. Danke!«

»Ja, allerdings. Wenn Sie weiter vorhaben, dort Drogen zu bunkern oder Drogendealer zu beherbergen.«

»Zu beherbergen ist gut. Der läuft bei mir mit einem Messer ein, was glauben Sie, was der vorhatte, mir bei der Pralinenherstellung oder beim Päckchenpacken behilflich zu sein?«

»Frau Eppstein, Ihr Umgang lässt zu wünschen übrig. Kein Wunder, dass sich Ihr Mann von Ihnen hat scheiden lassen.«

»Die Gründe meiner Trennung gehen Sie gar nichts an.«

Jetzt habe ich mich erneut dazu hinreißen lassen, mit Puscher in eine Konversation einzutreten. Ich bitte den Kommissar dann erst mal um einen Kaffee. Ich denke, hierdurch gewinnen wir etwas Zeit und ich rede mich nicht um Kopf und Kragen.

Diesmal erscheint Oliver schon nach einer halben Stunde. Er besteht auf einem Vier-Augen-Gespräch mit seiner Mandantin.

Erst beim zweiten Anlauf Nachdenken, kapiere ich, dass er mich damit meint. Ich bin schon wieder seine Mandantin. Dabei habe ich doch nichts verbrochen, außer, dass ich in meiner Chocolaterie mit einem gefährlichen Messer bedroht wurde.

»Was ist denn jetzt schon wieder los?« Oliver sieht mich mit einem Blick an, als hätte ich zum dritten Mal versucht, die gleiche Bank auszurauben, in der jedes Mal der Tresor leer gewesen war.

»Was kann ich denn dafür, wenn dieser Typ in meinen Laden reinspaziert und Max und mich mit einem Stiletto bedroht?«

Ich muss dann alles im Schnelldurchgang schildern. Oliver scheint beruhigt. Immerhin haben sie diesmal keine Drogen im Schoko-Traum gefunden.

Nach der polizeilichen Vernehmung in Anwesenheit meines Anwalts ist Max an der Reihe. Ich warte auf der Sünderbank vor dem Verhörraum auf Max und Oliver.

»Frau Eppstein, Frau Eppstein!« Ein kopfschüttelnder Kommissar steht vor mir.

»Herr Kommissar!«

»Hauptkommissar.«

»Herr Hauptkommissar Rauenberg. Ich möchte mich bei Ihnen bedanken, Sie haben uns, Max und mich, gerettet. Aber war das wirklich nötig, meine Chocolaterie schon wieder mit einem SEK zu stürmen?«

»Tut mir leid. Für den Einsatz war Hauptkommissar Puscher verantwortlich. Hauptsache, Sie sind unverletzt.«

»Ja, danke, das SEK hat uns nicht gleich erschossen. Darüber bin ich auch sehr froh.«

»Ich dachte da eher an Herrn Svoboda.«

»Ach, ich glaube nicht, dass der uns beiden etwas angetan hätte. Der bringt die Leute höchstens mit seinen selbst produzierten Drogen um.«

Gemeinsam mit Oliver und Max verlasse ich das Polizeipräsidium.

Mein Ex setzt Max und mich unweit meiner Wohnung ab. Alina, Lucas und Fynn sitzen mit offenem Mund da, als Max und ich ihnen unser Erlebnis mit Jan und dann die erneute Erstürmung des Schoko-Traums durch ein SEK berichten.

»Mensch Mama, wenn wir das gewusst hätten, dann wären wir noch im Laden geblieben.« Meine Tochter nun wieder.

»Bei Ihnen ist voll krass was los. Und ständig fällt die Trachtengruppe in voller Montur in Ihren Laden ein. Wahnsinn!« Fynn findet das, wie es scheint, extrem cool.

»Tja, aber für die beiden Morde kommt unser Jan wohl eher nicht in Betracht«, stellt Max fest.

»Bist du dir da sicher?«, will Lucas wissen.

Max nickt. »Der hat damit auf keinen Fall etwas zu tun.«

»Wer weiß, vielleicht ist dieser Studienleiter für den Tod der beiden verantwortlich. Jetzt stehen wir diesbezüglich wieder am Anfang.« Ich atme tief ein und aus.

Mein Handy klingelt. Cem! Seine Festnetznummer. Ich gehe ran und sage: »Hallo Cem, einen Augenblick, ich nehme dich nur mal schnell mit in mein Zimmer.«

Dort erzähle ich ihm alles, was heute passiert ist. Mehrmals frage ich: »Bist du noch dran?« Er gibt dann immer irgendein Räuspern zum Besten. Ich bin so froh, dass ich alles loswerden kann. Es tut gut mit Cem zu reden.

»Cem!« Irgendwie fällt mir auf, dass er bis jetzt nur zugehört und noch kein einziges Wort gesagt hat.

»Hallo Tanja!«

Nee, jetzt, oder? Das glaube ich nicht.

»Sabina!«

»Dir passieren aber auch verrückte Sachen. Ich glaube, du ziehst das an. Es soll solche Menschen geben. Es gibt welche, die das Unglück anziehen und es gibt welche, denen immer komische Sachen passieren.«

Zum Beispiel, dass ich einer notorischen Lügnerin begegne. Aber wieso ist sie bei Cem zu Hause?

»Gib mir bitte Cem.«

»Der holt uns eine Pizza. Wir beide«, sie kichert, »wir sind etwas ausgehungert. Wir haben seit heute Morgen im Wasserbett gelegen. Na ja, nicht nur dort«. Wieder wiehert sie in den Hörer.

Blöde Kuh!

»Das glaube ich dir nicht.«

»Du siehst doch seine Nummer. Soll ich dir wieder ein Beweisfoto schicken?«

»Du kannst es lassen, dein letztes Beweisfoto war auch ein Fake.«

»Ein Fake, hat Cem das behauptet? Und du glaubst ihm? Pass auf, ich schicke dir ein Foto von mir auf Cems Wasserbett mit dem Mannheimer Morgen von heute. Glaubst du mir dann?«

»Sabina, lass es bleiben. Ich glaube dir, dass du es in Cems Wohnung geschafft hast, aber er ist nicht da. Das heißt, er weiß nicht, dass du dich in seiner Wohnung aufhältst. Ich habe keine Ahnung, wie du das wieder angestellt hast, aber ich glaube dir kein Wort. Zwischen dir und Cem, da läuft nichts. Und deine Spielchen interessieren mich nicht.«

»Ich kann ja mal mit der Polizei reden und denen mitteilen, du hättest mir Drogen in deinem Laden angeboten.«

»Ach, mach doch, was du willst!«

Ich beende das Gespräch. Warum tut diese Frau so etwas? Und ich habe sie mal gemocht, ich dachte, wir werden Freundinnen. Die ist doch krank.

Kannst du dir da wirklich sicher sein, dass Cem nichts mit ihr hat? Wieso ist sie in seiner Wohnung? Inwieweit kannst du diesem Mann vertrauen? Du kennst ihn doch nicht.

Ich vertraue Cem, antworte ich meiner inneren Stimme. *Das mit den Drogen hat doch gezeigt, dass Sabina krank ist. Krank vor Eifersucht.*

Ich wähle Cems Mobilnummer, da ich ihn nicht erreiche, spreche ich auf seine Mailbox: »Cem, Sabina hat mich soeben angerufen, und zwar von deiner Festnetznummer aus. Sie hat behauptet, du wärst Pizza holen. Ich glaube ihr kein Wort. Aber wie ist sie in deine Wohnung gekommen? Ruf mich bitte zurück, ich hatte einen schrecklichen Tag.«

Max und Fynn sind schon gegangen, als ich in die Küche komme. Meine beiden Kinder beschließen, ins Bett zu gehen.

»War'n langer Tag Mamili.« Alina gibt mir einen dicken Schmatzer. »Fynn findet dich endcool, ich dich übrigens auch.«

»Danke Alina und Lucas, auf euch beide kann ich mich voll verlassen.«

Meine Kleine verschwindet in ihr Zimmer.

»Alles klar, Mama?«

»Ja, Lucas. Ich gehe auch zu Bett. Gute Nacht, mein Schatz.«

Das Mobiltelefon schalte ich aus, auch ich brauche meinen Schlaf, sonst komme ich keine Sekunde zur Ruhe, da ich ständig mit Cems Rückruf rechne.

19

Sofort, nachdem ich die Augen geöffnet habe, greife ich nach meinem Handy. Cem hat auf die Mobilbox gesprochen.

»Tanja, es tut mir leid, diese Person ist unmöglich. Ich glaube, ich sollte Sabina wegen Stalkings anzeigen. Ich nehme an, dass sie bei ihrem letzten Besuch einen Hausschlüssel von mir hat mitgehen lassen. Sabina ist krank. Bitte glaube ihr kein Wort. Zurzeit halte ich mich in Berlin auf. Aber ich habe schon dafür gesorgt, dass der Hausmeister ein neues Schloss an meiner Wohnungstür anbringen lässt. Schade, dass es jetzt doch nicht mit dem Wochenende geklappt hat. Wir haben hier eine heiße Spur. Aber, wir holen das nach. Versprochen! Ich melde mich morgen früh gegen zehn telefonisch bei dir.« Einen Augenblick ist es ganz und gar still. »Tanja, du bist mir sehr, sehr wichtig. Ich hoffe, du weißt das.«

Ja, Cem, das weiß ich.

Wie vereinbart telefonieren wir gegen zehn Uhr miteinander und Cem versichert mir alles noch einmal. Ich glaube ihm.

Als ich in der Mittagspause am Samstag nach Hause komme, sitzen Alina, Lucas und Fynn in der Küche. Wieso ist der Vampir schon wieder da? Na, egal. Ich habe eine große Tüte mit Brötchen mitgebracht und haue dann mal etliche Eier in die Pfanne. Gemeinsam nehmen wir ein königliches zweites Frühstück ein, bevor ich mich wieder in den Schoko-Traum aufmache.

Unterwegs läutet mein Telefon.

Biggi ist dran: »Tanja, geht es dir gut? Ist alles in Ordnung?«

»Ja, ja, soweit schon.«

»Hast du schon die Zeitung gesehen? Ich meine die, mit den großen Buchstaben.«

Nein, nicht schon wieder!

»Da ist ein Bild von dir und Max und einer dritten Person abgebildet, wie ihr aus der Chocolaterie abgeführt werdet. Und in dem Artikel daneben steht, dass in der Heidelberger Chocolaterie, in der vor wenigen Tagen Drogen sichergestellt werden konnten, gestern ein bewaffneter Drogenhändler verhaftet wurde.«

Na klasse, bald kann ich den Laden schließen. Wer wird denn jetzt noch bei mir einkaufen?

Ich vereinbare mit Biggi, dass wir uns morgen Nachmittag zu dritt im Café treffen und ich meinen Freundinnen dann alles berichten werde. Da kann ich gleich auch die Sache mit Sabina loswerden.

Gestern Nachmittag saß ich stundenlang mit Birgit und Stefanie im Café. Wir haben ausgiebig gequatscht und magagroße Tortenstücke verdrückt. Es war herrlich.

Max hat sich am Sonntag in der Szene umgehört, dort wurde ihm berichtet, dass Timo, ein alter Bekannter auch an diesem Pharma-Test teilgenommen habe. Aber bis jetzt hat ihn Max noch nicht erreicht, immerhin verfügt er über seine Handynummer.

Ich habe den Sonntagvormittag in der Küche meiner Chocolaterie verbracht und Pralinen hergestellt, einige Sorten waren stark dezimiert, allen voran Süße Sünde, Schoko-Traum-Pralinen und Cappuccino-Pralinen.

Heute Morgen verschließe ich die Pralinen mit Kuvertüre. Es riecht wieder herrlich schokoladig. Max kommt in die Küche: »Ich hab Timo erreicht. Ich treffe ihn um zwölf in einem Imbiss. Das Forschungslabor hat inzwischen dichtgemacht, aber er gibt mir die Adresse.«

»Und lass dir von allen Leuten, die dort gearbeitet haben, die Namen geben und möglichst genaue Beschreibungen, besonders von diesem Studienleiter.«

»Mach ich.« Max packt unser Detektivnotizheftchen ein, in dem wir alles aufschreiben.

Nach einer Stunde ist Max zurück. Er hat wie ein echter Detektiv alles mitgeschrieben und liest mir jetzt die Adresse des Labors vor. Timo hätte berichtet, dass er am Tag nach Dennis' Tod dort gewesen sei, um seine nächste Ration an Tabletten abzuholen und die regelmäßigen Untersuchungen und Blutabnahmen über sich ergehen zu lassen. Zu seinem Erstaunen sei das Klingelschild am Labor verschwunden gewesen. Auch die Telefonnummer hätte nicht mehr existiert. Wie ihm, sei es den anderen Probanden ergangen, auch sie hätten vor verschlossener Tür gestanden.

»Da hat aber jemand seine Zelte sehr schnell abgebaut, wenn seine Probanden nichts von der Schließung des Forschungslabors wussten. Das heißt, dass die sie Studie mittendrin aus irgendeinem Grund abgebrochen haben«, ziehe ich Fazit. »Was war das überhaupt für eine Studie?«

»Timo wusste nur, dass ein Krebsmedikament an ihnen ausprobiert werden sollte. Sie haben das in der Art verkauft bekommen, dass es für sie völlig unschädlich sei, an dieser Studie teilzunehmen, im Gegenteil, das Risiko jemals in ihrem Leben an Krebs zu erkranken, würde durch die Studienteilnahme eklatant sinken. Es gab da zu Beginn eine Informationsveranstaltung, die der Studienleiter durchgeführt hat. Er heißt übrigens Rainer Kaiser, wenn das sein richtiger Name ist. Dennis war auch bei dieser Einführungsveranstaltung. Philipp scheint erst danach hinzugestoßen zu sein. Die Akquirierung der Probanden zur Teilnahme an der Studie lief ausschließlich über Mundpropaganda. Die sollten auch mit keinem Außenstehenden über die Teilnahme an der Studie sprechen, auch nicht mit einem ihrer Ärzte. Mysteriös, oder?«

»Das war doch ein oberfaules Ei. Das muss eine nicht genehmigte Studie gewesen sein.«

Max versucht, per Smartphone im Internet etwas über dieses Labor oder über die Studie zu erfahren. Er wird nicht fündig. Wir beschließen, über Mittag, während der Schoko-Traum geschlossen ist, diese verlassenen Räumlichkeiten mal genauer unter die Lupe zu nehmen.

Eine Straße in Bergheim, ich kenne die Hausnummer, da hatte meine Gynäkologin früher ihre Praxis. Wir gehen durch die Fußgängerzone. Am Bismarckplatz steigen wir in die Straßenbahn, die wir nach zwei Stationen wieder verlassen. Die Bergheimer Straße gehen wir entlang bis zur Kirchstraße.

Die Haustür steht offen. Am Klingelschild im dritten Stock steht jetzt der Name einer Immobilienfirma. Wir klingeln und der Summer ertönt. Sofort kommt uns ein Mann entgegen, Kurzhaarschnitt, gut gekleidet, um die fünfunddreißig, sauteure Uhr am Handgelenk, garantiert der Makler.

»Guten Tag, Sie sind bestimmt Frau Wengler, treten Sie ein. Es sind schon zwei weitere Interessenten da.«

Wir besichtigen die Räume der großzügig geschnittenen Altbauwohnung.

»Mich interessiert, wie die Räumlichkeiten zuletzt genutzt wurden«, möchte ich von dem Immobilienmakler wissen.

»Hier befand sich ein Forschungslabor, aber die Wohnung lässt sich hervorragend als Praxis nutzen, für Sie als Physiotherapeutin wären die Räume überaus geeignet.«

»Haben Sie die Adresse des Vormieters, ich hätte einige Fragen an ihn?«

»Nein, Frau Wengler, die habe ich leider nicht. Aber Sie können mir alle Fragen stellen, Sie können sicher sein, dass ich diese mit dem Eigentümer abklären werde.«

»Wer ist denn der Eigentümer?«

»Das ist eine Erbengemeinschaft, die anonym bleiben möchte, alles wird über mich abgewickelt.«

»Aber dann müssen Sie doch auch die Daten des Vormieters haben.«

»Dieses Objekt habe ich erst letzte Woche in Obhut genommen.«

Den Keller sehen wir uns noch an, aber auch da ist nichts mehr zu finden, alles restlos ausgeräumt. Wir verabschieden uns.

»Auf Wiedersehen Frau Wengler, überlegen Sie es sich in Ruhe. Ich kann Ihnen versichern, dass Sie in Heidelberg nicht so schnell ein derart geeignetes und preisgünstiges Objekt für eine Physiotherapie-Praxis finden werden.«

Hier haben wir keine neuen Erkenntnisse hinzugewonnen.

Biggi ruft an und teilt mit, dass ihre Tochter Sarah mit ihrer Enkelin Marie eingetroffen sei. Die beiden haben vor, die nächsten zehn Tage bei Birgit zu wohnen. Meine Freundin hat für zwei Woche Urlaub eingereicht. Sie war die letzten Tage schon ganz aufgeregt. Endlich kann sie ihrer Tochter Heidelberg und die Umgebung zeigen und natürlich auch ihre besten Freundinnen vorstellen. Am Mittwochnachmittag steht ein gemeinsamer Ausflug nach Bad Dürkheim auf der Agenda. Da muss ich schon wieder an Cem denken.

»Schade, dass der Wurstmarkt schon vorbei ist.«

»Dürkheim wird meiner Tochter sicherlich auch so gefallen, sie kann ja im nächsten Jahr ein paar Tage früher kommen.«

»Sag mal Biggi«, frage ich, einer inneren Eingebung folgend, »kannst du die aktuelle Anschrift von jemanden herausbekommen, der aus Heidelberg weggezogen ist?«

»Klar, wenn's nicht schon im 16. Jahrhundert war, dann wird's schwierig.«

Ich teile ihr die Anschrift des Labors mit und den Namen des Studienleiters. Leider kenne ich seine Adresse nicht. Birgit sagt, der Name reiche. Sie will wissen, ob es eilig sei, denn sie hätte ja schon Urlaub. Ich dränge sie ein bisschen.

Mein Kommen für Mittwoch sage ich zu. Max ist bereit, sich an diesem Nachmittag allein um den Laden zu kümmern.

Wenige Minuten später ruft Biggi zurück und teilt mit, dass in Heidelberg zwei Männer mit diesem Namen gemeldet seien, aber sie hätten sich nicht umgemeldet. Ich notiere mir beide Anschriften.

Max hat zwei Minuten später im Internet recherchiert, dass keiner dieser Männer unser Rainer Kaiser sein kann, da einer viel jünger ist und der andere älter, als der, den die Probanden beschrieben haben.

»Sicherlich war der nicht in Heidelberg gemeldet, da wird er sich kaum abmelden. Ich meine, wenn alles einen illegalen Touch hatte.« Max steckt sein Smartphone weg.

»Das wäre auch zu einfach gewesen. Wer weiß, ob der tatsächlich so heißt.«

Als ich abends nach Hause komme, fegt Grantler den Hausflur. Das macht der üblicherweise nicht um diese Uhrzeit. Offensichtlich hat der auf mich gewartet.

»Frau Eppstein, na, in Ihrem Schokoladen-Laden war ja schon wieder die Polizei. Habe das Bild in der Zeitung gesehen. Was war denn los?«

Er lotst mich in seine Wohnung und dort erzähle ich ihm alles, während er mir einen Kaffee serviert.

Ich glaube langsam, wir beide werden noch die besten Freunde.

»Ich bin gespannt, ob Sie den Mörder zu fassen bekommen, Frau Eppstein«, sagt er zum Schluss.

Am nächsten Morgen bereite ich einen letzten Schwung Pralinen zu. Es riecht schon wieder herrlich schokoladig. Ich stecke mir eine Süße Sünde in den Mund und stöhne vor Wonne, als ich vorne aus dem Ladengeschäft laute Stimmen höre.

Ich begebe mich in den Verkaufsraum. Nein, das darf doch nicht wahr sein! Nicht schon wieder!

»Hauptkommissar Puscher, was soll das? Sind Sie jetzt völlig verrückt geworden?«

»Drogenbesitz in nicht geringer Menge, Handel mit Betäubungsmitteln, Sie haben einem bewaffneten Tatverdächtigen Unterschlupf gewährt und jetzt kommt auch noch Beamtenbeleidigung hinzu. Alle Achtung, Frau Eppstein, es läppert sich.«

»So ein Blödsinn! Das stimmt doch alles nicht.«

»Hier ist der Hausdurchsuchungsbefehl. Es scheint Leute zu geben, die diesen Sachverhalt anders beurteilen als Sie.«

»Mensch, Herr Hauptkommissar, ich habe noch nie mit Drogen gehandelt.«

»Wollen Sie jetzt alles auf diesen Max abschieben?«

»Nein, Max handelt auch nicht mit Drogen.«

»Hören Sie, da habe ich aber andere Erkenntnisse.«

»Ja, früher, aber doch jetzt nicht mehr.«

»Wollen Sie wissen, wie ich das sehe?«

Nein, das möchte ich nicht wissen. Wirklich nicht!

»Also erst haben Sie Herrn Bleibtreu eingestellt, einen polizeibekannten Drogensüchtigen und Drogendealer, dann haben Sie von Herrn Svoboda Drogen bezogen, die haben Sie und Bleibtreu in ihrer Chocolaterie verkauft. Dann gab es Streit mit diesem Svoboda, vermutlich wegen Geld, und da haben Sie ihn gekonnt über die Klinge springen lassen. Mithilfe der Polizei! Ich muss schon sagen, kein schlechter Coup, Herrn Rauenberg den Beginn des Gesprächs mithören zu lassen. Das hat richtig echt gewirkt. Der ist da voll drauf reingefallen. Aber MIR machen SIE nichts vor!«

»Nein, Sie können doch nicht alle Pralinenschachteln öffnen, das dürfen Sie nicht«, rufe ich den Polizisten zu.

»Haben Sie eine Ahnung, was wir alles dürfen«, schnauzt mich Puscher an.

»Alle Pralinenschachteln öffnen«, gibt der Hauptkommissar Anweisung. »Dieses Schoko-Zeug ist alles nur Tarnung.«

»Sie sind so etwas von auf dem Holzweg.«

»Wir haben eine Aussage, danach sprechen Sie Kunden direkt an, und versuchen Ihnen Drogen zu verkaufen. Das ist schon sehr dreist.«

Sabina! Das hätte ich mir denken können. »Ihre Informantin ist sicherlich Frau Sabina Meller, diese Frau ist krank. Sie hat mir damit gedroht, der Polizei Lügen zu erzählen.«

»Ach, Sie bestreiten also, dass Sie Frau Meller Drogen zum Kauf angeboten haben?«

»Selbstverständlich bestreite ich das. Nein, nicht diese Schachteln, die sind doch alle von einer anderen Firma, Sie sehen doch, dass ich die nicht geöffnet habe.«

»Alles öffnen.«

»Sie sind geschäftsschädigend, Herr Hauptkommissar, ich werde mich über Sie beschweren.«

»Sehr gut, wissen Sie, wenn unsere Kunden damit drohen, dass sie sich über uns beschweren wollen, dann ist das immer schon ein halbes Geständnis.«

»Sie sind ein ...«

»Tanja!« Max stoppt mich. Er hat ja recht, ich rede mich um Kopf und Kragen. Dieser Pfuscher ist aber auch eine lebende Provokation.

»Ich bestehe darauf, meinen Anwalt anrufen zu dürfen.«

»Irgendwie kommt mir das bekannt vor.«

Du Hutsimpel, denke ich.

Wieder wähle ich Olivers Handynummer. Diesmal habe ich Glück und erreiche ihn auf Anhieb.

»Tanja, soll das jetzt jeden Tag so weitergehen?«

»Frag Herrn Hauptkommissar Puscher.«

Zum Glück findet die Polizei keine Drogen. Wie denn auch! Seit diesem Vorfall mit dem Drogenfund haben wir niemand Fremdes mehr auf die Toilette gelassen. Aber natürlich dürfen Max und ich Herrn Puscher zur Vernehmung aufs Polizeirevier begleiten, diesmal allerdings ohne Handschellen. Erneut hat sich eine gaffende Menge vor dem Laden eingefunden. Und wieder werden die Mobiltelefone als Kameras eingesetzt. Kamerahandys sind – meiner Meinung nach – ohne Zweifel die unnützeste Erfindung seit der Atombombe.

Max und ich dürfen schon wieder in einem Polizeifahrzeug zum Präsidium fahren. Langsam gewöhne ich mich daran. Mir fällt ein, dass Max in Kürze seine Verhandlung wegen Diebstahls hat. Wenn sich bis zu diesem Zeitpunkt nicht alles lückenlos aufklären lässt, dann dürfte sich das negativ für ihn auswirken.

Oliver liegt die Aussage von Sabina vor. Die hat behauptet, ich hätte ihr besonders preiswerte Drogen von guter Qualität angeboten. Cem muss das alles richtigstellen. Zunächst muss ich Oliver einiges über Sabina Meller erklären. Ich gebe ihm Cems Handynummer und bitte ihn, diesen auf der Stelle anzurufen. Leider ist mein Retter nicht zu erreichen.

Also dann, erst mal das Verhör. Pfuscher bringt mich zur Weißglut, ich muss mich beherrschen, es fehlt nicht mehr viel und ich gehe ihm an die Gurgel.

Ein Kollege holt ihn aus dem Verhör heraus. Oliver und ich bleiben mit einem anderen Polizisten zusammen im Vernehmungszimmer zurück.

Nach zehn Minuten taucht Puscher wieder auf und sagt: »Sie können gehen und nehmen Sie diesen Bleibtreu auch mit. Sie halten sich gefälligst zu unserer Verfügung. Nicht, dass Sie das Land verlassen.«

»Das hat meine Mandantin nicht vor.«

Oliver ist offensichtlich sauer, dass er in meinem Fall erneut tätig werden musste. Ja, was soll ich denn da sagen?

Die haben mir den gesamten Laden auf den Kopf gestellt; sämtliche Pralinenschachteln haben sie geöffnet. Wie soll ich diese Pralinen denn jetzt verkaufen? Und wer weiß, was morgen wieder in der Zeitung steht.

20

Zu meiner Überraschung steht diesmal nichts über die Polizeiaktion in der Zeitung, auch nicht in der mit den großen Buchstaben. Ich atme auf.

Cem rief gestern Abend an. Dankenswerterweise hatte er dafür gesorgt, dass Max und ich freigelassen wurden. Auf seinen Rat hin, werde ich Sabina anzeigen. Gleich heute Morgen. Ich habe schon mit Herrn Rauenberg telefoniert, er nimmt meine Anzeige auf. Auf keinen Fall gehe ich zu diesem Puscher, der hat doch eine ausgewachsene Macke.

Hauptkommissar Rauenberg glaubt mir. Wenigstens ein Polizist, der mich nicht für eine Drogendealerin hält. Und Brunetti mag mich auch noch, er lässt sich die ganze Zeit über kraulen. Dieses weiche Fell fühlt sich so beruhigend an, wenn man eine Aussage macht. Ab und zu schleckt er mit seiner rauen Zunge meine Finger ab.

Ich berichte dem Kommissar alles, was ich in den letzten Wochen mit Sabina erlebt habe und auch, dass sie mir damit gedroht habe, zur Polizei zu gehen und dort weitere Lügen zu verbreiten. Herr Rauenberg nimmt meine Anzeige gegen Sabina Meller wegen übler Nachrede, falscher Verdächtigung und Eingriff in einen ausgeübten und eingerichteten Gewerbebetrieb auf. Oliver hat mir vorgeschlagen, sie zudem auf Unterlassung und Schadensersatz zu verklagen. Inzwischen liegt auch eine Anzeige von Cem gegen Sabina wegen Stalkings vor. Cems Aussagen über Sabina decken sich mit meinen, vor diesem Hintergrund ist der Hauptkommissar der Meinung, dass ich nichts zu befürchten habe. Inzwischen hätte Svoboda zugegeben, dass er mir die Drogen durch einen Bekannten untergeschoben hätte, weil er befürchtet habe, dass Max und ich seinen Geschäften in die Quere kommen könnten, kurz bevor er einen großen Crystal-Lieferauftrag für Hessen und Nordrhein-Westfalen abwickeln konnte. Deshalb habe er auf Nummer sicher gehen wollen.

Ich will von Rauenberg wissen, ob inzwischen Ermittlungen bezüglich Philipps und Dennis' Tod aufgenommen worden seien. Auch das bejaht der Kommissar. Weitere Angaben zu machen, weigert er sich unverständlicherweise.

»Frau Eppstein, Sie wurden in den letzten Tagen mehrmals verhaftet und mussten zahlreiche Vernehmungen über sich ergehen lassen. Ich hoffe, das ist Ihnen eine Lehre und Sie halten sich ab jetzt aus allen polizeilichen Ermittlungen heraus.«

»Ja, ja, Herr Hauptkommissar, ich habe verstanden.«

Den gesamten Mittwochvormittag sind Max und ich noch damit beschäftigt, den Schoko-Traum aufzuräumen. Die Polizisten haben bei ihrer Hausdurchsuchung ein unsägliches Chaos hinterlassen. Zahlreiche Pralinenschachteln wurden geöffnet. Wir überlegen, was wir mit den vielen Pralinen in den offenen Schachteln machen sollen.

»Wir können sie lose verkaufen«, schlägt Max vor.

»Und außerdem können wir uns vor den Eingang stellen und den Passanten, welche anbieten.«

»Aber nicht heute.«

»Nein Max, heute haben wir dafür keine Zeit.«

Am Nachmittag lasse ich Max im Laden allein, ich soll endlich Biggis Tochter und Enkelin kennenlernen. Wir sind am Bismarckplatz verabredet. Am Montag und Dienstag waren Mutter, Tochter und Enkelin schon in Heidelberg unterwegs. Das ganze Programm, angefangen vom Schloss über den Königstuhl bis zum Märchen-Paradies. Heute steht ein Ausflug nach Bad Dürkheim an. Wir haben Glück, es ist Sonnenschein und mit um die vierundzwanzig Grad recht warm.

Ich steige erst mal ins Auto, bevor ich mit der Begrüßungszeremonie beginne. Zu fünft sitzen wir in Biggis

Kleinwagen. Ich überreiche einen Schoko-Lolli an Marie, eine Süße mit Pippi-Langstrumpf-Zöpfchen. Das Gesicht der kleinen Maus strahlt, als sie den Lutscher auspackt. Sie fängt gleich an zu schmatzen. Drei Lollis gebe ich an ihre Mutter weiter, die sie in der Handtasche verstaut. Dann begrüße ich ausgiebig Sarah. Ich habe sie mir anders vorgestellt. Steffi hatte mir ihr Profilfoto bei *Facebook* gezeigt, dort hatte sie lange Haare und ihre Gesichtszüge wirkten weich. Jetzt trägt sie ihre braunen Haare sehr kurz, ihre Gesichtszüge wirken viel härter. Auf dem Profilfoto sah sie ihrer Mutter ähnlich, jetzt überhaupt nicht mehr. Dass ein Haarschnitt einen Menschen derart verändern kann. Mit Marie geht sie sehr liebevoll um, Sarah ist mir auf Anhieb sympathisch.

Birgit kutschiert uns zunächst über Ludwigshafen nach Bad Dürkheim und dort hinauf zur Klosterruine Limburg. Marie will wissen, was eine Klosterruine ist und ihre Mutter erklärt ihr, das sei eine alte verfallene Burg.

»Leben da echte Ritters?«

Das müssen wir leider verneinen.

Während wir unsere Runde um die Limburg drehen, informiert uns Stefanie: »1025 gab Kaiser Konrad der II. den Umbau der Burg in eine Benediktinerabtei in Auftrag. Im Jahr 1034 zog Abt Poppo mit zwölf Mönchen ein, mit ihnen übrigens die Reichsinsignien, die dreißig Jahre auf der Limburg blieben.«

Marie kann nicht mehr aufhören zu lachen: »Popo, das ist aber ein lustiger Name.«

»Möchtest du auch so heißen?«, frage ich.

Die Kleine schüttelt heftig den Kopf: »Neeeiiin, dann würde ich Marie Popo heißen, da würden mich alle Kinder auslachen.«

»Wenn du magst«, schlägt Biggi ihrer Tochter vor, »können wir noch einmal herkommen und von hier zur Hardenburg wandern.«

Im Restaurant trinken wir Frauen einen Kaffee und Marie ein Glas Limo, bevor wir wieder nach unten fahren.

Dort übernimmt Stefanie die Stadtführung. Zunächst besichtigen wir die Salinen.

Steffi doziert: »1847 ließ der bayrische König Ludwig der I. anlässlich der Ernennung Dürkheims zum Solbad die einzige noch intakte Saline sanieren.«

»Ist die nicht vor einigen Jahren abgebrannt?«, fällt mir ein.

»Ja, 2007 fiel sie einer Brandstiftung zum Opfer. Zum Glück wurde sie neu aufgebaut. Die Holzkonstruktion musste vollständig erneuert werden.«

Marie rümpft die Nase. »Das riecht komisch und macht nass.«

»Seit 2010 rieselt das Salzwasser wieder über die Heckenreiser herab«, sagt Steffi zu uns. Marie rät sie: »Du musst ganz tief einatmen, diese salzige Luft ist sehr gesund.«

Der Blick der kleinen Maus spricht Bände.

Wir drehen einmal eine Runde um die Salinen und dann gehts zur Altstadt mit den vielen historischen Wohnhäusern und Winzerhöfen.

»Der Römerplatz lädt immer zu einer Rast ein.« Steffi ist heute ganz Fremdenführerin.

»Ich will ein Eis!«, schreit Marie.

»Komm, ich kauf dir eins.«

»Nein Mama, jetzt nicht.« Zu Marie gewandt sagt Sarah: »Schatz, wir essen zuerst zu Abend. Wenn du dann noch ein Eis möchtest, dann bekommst du eines. Ist das in Ordnung?«

»Okay, Mami.«

Wir besichtigen das Heimatmuseum im Haus Catoir. Marie hat es besonders das Nischenbett mit der Extra-Nische für das Kinderbett angetan.

»Da würdest du dich jetzt am liebsten reinkuscheln, gell?«, will ich von ihr wissen.

»Au ja!«, ist die Antwort der Kleinen.

Wir laufen in Richtung Wurstmarktplatz, Sarah und Marie lernen ein wenig Pfälzisch: *Alla hopp* für schnell, *alla donn* als Abschiedsgruß und *Ajoh* für ja.
Im größten Weinfass der Welt essen wir zu Abend.
Marie staunt: »Das ist aber ein großes Fass.«
Die Bedienung erklärt auf Sarahs Nachfrage, dass der Küfermeister Fritz Keller 1934 das begehbare Holzfass auf dem Wurstmarktplatz erbauen ließ. Um es zu füllen, wären eine Million siebenhunderttausend Liter Wein vonnöten. Es wurde allerdings von Beginn an als Restaurant genutzt.

»Im nächsten Jahr müsst ihr unbedingt zum Dürkheimer Wurstmarkt, dem größten Weinfest der Welt, kommen. Der Wurstmarkt findet jährlich um das zweite und dritte Septemberwochenende statt«, sage ich. »Sarah das musst du unbedingt gesehen haben«. Wir waren alle sehr schnell beim Du. »Auf dem Platz hier gibt es die tollsten Attraktionen, neben den vielen Weinständen und -zelten, steht hier ein Riesenrad, Jahrmarktbuden und Fahrgeschäfte, Marie hätte sicherlich ihren Spaß.«

»Ja, das klingt gut. Marie, das werden wir beide für nächstes Jahr fest einplanen.«

»Au ja!«

Unser Essen kommt, außer Marie, die sich auf ihre Pommes stürzt, haben wir alle einen Fassteller bestellt. Neben einem Leberknödel, einer Pfälzer Bratwurst, einer Scheibe Saumagen und einem Stück gegrilltem Bauchfleisch befindet sich auf unseren Tellern eine gehörige Portion Sauerkraut und Kartoffelpüree. Das ist das richtige Essen zum Pfalzbesuch.

Ich muss an Cem denken, der hätte auch den Fassteller bestellt.

Biggi steckt sich nach dem Essen zwei Schlankheitspillen in den Mund, sie behauptet mal wieder, dann könne sie essen, was sie wolle, ohne zuzunehmen. Ihre Tochter möchte wissen, was sie da für Medikamente zu sich nehme. Sie gibt Birgit deutlich zu verstehen, dass sie nichts von diesen Schlankheitspillen halte.

Obwohl sich Sarah und Birgit nicht direkt streiten, bemerkt man, dass das Zusammensein beiden nicht leichtfällt. Als wir zum Auto zurückgehen, spricht mich Biggi darauf an.

»Weißt du, ich denke ihr beide, ihr müsst euch erst langsam wieder kennenlernen. Gehe es vorsichtig an, sicherlich wollt ihr gleich zu viel. Das wird schon werden«, versuche ich meine Freundin zu beruhigen.

»Ich würde mich so gerne mit ihr über alles von damals aussprechen, aber immer, wenn ich von früher anfange, dann blockt sie ab.«

»Gib ihr etwas Zeit. Sie ist hier mit ihrer Tochter, bei dir. Das heißt doch, dass sie sich den Kontakt mit dir wünscht.«

»Sicherlich hast du recht, Tanja.«

Wir fahren alle zu Birgit nach Hause, dort steht Stefanies Wagen, sie will mich nach Hause bringen, aber auf dem Weg dorthin beschließen wir, erst einen Boxenstopp bei ihr einzulegen.

Steffi öffnet eine Flasche Prosecco; wir sitzen in ihrem Wohnzimmer und trinken. Mein Blick fällt auf die Anrichte.

Das ist doch nicht möglich! Ich spritze hoch von meinem Platz.

»Steffi, was ist das?« Ich nehme das gefüllte Arzneimittelgläschen in die Hand. »Woher hast du das?«, frage ich aufgeregt.

»Keine Ahnung. Ich habe es beim Staubsaugen unter meinem Schlafzimmerschrank gefunden. Ich wollte Jonas fragen, ob es ihm gehört, aber seit der Handschellenaktion macht er sich rar. Dies können nur seine Pillen sein. Ich habe ja seine Hose ausgeschüttelt, um zu sehen, wo der Handschellenschlüssel ist und dabei muss diese Pillendose aus der Hose gefallen und unter den Schrank gerollt sein. Eine andere Erklärung habe ich nicht.«

»Jonas macht sich rar?«

»Ja, ich weiß auch nicht. Ich meine, vielleicht war ihm das Ganze peinlich. Warum regst du dich wegen dieser Pillen so auf?«

»Das sind die gleichen Tabletten, die Vanessa in Philipps Sachen gefunden hat. Könnte denn noch ein anderer deiner Lover als Besitzer dieser Medikamente infrage kommen?« Die Frage ist mir etwas unangenehm.

»Ich glaube nicht, denn meine Wohnung sauge ich jede Woche, wenn die Pillen von einem Vorgänger Jonas' stammten, dann hätte ich sie schon viel früher finden müssen.«

»Verstehst du, Jonas nimmt auch an dieser Medikamenten-Studie teil. Das heißt, entweder hat Jonas hier in Heidelberg an der Studie teilgenommen und hatte die Tabletten noch in seiner Hosentasche oder …«

»Oder er nimmt an einem anderen Ort an der Studie teil.«

»Genau. Und das heißt, wir erfahren, wo der Studienleiter mit seinem Helfer abgeblieben ist.«

Birgit versucht, Jonas telefonisch zu erreichen, er meldet sich aber nicht.

»Kannst du mir seine Nummer geben, ich werde auf seine Mailbox sprechen.«

Ich nehme die Tabletten an mich. Steffi fährt mich nach Hause.

Am nächsten Morgen sind Max und ich schon vor der Öffnungszeit im Schoko-Traum. Wir erörtern verschiedene Möglichkeiten unseres Vorgehens, als mein Telefon läutet.

Jonas berichtet, dass er seit zwei Wochen an einer Medikamentenstudie in Ludwigshafen teilnehme. Der Name des Studienleiters sei aber nicht Rainer Kaiser, sondern Dr.

Pauser, aber die Beschreibung von ihm und seinem Helfer trifft auf die Leute aus Heidelberg zu. Ich erkläre Jonas alles und sage ihm auch, dass Stefanie sich Sorgen mache, weil er sich seit der Sache nicht gemeldet hätte. Jonas verspricht, sie anzurufen. Er gibt mir die Anschrift des Labors. Ich will wissen, wie er rekrutiert worden sei. Ein Stammkunde habe ihn darauf aufmerksam gemacht. Sein Tattoo-Studio befinde sich gerade in einer Flaute, irgendwie müsse er die Miete zahlen, da habe er gedacht, das sei ein einfaches Zubrot. In einer Informationsveranstaltung seien alle Risiken ausgeschlossen worden, im Gegenteil, es habe geklungen, als gäbe es nichts Gesünderes, als an dieser Studie teilzunehmen. Meine Frage, ob ihm das alles als legale Studie vorgekommen sei, bejaht er zunächst, dann allerdings räumt er ein, dass ihm die Geheimniskrämerei schon etwas komisch vorgekommen sei. Die Teilnehmer hätten die Beteiligung an der Studie gegenüber Dritten verheimlichen sollen, auch gegenüber ihrem Hausarzt. Ich danke Jonas für seinen Rückruf.

Das Gespräch hatte ich auf laut gestellt, sodass Max mithören konnte.

»Das ist der Hammer, die bauen alle Zelte hier ab und in Ludwigshafen wieder auf.«

»Max, wie gehen wir weiter vor? Sollen wir die Tabletten Hauptkommissar Rauenberg übergeben. Er hat immerhin bestätigt, dass Ermittlungen bezüglich der beiden Todesfälle aufgenommen worden seien.«

»Glaubst du echt, die Bullen machen was?«

»Ich denke schon. Man weiß jedoch nicht, mit welcher Vehemenz die Polizei bei zwei Drogentoten ermittelt.«

»Die werden nicht viel unternehmen. Wen interessieren schon zwei Ex-Junkies? Wir müssen das selbst in die Hand nehmen.«

»Max, wenn das schief geht. Der Kaiser, Dr. Pauser oder wie er heißt, der ist gefährlich. Er hat nichts mehr zu verlieren, wenn der Philipp und Dennis auf dem Gewissen hat.«

»Ich will, dass der Mord an Phil aufgeklärt wird, das bin ich ihm und Vanessa schuldig.«

»Wir werden versuchen, etwas in Erfahrung zu bringen.«

Es ist halb zehn; ich schließe die Tür der Chocolaterie auf, Max verschwindet zu seiner Psychologin. Zehn Minuten später kommt Herr Maier, einer meiner Stammkunden. Er liebt meine Pralinen in Eigenkreation; er greift gerne zu, als ich ihm eine Süße Sünde anbiete.

»Oh Frau Eppstein, die sind so was von deliziös. Ihre Pralinen sind die Besten. Ich glaube, ich nehme noch zwei oder drei und eine Tasse Kakao. So kann ich mir meinen Urlaubstag versüßen.«

»Mit Sahne oder ohne? Welche Sorte heiße Schokolade darf's denn sein?«

»Wenn ich schon sündige, dann richtig. Also mit Sahne, ich nehme, ja was denn …?«

»Haben Sie meine Denk-Schok, meine Konzentrations-Schokolade, schon probiert?«

»Denk-Schok klingt gut, die nehme ich.«

Herr Maier hat etwas Nettes und Gemütliches. Sein Alter schätze ich auf fünfundvierzig bis fünfzig.

In meiner Küche rühre ich für uns beide die heiße Schokolade an. Für die Denk-Schok erhitze ich die Milch und löse darin die Kuvertüreflocken auf. Die Flocken bestehen zur Hälfte aus Vollmilch- und zur Hälfte aus Zartbitterkuvertüre. Ich gebe etwas Honig zu und würze mit einer großen Prise Kardamom, einer mittleren Prise Ingwerpulver und einer kleinen Prise Chili. Auf beide Tassen setze ich ein Sahnehäubchen. Den heißen Kakao bringe ich zum hinteren Bistrotisch, an dem Herr Maier Platz genommen hat.

»Sie haben das alles sehr gemütlich eingerichtet.«

»Danke, Herr Maier.«

»Oh, kööööstlich.« Mein Stammkunde ist im siebten Schokoladen-Himmel. Und ich nicht minder.

»Ich habe diesen Zeitungsartikel gelesen. Ihnen wird zurzeit böse mitgespielt. Sie und eine Drogendealerin, das ist doch ein ausgemachter Blödsinn.«

»Danke, Herr Maier, das freut mich, dass Sie so denken. Ich weiß nicht, aber der Kundenstrom hat sich seit dem Artikel stark reduziert. Wer will seine Schokolade schon bei einer Drogendealerin kaufen?«

»Das wird sich sicher alles aufklären.«

»Eigentlich hat es sich schon aufgeklärt. Aber das steht leider nicht in der Zeitung.«

»Sie sollten auf einer Gegendarstellung bestehen oder noch besser, einen netten Journalisten oder eine nette Journalistin einladen und ihm oder ihr ein Interview geben, vielleicht einem Reporter der Rhein-Neckar-Zeitung.«

»Danke, Herr Maier, das ist eine hervorragende Idee. Ich rufe da gleich mal an und frage nach, ob die mich interviewen wollen.«

Einer netten Dame in der Redaktion der Zeitung schildere ich mein Anliegen. Ich soll meine Telefonnummer und Anschrift hinterlassen, bei Interesse wird sich jemand bei mir melden.

21

Mit einem Tablett, gefüllt mit Pralinen, stehe ich am nächsten Vormittag vor dem Schoko-Traum und biete den Passanten diese feil. Mehrere Nachbarn kommen aus ihren Läden und wollen wissen, was es mit den Polizeiaktionen in meiner Chocolaterie auf sich gehabt habe. Ich erkläre und erkläre. Das Tablett ist schon lange leer, aber die Gespräche dauern noch an. Nach einer Stunde begebe ich mich wieder in den Laden. Immerhin halten mich jetzt die umliegenden Geschäftsleute nicht mehr für eine Dealerin, das hoffe ich zumindest inständig.

Um elf Uhr kommt eine junge Journalistin der Rhein-Neckar-Zeitung, die ich kenne. Sie hat schon einmal einen wunderschönen Artikel über meine Chocolaterie verfasst. Die Redaktion hat die Nachricht an sie weitergeleitet und sie möchte gerne erneut einen Artikel über mich und den Laden schreiben. Ich hoffe, dass meine Kunden hierdurch erfahren, dass im Schoko-Traum keine Drogen verkauft werden. Sie möchte auch mit der Polizei sprechen, ich gebe ihr die Telefonnummer von Herrn Hauptkommissar Rauenberg. Ein bisschen mulmig ist mir schon, man weiß ja nie, was die Presse aus einem Gespräch macht, aber bei der Rhein-Neckar-Zeitung habe ich da keinerlei Befürchtungen, schließlich hat diese Reporterin schon einmal eine schöne Story über meine Chocolaterie veröffentlicht.

Als ich gegen Mittag den Laden schließen möchte, kommen Biggi, Sarah und Marie. Steffi fände sich auch gleich ein. Ich gebe ihnen schon mal die Speisekarte vom Libanesen, denn Steffi will dort heute das Mittagessen für alle besorgen.

»Ich weiß gar nicht, ob ich etwas essen kann.« Biggi hält ihren Bauch.

»Hast du Schmerzen?«

»Ach Tanja, das geht jetzt schon seit einigen Tagen. Ich habe mich nicht getraut, euch davon zu erzählen, aber ich befürchte, das könnten Nebenwirkungen dieser Schlankheitspillen sein. Kurz nach der ersten Einnahme haben die Bauchschmerzen begonnen und seit zwei Wochen werden sie von Tag zu Tag schlimmer.«

»Du solltest zum Arzt gehen. Und zeige ihm diese Tabletten, du weißt doch überhaupt nicht, was da drin ist.«

»Ja, ihr habt das von Beginn an gesagt, ich wollte das nicht hören. Diese Schlankheitspillen haben so eine starke Wirkung. Ich hatte Angst, dass ich sie nicht mehr zu mir nehmen kann, dann werde ich wieder dick, wenn ich Essen nur ansehe.«

Aus der Küche hole ich die Teller.

Birgit ist mir gefolgt. »Ich traue mich das nicht zu sagen, aber es ist noch viel schlimmer. Ich kann nachts überhaupt nicht mehr schlafen.«

»Biggi, du musst auf der Stelle mit diesem Medikament aufhören!«

»Meinst du nicht, dass Cem die mal analysieren lassen könnte?«

»Also Birgit, ich weiß wirklich nicht, ob das geht.«

»Bitte Tanja, frag ihn doch wenigstens.«

Ich verspreche es.

Wir essen alle Couscous und es schmeckt wie immer köstlich. Sogar Marie erklärte sich bereit, auf Pommes zu verzichten, sie wollte unbedingt wissen, wie *Kuss-Kuss* schmeckt. Als Nachtisch serviere ich Pralinen und Kaffee. Marie zieht einen Schoko-Lolli vor. Dann machen sich Birgit und ihr Besuch auf zu einem Ausflug ins Technikmuseum nach Speyer und Steffi muss zur Arbeit.

Später tüfteln Max und ich einen Plan aus, wie wir diesen Studienleiter unter die Lupe nehmen können. Max wird sich auf Jonas berufen und Interesse an der Studienteilnahme zeigen, vielleicht können die beiden auch zusammen dort hingehen. Zuvor wollen wir uns gemeinsam ansehen, wo das Labor untergebracht ist. Wir beschließen, am Sonntagmorgen nach Ludwigshafen zu fahren und uns das mal von außen anzusehen. Nach Aussage von Jonas ist dort nur von Montag bis Freitag Betrieb.

Ich spreche Cem am Telefon auf Birgits Schlankheitspillen an. Er ist noch immer in Berlin, und auch dieses Wochenende klappt es nicht mit unserem Treffen, schade, aber: Arbeit geht vor. Er gibt mir eine Anschrift, an welche ich die Tabletten zur Analyse schicken soll.

Die Tür geht auf und Frau Langguth-Staufer betritt mit den Zwillingen den Schoko-Traum. Ich ergreife sogleich zwei Schoko-Lollis und drücke Emma-Lena und Paul-Luka einen in die Hand. Meine Stammkundin möchte eine heiße Anti-Kummer-Schokolade. Bei diesen zwei kleinen Monstern wundert mich das nicht. Dann will sie wissen, wieso die Polizei ständig meinen Laden stürme. Ich sei inzwischen Tagesgespräch in Heidelberg. Oh Schreck! Mir war nicht bewusst, dass das derart die Runde gemacht hat. Ich hoffe sehr, dass Frau Langguth-Staufer übertreibt. Manchmal neigt sie dazu, sieht man schon an den Namen ihrer Kinder. Einer für jedes Kind hätte auch gereicht.

Paul-Luka schafft es, mit dem Schoko-Lolli drei rote Polster zu verschmieren. Außerdem ist der gesamte Boden voll mit Schokolade. Die Anti-Kummer-Schokolade scheint prächtig zu wirken, denn Frau Langguth-Staufer lässt sich nicht aus der Ruhe bringen. Ich schon. Ich ziehe die Polster ab und trage sie ins Lager, ich muss daran denken, sie heute Abend zu Hause zu waschen. Dann nehme ich einen Lappen, putze die Schuhe der Kinder und wische den Boden auf. Die süßen Monster wollen noch einen Lolli. Diesmal reagiere ich überaus klug.

Ich kündige an: »Wenn ihr nach Hause geht, dann bekommt jeder noch einen.«

Jetzt wollen die Kinder auf der Stelle nach Hause. Frau Langguth-Staufer trinkt den Rest ihres heißen Kakaos aus und ich drücke den beiden Kleinen vor der Tür jedem einen Schoko-Lolli in die Hand.

Am Abend wasche ich nicht nur die Hüllen der Sitzpolster, sondern auch den gigantischen Berg Kleidungsstücke, der sich im Badschrank mit der großen Klapptür angesammelt hat. Ich greife wie immer in die verschiedenen Hosentaschen, um die Wäsche vor vermeintlichen Papiertaschentüchern und sonstigen Souvenirs zu säubern. In einer Tasche von Alinas Lieblingshose finde ich eine kleine, weiße Pille.

Jetzt nimmt das Kind doch noch Drogen, denke ich. Lange überlege ich, ob ich meine Tochter darauf ansprechen soll. Aber würde sie mir denn die Wahrheit sagen? Das ist dieser Vampir! Garantiert hat sie das Zeug von ihm. Max hätte Alina niemals irgendwelche Drogen gegeben. Aber dieser Vampir? Ob das Ecstasy ist? Keine Ahnung wie das Zeug aussieht. Vor geraumer Zeit hat mir meine Tochter gestanden, dass sie schon einmal in einem Klub Ecstasy genommen hätte. Was hat sie damals gesagt? Das würden alle nehmen.

Ich ärgere mich, dass ich Biggis Tabletten schon zur Analyse geschickt habe, sonst hätte ich diese kleine Pille beifügen können.

Ich entscheide mich dafür, zunächst mit Max darüber zu sprechen.

22

Am Bahnhof treffe ich mich am Sonntagmorgen mit Max, mit der S-Bahn fahren wir über Mannheim nach Ludwigshafen. Es fällt mir schwer, so lange zu warten, bis wir in der Bahn sitzen. Endlich berichte ich ihm, dass ich beim Waschen eine kleine weiße Pille in Alinas Hosentasche gefunden habe und mir nicht sicher bin, ob das Ecstasy sei.

»Hast du die Pille da?«

Ich drücke sie ihm in die Hand.

»Das ist kein Ecstasy. Keine Ahnung, was das ist, aber ich kann nicht glauben, dass Alina sich von ihrem Freund zu Drogen verführen lässt.«

»Was könnte das denn für eine Tablette sein?«

»So eine Pille habe ich noch nie gesehen, daher würde ich davon ausgehen, dass es keine Droge ist.«

Max hält die kleine weiße Pille direkt vor seine Augen, dann legt er sie auf seine Zunge.

»MAX NICHT!«

»Pfefferminz.«

»Pfefferminz?«

Jetzt lutscht Max die Pille. »Reines Pfefferminz.«

»Pfefferminz?« Ich kann es nicht fassen.

»Vielleicht wollte dich Alina einfach ein bisschen schocken. Das kommt immer wieder gut in diesem Alter.«

»Du glaubst, meine Tochter hat die Pille absichtlich in ihre Hosentasche gesteckt, damit ich sie finde und mich aufrege.«

»Sie hat es bestimmt nicht böse gemeint. Sie wollte deine Reaktion testen, wollte wissen, ob du ausflippst.«

»Na toll, der werde ich was erzählen. Oder besser: Weißt du was, ich werde so tun, als wäre nichts gewesen.«

»Gute Idee.«

Ich bin sehr froh, dass Alina keine Drogen nimmt. Aber es würde mich schon interessieren, ob sie diese Pille mit Absicht in ihrer Hosentasche versteckt hat.

Bahnhof Mitte in Ludwigshafen. Hier steigen wir aus. Das Labor befindet sich unweit in einem Hochhaus.

Die Firma, die die Studie hier durchführt, nennt sich *Dr. Pauser Pharma*, das hat uns Steffis Lover mitgeteilt. Das Klingelschild *Dr. Pauser* weist auf den zweiten Stock hin. Die Eingangstür ist verschlossen, wir warten einen Augenblick.

»Hier möchte ich nicht wohnen«, stellt Max fest, »irgendwie unpersönlich.«

Eine Frau mit Hund kommt und wir betreten nach ihr das Gebäude. Mit dem Aufzug fahren wir nach oben und stehen vor einer geschlossenen massiven Wohnungstür.

»So, jetzt wissen wir immerhin, wo sie ihre Menschenversuche durchführen.« Ich wüsste zu gerne, ob hier tatsächlich die gleichen Leute ihr Unwesen treiben, wie zuvor in Heidelberg.

»Für heute müssen wir uns geschlagen geben. Aber gleich morgen melde ich mich als Proband.«

Nach der Aussage von Jonas nehmen an der Studie ausschließlich junge Männer teil, da kann ich mich schlecht anmelden. Aber allein möchte ich Max da nicht gerne hingehen lassen.

»Ich könnte mich als deine besorgte Mutter ausgeben«, schlage ich vor, als wir mit dem Fahrstuhl wieder nach unten fahren.

»Keine gute Idee, Tanja.«

An der Haustür stoßen wir fast mit einem meiner Stammkunden zusammen, diesem Heißen-Schokoladen-Junkie.

»Frau Eppstein! Was machen Sie denn hier? Wollen Sie mir heiße Schokolade bringen?«

»Wenn ich gewusst hätte, dass ich Sie hier antreffe. Wohnen Sie hier in diesem Haus?«

»Nein, hier arbeite ich nur. Ich wollte noch schnell etwas erledigen. Und Sie, was treibt Sie hier her?«

»Wir wollten uns etwas ansehen.« Da kommt mir eine Idee: »Kennen Sie zufällig die Firma *Dr. Pauser Pharma* im zweiten Stock oder jemand, der dort arbeitet?«

»Nein, leider nicht. Was ist denn mit dieser Firma?«

»Ach nichts!«

»Sie haben doch etwas auf dem Herzen?«

»Na ja, wir wüssten gerne, was die so treiben. Wir fragen uns, ob da alles mit rechten Dingen zugeht.«

»Warum sollte dort nicht alles mit rechten Dingen zugehen?«

»Ach, nur so.«

»Ich mache Ihnen einen Vorschlag, ich höre mich mal ein wenig um, und wenn ich etwas erfahre, dann rufe ich Sie an.«

»Das ist aber nett von Ihnen, Herr …, ich kenne nicht einmal Ihren Namen.«

»Meinen Namen, stimmt, den kennen Sie nicht, Schletter heiße ich.«

»Danke, Herr Schletter.« Ich reiche ihm eine Visitenkarte des Schoko-Traums.

»Ich melde mich.«

»Schöner Zufall«, sage ich, als wir Richtung Berliner Platz unterwegs sind, »dass wir Herrn Schletter getroffen haben, vielleicht bekommt er etwas über diese Firma heraus.«

»Ich gehe da auf jeden Fall morgen hin, um an der Studie teilzunehmen.«

»Allein lasse ich dich da nicht hingehen.«

»Bestimmt kommt Jonas mit.«

Wir gehen die Fußgängerzone entlang Richtung Rathaus-Center. Zahlreiche der früheren Geschäfte sind geschlossen.

»Ganz schön öde hier« ist Max' Kommentar, als wir an zahlreichen leeren Schaufenstern vorbeischlendern.

»Hier kann man sehen, wie große Einkaufscenter die Innenstadt zerstören. Erst das Rathaus-Center, dann das Einkaufscenter Walzmühle und jetzt noch die Rhein-Galerie. Was nutzt es, wenn man dort schön einkaufen kann, aber die Innenstadt tot ist? Nachts wäre es mir hier unheimlich.«

»Stimmt! Oh, hier ist ja schon Jonas' Tattoo-Studio.«

Dieser kommt sofort an die Tür, um uns zu begrüßen. Jonas wirft die Kaffeemaschine an.

Wir bewundern sein Studio und er zeigt uns seine verschiedenen Geräte, die Schablonen für Tattoos und den zahlreichen Piercingschmuck.

Jonas bietet uns an, ein Tattoo stechen zu lassen. Wir lehnen beide dankend an. »Und ein Piercing? Tanja, ein Bauchnabel- oder ein Brustwarzenpiercing für dich? Wenn du etwas mutiger bist, vielleicht ein Christiana-Piercing?«

»Was ist das denn?«, frage ich mit skeptischem Blick.

»Dabei wird das Piercing vertikal in die Falte der oben zusammenlaufenden großen Schamlippen gestochen und tritt am Venushügel wieder aus. Dies ist nur ein Beispiel, es bestehen noch zahlreiche Möglichkeiten für ein Intimpiercing.«

»Nein, danke. Mein Venushügel bleibt, wie er ist und auch sonst kann ich gerne auf Piercings verzichten. Meine Tochter Alina würde diesem verlockenden Angebot sicherlich nicht widerstehen können.«

Max ist da eher ein Kandidat, er hat ja schon mehrere Stecker im Gesicht.

»Für dich Max habe ich was ganz Besonderes. Wie wäre es mit einem Ampallang?«

»Habe ich schon seit über einem Jahr.«

Die beiden fachsimpeln. Joans klärt mich auf, dass ein Ampallang horizontal durch die Eichel gestochen wird.«

»Und so etwas hast *du*?«, will ich entsetzt wissen.

Max und Jonas lachen. Ich glaube, die beiden lachen mich aus, ob so viel Unwissenheit.

»Intimpiercings stehen bei beiderlei Geschlecht derzeit hoch im Kurs«, behauptet Jonas.

Er erläutert uns weiteren Piercing-Schmuck. Ich kann nicht fassen, was sich Menschen alles antun. Wahrscheinlich bin ich dazu einfach zu wenig modern. Ich würde mir so etwas niemals in meinen Körper stecken.

»Leider hat die Kundenfrequenz des Studios trotzdem stark abgenommen, milde ausgedrückt, ist gerade eine Flaute.«

»Könntest du in deinem Studio nicht neben dem Stechen von Tattoos auch die Entfernung von Tattoos anbieten? Beides quasi aus einer Hand. Erst kürzlich habe ich darüber einen Bericht im Rhein-Neckar-Funk gehört.«

»Vielleicht nicht die schlechteste Idee, muss ich mich mal reindenken.«

Stefanie trifft ein und wir gehen gemeinsam zum Ludwigplatz.

»Dort könnt ihr meine Lieblings-Steinofenpizza probieren, die wird euch schmecken«, kündigt Jonas an.

Es ist warm, sodass wir uns in den Garten des Restaurants setzen können. Es ist ein schönes lauschiges Plätzchen.

Bis das Essen serviert wird, unterhalten wir uns über Ludwigshafen, Steffi und ihr Freund sind hier geboren.

Ich sage: »Irgendwie hat Ludwigshafen immer noch den Charme der Siebziger, er ist nur inzwischen stark verblasst.«

»Ja«, erklärt Jonas, »die Hochstraßen waren damals der Renner, heute sind die marode und keiner kann die mehr bezahlen. So wie es aussieht, werden die in den nächsten Jahren zurückgebaut. Und auch der Hauptbahnhof, damals Modell- und Vorzeigeobjekt, verfügt heute noch nicht einmal mehr über einen Fahrkartenschalter.«

»Na ja«, wirft Max ein, »Geld hätte die Stadt, wenn die hier ansässigen Firmen ihre Steuern in Deutschland zahlen würden und nicht in irgendeinem Steuerparadies.«

Stimmt, erst vor einer Woche stand ein Artikel darüber in der Zeitung.

Stefanie legt die Speisekarte beiseite. »Was mich am heutigen Ludwigshafen stört, sind diese starken Gegensätze. Es gibt immer noch Gettos, das kann man sich nicht vorstellen. Und damit meine ich nicht den Hemshof. Im Gegensatz dazu die Rheinbebauung mit diesen modernen Klötzen. Das luxuriöse Flair der Rheingalerie und die vielen geschlossenen Läden der Innenstadt.«

»In der City, da stehen so viele Geschäfte leer, gefühlt gibt es dort nur noch Ein-Euro-Läden.« Max zündet sich eine Zigarette an.

»Ja«, mischt sich Steffi ein. »Die Fußgängerzone ist schon eine Laden-Wüste, die meisten Geschäfte sind geschlossen und ihre Schaufenster verklebt. Weit und breit nur Billigläden und Wettbüros. Vor einigen Jahren war an jeder Ecke ein Bäcker, die sind inzwischen auch verschwunden.«

»Ludwigshafen hat etwas morbides.« Jonas breitet die Arme aus. »Aber es ist meine Heimat. Und es gibt so viele wunderschöne Plätze wie dieses Restaurant, die Parkinsel, den Ebert-Park und ja, ich liebe das Hemshof-Flair.«

Die Steinofen-Pizza ist ein Gedicht.

»Das Wilhelm-Hack-Museum und überhaupt, die ganze Kunstszene. Die Künstler machen hier ganz tolle Sachen. Die Leerstände dienen zum Teil als Ateliers oder Ausstellungsräume. Und Kunst-, Theater- und Musikfestivals finden hier statt.« Steffi hebt weitere gute Seiten Ludwigshafens hervor.

»Und nicht zu vergessen: Das Festival des deutschen Films auf der Parkinsel«, ergänzt Jonas.

Da kann ich den beiden nur beipflichten, mit meinen Kindern und meinem Ex war ich früher immer mal wieder in Ludwigshafen im Museum, zu Straßenfesten und zum Filmfestval.

»Noch ein bisschen Kunst gefällig? Wir können dem Wilhelm-Hack-Museum gerne einen Besuch abstatten«, schlägt Jonas nach dem Essen vor.

Wir stimmen alle zu und schon gehts los.

Fünf Minuten später stehen wir im Museum.

»Ich mag das Wilhelm-Hack-Museum, es hat so etwas Großzügiges«, sage ich, als wir vor der Kasse stehen.

Da gerade die Ausstellung im Untergeschoss wechselt, haben wir heute freien Eintritt.

»Seht euch dieses Bild mit seinen vielen Fäden an.« Jonas zeigt nach links.

Das übergroße Bild im Eingangsbereich wirkt mit seinen vielen ineinander verwobenen Fäden sehr beeindruckend, verworren wie das Leben.

»Also ich möchte diese Fäden nicht entwirren müssen«, stellt Max fest. Wir anderen nicken.

Nach einer halben Stunde haben wir alles gesehen, sogar die Ausstellung ganz oben über mittelalterliche Kunst.

»Das ist es, was ich an diesem Museum so liebe«, weiht uns Jonas in seine geheimsten Gedanken ein, »es ist übersichtlich. Ich hasse Museen, in denen man drei Stunden unterwegs ist und danach das Gefühl hat, nur die Hälfte gesehen zu haben.«

Wir lachen. Da ist was Wahres dran.

»Kommt mit, ich zeige euch noch ein ganz besonders schönes Plätzchen in Ludwigshafen.« Jonas übernimmt die Führung. »Kennt ihr den Turm 33?«

Steffi kennt das Restaurant, Max und ich nicht.

Man sieht den Platz schon.

»Oh, ein Kirchturm ohne Kirchenschiff«, stelle ich fest. Ich dachte immer, das sei tatsächlich eine Kirche.

Jonas erklärt weiter: »Der einundsechzig Meter hohe Turm ist prägend für Ludwigshafens Stadtsilhouette. Das Kirchenschiff wurde bei einem Bombenangriff im Zweiten Weltkrieg zerstört, der erhaltene Turm wird seit Jahren gastronomisch genutzt.«

»Der Platz ist wunderschön, hier kann man die Seele baumeln lassen«, bemerke ich und schon sitzen wir unter einem der großen Sonnenschirme.

Jonas sagt zu, dass er morgen gemeinsam mit Max in das Forschungslabor gehen wird. Er stellt ihn als neu geworbenen Probanden vor. Wir kommen auf die Medikamentenstudie zu sprechen.

»Haben die nicht schon in der Antike mit Menschenversuchen begonnen?«, wirft Stefanie ein.

»Ja, und im 19. Jahrhundert, während der Blütezeit der Bakteriologie, haben die da nicht die Menschen mit Syphilis und Gonorrhö infiziert?«

»Ja, Jonas, das haben sie«, bestätige ich, »und diese Menschenversuche haben sich fortgesetzt, Kaiserzeit, Weimarer Republik und in der Nazizeit. Im Nationalsozialismus gab es im Rahmen der sogenannten *Euthanasie- und Rassenhygieneprogramme* zahlreiche staatlich organisierte Versuchsreihen an Menschen, deren Leben als *unwert* angesehen wurde. Die haben unvorstellbare Versuche an Kranken und Menschen mit Behinderungen durchgeführt, auch an Kindern. Viele Patienten haben diese Versuche nicht überlebt.«

»Aber«, sagt Max, »die Amis waren auch nicht zimperlich. Militär und Geheimdienst haben da auch unzählige Versuche an einer großen Anzahl von Menschen vorgenommen. Und den Artikel, den Tanja im Internet gefunden hat, das ist der Hammer!«

Gemeinsam mit Max hatte ich mehrmals im Internet recherchiert.

Alle Augen richten sich auf mich. »Ein Pharma-Riese hat fünfundsiebzig Millionen Dollar zur Beilegung einer Sammelklage nigerianischer Eltern bereitgestellt. 1996 seien dort zweihundert Kinder zur Teilnahme an illegalen Medikamententests mit einem ungeprüften Antibiotikum rekrutiert worden. Die Eltern wussten nicht, dass ihre Kinder als Versuchskaninchen missbraucht wurden. Elf Kinder seien gestorben. Schon in den Tierversuchen hätte das Medikament zu starken Nebenwirkungen geführt, insbesondere zu Schädigungen der Leber.«

Steffi stellt ihr Weinglas unberührt zurück auf den Tisch. »Das ist ja unvorstellbar.«

Jonas runzelt die Stirn. »Wenn ich mir das jetzt richtig überlege, war das ganz schön blauäugig von mir an dieser Studie teilzunehmen. Aber die haben echt so getan, als wäre das alles völlig harmlos.«

»Mit den legalen Studien setzt man unter bestimmten Umständen schon seine Gesundheit aufs Spiel. Wenn du an einer Studie wie dieser teilnimmst, die illegal und nicht genehmigt ist, Jonas, dann ist das Risiko unkalkulierbar«, stellt Max fest.

Wir unterhalten uns noch eine Weile über medizinische Studien, ihre Risiken und ihren Nutzen.

Als ich neben Steffi zurück zum Studio gehe, sagt sie: »Jonas hat sich gleich nach dem Telefonat mit dir gemeldet.« Der Grund, dass er sich etwas zurückgezogen habe, sei der Flaute seines Tattoo-Studios geschuldet, es habe nichts mit der Handschellenaktion zu tun. »Er muss dringend Geld auftreiben, da er mit der Miete im Rückstand ist. Daher hat er auch an dieser Medikamenten-Studie teilgenommen. Ich werde ihm tausend Euro leihen.«

»Das musst du wissen, Steffi. Geldleihen ist immer so eine Sache, das schafft Abhängigkeiten.«

»Ach Quatsch, er kann es mir zurückzahlen, wann er will. Es eilt nicht.«

Und dann erzähle ich Stefanie die Geschichte mit der kleinen weißen Pille in Alinas Hosentasche.

Ihr Kommentar: »Mensch, manchmal bin ich wirklich froh, dass ich keine Kinder habe.«

Meine Freundin übernachtet heute bei Jonas, mit Max gehe ich dann zur Bahnstation Ludwigshafen-Mitte und wir fahren mit der S-Bahn über Mannheim zurück nach Heidelberg.

Am Abend ist Herr Schletter am Telefon. Er hätte jemanden gefunden, der schon seit Jahren bei dieser Firma beschäftigt sei. Er könne mir mitteilen, dass es ein sehr seriöses Unternehmen sei. Ich will wissen, wieso man im Internet nichts über die Firma findet.

»Ach, der Geschäftsführer ist schon älter, der hat nicht einmal ein Handy, geschweige denn einen eigenen Computer. Klingt veraltet, ich weiß.«

Dann möchte er wissen, wieso ich mich für diese Firma interessiere.

Ich sage Herrn Schletter, dass ich da so Gerüchte gehört habe, er will Details hören, mit weiteren Aussagen halte ich mich gleichwohl zurück.

Noch einmal bestätigt er, dass ich mir keine Sorgen machen müsse, alles sei legal und seriös.

Ich weiß nicht warum, doch die Information beruhigt mich nicht. Nicht, dass ich auch nur ein Wort Herrn Schletters in Zweifel ziehe, die Auskunft hat er sicher so erhalten, aber wer weiß denn, ob das stimmt, was ihm diese Person mitgeteilt hat?

Am nächsten Morgen fährt Max allein nach Ludwigshafen. Er will sich mit Jonas treffen und dann wollen beide das Forschungslabor aufsuchen. Ich habe mit Max ausgemacht, dass sie sich melden, bevor sie hineingehen.

Birgit kommt mit Sarah und Marie in den Schoko-Traum. Ich koche für uns alle heiße Schokolade, zur Feier des Tages für alle mit Sahnehäubchen.

Wir sitzen vor unseren Tassen Kakao, als mein Handy läutet. Es ist Max, die beiden betreten jetzt das Hochhaus. Sie werden sich spätestens in fünfzehn Minuten wieder melden.

Ich reiche einige Pralinen herum. Sarah lobt meine neueste Kreation Süße Sünde, aber auch die Schoko-Traum-Pralinen haben es ihr angetan. Wie immer zieht Birgit die Cappuccino-Pralinen vor. Marie lutscht an einem Schoko-

Lolli. Als ich wieder auf die Uhr sehe, sind schon fünfundzwanzig Minuten vergangen. Ich werde unruhig, als ich weder Max noch Jonas telefonisch erreichen kann, ihre Mobiltelefone sind ausgeschaltet. So war das nicht abgemacht. Ich bin mir sicher, dass da was nicht stimmt.

»Ach, da ist sicher nichts passiert, die trinken dort in Ruhe einen Kaffee und quatschen, so wie wir hier auch. Da hat Max vergessen zu telefonieren.«

»Birgit, das kann ich mir nicht vorstellen.« Zum fünften Mal wähle ich ihre Nummern. »Ich muss da hin.«

»Du kannst dort doch nichts machen.«

»Leihst du mir dein Auto?«

»Ja, natürlich.« Inzwischen hat auch Birgit ihre stoische Ruhe verloren. »Wir kümmern uns um die Chocolaterie.«

»Danke Biggi! Ich schreibe ihr die beiden Mobilnummern von Max und Jonas auf und bitte sie, dort weiter anzurufen. Sobald sie einen von ihnen erreichen kann, soll sie sich mit mir in Verbindung setzen. Auch die Anschrift dieser Firma notiere ich. Dann nehme ich ihren Autoschlüssel und verlasse den Laden.

Ich fahre viel zu schnell, wenn sie heute hier auf der Autobahn Richtung Mannheim einen Blitzer aufgestellt haben, dann wirds teuer. Aber was spielt das schon für eine Rolle? Es geht vielleicht um Leben und Tod.

Mein Handy bleibt stumm. Weder Max, noch Jonas, noch Birgit melden sich, das heißt, dass sie die beiden immer noch nicht erreichen konnte.

Was ist dort passiert?

Was musst du dich auch immer in diese polizeilichen Ermittlungen einmischen. Du bist nun mal keine Miss Marple und Max ist nicht Wilsberg.

Ja, meine innere Stimme hat ja recht, mit allem, was sie mir vorhält.

Von der Autobahn fahre ich über die Wilhelm-Varnholt-Allee in Richtung Mannheim-Innenstadt. Über die Konrad-Adenauer-Brücke überquere ich den Rhein nach Ludwigshafen. Trotz des heißen Wetters der vergangenen Tage ist der Pegelstand des Rheins recht hoch, ausschlaggebend hierfür dürften die meist nächtlichen, starken Regenfälle der letzten Wochen sein.

Eine halbe Stunde habe ich gebraucht, bis ich Birgits Wagen vor dem Hochhaus in Ludwigshafen parke. Zunächst wähle ich die Telefonnummer des Schoko-Traums. Birgit habe immer wieder versucht, die beiden zu erreichen, aber die Mobiltelefone seien ausgeschaltet. Um sicherzugehen, versuche ich es auch noch einmal. Nichts. Ich wähle Cems Nummer. Auch sein Telefon ist nicht in Betrieb. Ich spreche auf seine Mobilbox und erkläre ihm alles, ich sage ihm auch, dass ich jetzt dieses Labor aufsuchen werde. Ich müsse wissen, was da los ist. Ich verspreche, ihn zu informieren. Spätestens in einer halben Stunde werde ich mich wieder bei ihm melden. Noch einmal wähle ich die Nummer meiner Chocolaterie und bitte Birgit, dass sie sich mit Hauptkommissar Rauenberg oder sonst wem, wenn es sein muss auch mit Hauptkommissar Puscher, in Verbindung setzen soll, falls ich mich in spätestens fünfzehn Minuten nicht bei ihr melde oder falls mein Handy ausgeschaltet sein sollte. Inzwischen macht auch Birgit sich große Sorgen.

Ich stehe vor dem unpersönlichen Hochhaus aus den siebziger Jahren. Was ist mit Max und Jonas passiert? Neben der Eingangstür liegen mehrere leere Pizzakartons. Ich sehe mir intensiv die Klingelschilder an und warte, bis jemand vorbeikommt. Ein älterer Mann öffnet die Eingangstür, sonst hätte ich an mehreren Klingeln geläutet. Ich fahre mit ihm im Aufzug nach oben. Die Deckenlampe im Fahrstuhl hat einen Wackelkontakt, sie flackert, das war gestern noch nicht der Fall. Im zweiten Stock steige ich aus. Als ich vor der schwarzen Haustür stehe, bemerke ich, dass mir die Beine schlottern. Ich atme tief ein und aus, bevor ich auf den Klingelknopf mit dem Schild *Dr. Pauser* drücke.

23

Ein Mann um die Dreißig bittet mich herein.
»Ich suche meinen Sohn, Max Bleibtreu«, sage ich viel zu aufgeregt.
»Nehmen Sie doch einen Augenblick Platz, Frau Bleibtreu. Ihr Sohn wird untersucht. Ich gebe dem Studienleiter Bescheid.«
»Danke.«
Er geht in den Nebenraum.
Ich sitze auf einem kalten weißen Plastikstuhl im Flur. Das Licht über der Tür ist grell. Mein Puls rast. Ich versuche, ruhig zu atmen.
»Herr Dr. Pauser sagt, sie können gerne bei der restlichen Untersuchung zugegen sein.«
Mir fällt ein Stein vom Herzen. Natürlich habe ich mal wieder überreagiert. Immer muss ich mir gleich die schlimmsten Sachen vorstellen und mich grundlos aufregen.
Er geht mir voran in den Nebenraum. Dort stehe ich dem Heißen-Schokoladen-Junkie alias Dr. Pauser alias Schletter alias Kaiser gegenüber. Ich blicke direkt in den Lauf einer Pistole.
»Es wäre gelogen, wenn ich sagen würde, dass ich mich freue, Sie zu sehen, Frau Eppstein. Ihr Handy bitte!«
Ich überreiche es ihm. Er schaltet es aus.
An der Wand auf dem Boden sitzen Max und Jonas, beide mit einem Knebel im Mund und zu einem handlichen Paket geschnürt. Sie sehen mich enttäuscht an.
Immerhin wird sich Birgit jetzt mit Herrn Rauenberg in Verbindung setzen. Aber wenn der sich selbst aufmacht, um uns zu retten, dann ist die Wahrscheinlichkeit groß, dass er zu spät kommen wird.
»Herr …, ich weiß gar nicht, wie ich Sie ansprechen soll.«

»Ist egal, Sie dürfen sich einen Namen aussuchen.« Heute ist der Schoko-Junkie wieder ganz seriös mit einem Anzug bekleidet. Die Waffe in seiner Hand lässt ihn jedoch weniger seriös erscheinen. Ich muss an die Beschreibung denken. Warum habe ich dabei nicht an ihn gedacht? Dieser Mann war mir irgendwie sympathisch, ich hätte ihn nicht für einen Mörder gehalten. Niemals!

Er schubst mich auf einen Stuhl.

»Lassen Sie uns frei, das bringt doch nichts. Sie haben doch schon die beiden jungen Männer auf dem Gewissen. Die Polizei weiß Bescheid. Die werden in wenigen Minuten hier sein.«

Kaiser oder wie immer er heißt, lacht laut und zynisch. »Ach Frau Eppstein, wenn dem so wäre, dann wären jetzt nicht Sie hier, sondern ein SEK der Polizei.« In Richtung seines Mitarbeiters raunt er: »Fessel sie! Ich versuche, noch einmal den Chef zu erreichen. Ich gehe davon aus, dass wir das Problem auf die gleiche Weise lösen müssen wie letztes Mal.«

Inzwischen kann ich leider nicht mehr schreien, sonst hätte ich es sicher vor Schreck getan. Der dicke Knebel im Mund erstickt jeden meiner Laute im Keim. Wenn ich das richtig verstanden habe, dann heißt das, dass wir drei auch an einer Überdosis Heroin sterben werden, wenn sich der Hauptkommissar nicht beeilt. Schweißbäche rinnen mir beide Achselhöhlen hinab. Mein Herz pocht lauter als die Uhr über der Tür. Mein Puls ist gefühlt auf über zweihundert. Er überschlägt sich. Der Studienleiter zielt immer noch mit seiner Pistole auf mich, während er mit der linken Hand das Mobiltelefon ans Ohr presst.

»Ja, ich kann doch nichts dafür, wenn die aus Heidelberg hier plötzlich auftauchen und Stress machen. ... Ja, es tut mir leid, aber was sollte ich denn ...? Hätte ich warten sollen, bis die uns die Polizei oder die Presse auf den Hals hetzen? ... Ja, diese Eppstein hat das irgendwie rausbekommen, keine Ahnung. Soll ich sie fragen? ... In Ordnung ... Ich kümmere mich drum. Sie können sich auf mich verlassen.«

Er beendet das Gespräch. Sein Helfer hat inzwischen auch mich zu einem festen Paket geschnürt. Mir schneiden überall die Fesseln ins Fleisch. Wo bleibt nur die Polizei? Dreimal stürmte ein SEK unnötigerweise meinen Schoko-Traum, aber wenn man die Polizei mal dringend braucht, ist sie nicht da. Hier könnten die Jungs und Mädels jetzt mal richtig zeigen, was sie draufhaben.

Der Studienleiter und sein Helfer heben mich unsanft an und deponieren mich auf dem Boden neben Max und Jonas. Jetzt liegen wir drei wie fehlgeleitete Pakete herum und harren der Dinge, die da kommen.

Das war aber auch eine saudoofe Idee, einfach hier hereinzuspazieren. Was hast du dir nur dabei gedacht? Hast du erwartet, dass dieser Studienleiter sagt: Tut mir leid, ich habe Philipp und Dennis getötet und ich stelle mich Ihnen gerne, rufen Sie schon mal die Polizei.

Ja, ja, innere Stimmen sind schrecklich, vor allen Dingen, wenn sie die nackte, kalte Wahrheit aussprechen. *Hinterher ist man immer schlauer*, gebe ich ihr patzig zur Antwort.

Verdammt, wo bleibt Rauenberg?

»Besorg du das Heroin. Diese Eppstein mit ihrem Mitarbeiter legen wir in Mannheim ab, sieht dann so aus, als hätten sie sich dort die Drogen besorgt und sofort einen Schuss gesetzt. Den Anderen bringen wir heute Nacht auf die Parkinsel. Versuche, Heroin mit einem hohen Reinheitsgrad zu bekommen, dann ist die Überdosis glaubwürdiger. Und gib diesmal allen noch ein Briefchen mit Drogen in die Jackentasche. Geh jetzt und beeile dich. Ich bleib hier.«

Die beiden verlassen das Zimmer, von außen wird die Tür abgeschlossen. Eigentlich völlig unnötig, so wie wir verschnürt sind, können wir uns nicht einmal einen Zentimeter weit bewegen. Es ist ganz ruhig. Nur diese hässliche Bahnhofsuhr über der Tür tickt laut. Ich verfolge mit meinen Augen den Sekundenzeiger. Langsam wird es Zeit für die Polizei. Was, wenn der Rauenberg nichts unternimmt? Schließlich hat er mich oft genug gewarnt?

Max macht komische Geräusche. Ich gebe Laute in einem entsprechenden Rhythmus zurück: »Hm, hm, hmm ... hm.« Soll heißen: Rau-en-berg kommt. Ich sehe es an den fragenden Augen, dass weder Max noch Jonas mich verstehen. Wie sollten sie auch.

Wir sitzen auf den nackten grauen Fliesen. Der Boden ist kalt. Meine Knochen schmerzen. Ich würde mich gerne etwas bewegen, aber derart stark verschnürt, ist das undurchführbar.

Der Blick von Max sagt eindeutig: »Wir sind am Arsch.«

Ich habe Angst. Verdammte Angst. Ich möchte nicht sterben. Alina und Lucas brauchen mich, sie brauchen doch ihre Mutter. Max ist noch so jung, ich hätte ihn auf keinen Fall in dieses Labor gehen lassen dürfen. Und jetzt haben wir auch noch Jonas in die Sache reingezogen.

Wir werden sterben. Alle drei. Ich bekomme keine Luft mehr. Ich glaube, ich hyperventiliere. Ich versuche bewusst ruhig ein- und auszuatmen. Auch Max und Jonas haben Angst. Unsere Angst ist greifbar, fast ist es, als könnte man sie hören und riechen. Wenn uns die Polizei nicht rettet, dann werden wir alle drei sterben und ich bin schuld!

Ich versuche, mich abzulenken, indem ich mir die Einrichtung im Raum ansehe, zumindest das, was sich von dieser Bodenperspektive aus in meinem Blickfeld befindet. Die Wände sind kahl, nur weiß gestrichen. Es sieht aus wie in einer Arztpraxis. Auf einem Tisch liegen ein Stethoskop und daneben ein Blutdruckgerät. Auf dem anderen Tisch liegt links eine Ablage für Post und rechts stehen verschiedene Versuchsanordnungen mit Bluttests. An der Wand sind Behälter mit Spritzen und Kanülen in unterschiedlichen Größen angebracht.

Plötzlich muss ich an meine Schwester denken. Und es erscheint mir kindisch und dumm, dass ich mich nicht längst mit ihr ausgesöhnt habe. Sollte ich jetzt sterben, dann werde ich ihr niemals mehr verzeihen können. Im Angesicht des Todes relativiert sich vieles, sogar der Blick auf meine Schwester. Ich sage zu mir selbst, dass ich etwas an unserem Verhältnis ändern werde, sollte ich diesen Tag überleben. Ich will nicht sterben! Ich will leben. Wo zum Teufel bleibt Kommissar Rauenberg?

In diesem Augenblick gibt es einen Knall, der einem Schuss ähnelt. Hat der Studienleiter jetzt seinen Helfer erschossen? Der Schlüssel im Schloss dreht sich.

Oh nein, will dieser Verrückte jetzt auch uns erschießen? Nein, bitte nicht! Ich schreie, aber ich schreie lautlos. Die Zimmertür wird aufgerissen. Ich schwitze. Mein Herz rast. Ich will nicht sterben!

Polizisten stürmen in den Raum.

Ich bin so froh und dankbar. Niemals hätte ich es für möglich gehalten, dass ich mich derart über das erneute Zugreifen eines Spezialeinsatzkommandos freuen könnte. Tränen laufen mir vor Erleichterung warm die Wangen hinab.

Auch wenn mich der Polizist unsanft anfasst, immerhin nimmt er mir den Knebel aus dem Mund und will wissen: »Sind Sie unverletzt?«

Ich nicke nur.

Ein anderer Polizist schneidet uns die Fesseln auf, mir zuerst. Ladys First. Glück gehabt. Diesmal reibe ich mir nicht nur meine Handgelenke, sondern auch meine Arme und Beine, überall sind rote Striemen zu sehen, dieser Typ war nicht zimperlich.

Wieder ein anderer Polizist, einer in Zivil, will wissen, wie viele Personen sich in der Wohnung aufgehalten hätten. Ich sage ihm, dass neben dem Studienleiter noch ein Helfer da war, dieser aber höchstwahrscheinlich gerade dabei ist, Heroin mit möglichst hohem Reinheitsgrad für unser Ableben, zu besorgen.

Inzwischen sitzen wir alle drei entpackt auf Stühlen.

»Haben Sie den Mann mit der Waffe gefasst?«, will ich wissen.

Immerhin erhalte ich eine Antwort: »Ja.«

»Was passiert denn jetzt?«

»Wir sind vom Kommissariat 11, Sie kommen jetzt mit in die Wittelsbacher Straße zu einer Vernehmung bei der Zentralen Kriminalinspektion.«

Schon wieder ein Verhör. Aber macht nichts, wir leben, was ist dagegen schon ein Polizeiverhör?

Immerhin legen uns die Polizisten keine Handschellen an.

Diesmal bestehe ich nicht auf einen Anwalt, ich habe ja nichts verbrochen, obwohl, das hatte ich zuvor auch nicht. Uns werden alle möglichen Fragen gestellt und wir berichten von unserem Verdacht gegen Jan Svoboda und dass er uns auf die Fährte dieses Studienleiters setzte.

Nach der Vernehmung teilt uns der ermittelnde Beamte mit: »Draußen wartet Herr Hauptkommissar Rauenberg. Er wird sie beide mit nach Heidelberg nehmen. Sie, Herr Ullmer, können gehen.«

Wir verabschieden uns von Jonas.

»Frau Eppstein, geht es Ihnen gut?« Heute ist der Hauptkommissar ganz besorgt.

»Alles in Ordnung, Herr Rauenberg. Ich nehme an, dass Sie die Polizei zum Labor beordert haben. Vielen, vielen Dank, Sie haben uns dreien das Leben gerettet. Danke!« Ich könnte dem Herrn Kommissar um den Hals fallen.

»Bei mir brauchen Sie sich nicht zu bedanken, Ihr Leben hat Herr Hauptkommissar Puscher gerettet.«

»Hauptkommissar Puscher hat uns das Leben gerettet?«

Das glaube ich jetzt nicht.

»Ich war in einem Einsatz und zunächst nicht zu erreichen, da hat sich Ihre Freundin an Herrn Puscher gewandt. Als ich gehört habe, was passiert ist, bin ich gleich hierhergefahren. Wieso mussten Sie sich auch wieder einmischen?« Inzwischen ist er schon nicht mehr so freundlich.

»Ich habe SIE GEWARNT und NICHT NUR EINMAL.«
Und jetzt ist er richtig laut geworden.

»Es tut mir leid, Herr Hauptkommissar. Es kommt nie wieder vor, versprochen. Niemals wieder!«

»Ach, Ihnen kann man doch nichts glauben.« Rauenberg schließt seinen Wagen auf. Ich nehme auf dem Beifahrersitz Platz, Max hinten. »Das höre ich von Ihnen nicht zum ersten Mal. Und rufen Sie endlich diesen Cem an, der stirbt sonst noch vor Angst um Sie.«

Cem, oh stimmt! Ich wähle seine Telefonnummer. Er ist zunächst ebenso besorgt wie Rauenberg, aber schon beschimpft auch er mich. Auch ihm muss ich versprechen, dass ich mich nie wieder in irgendwelche polizeilichen Ermittlungen einmischen werde. Cem gibt sich eine Mitschuld an allem, weil er die Obduktionsergebnisse an mich weitergeleitet hat.

Mehrmals sage ich: »Ich verspreche, es kommt nie wieder vor.«

Am Samstag wird Cem zu einer Lesung der *Mörderischen Schwestern* in den Schoko-Traum kommen. Ich freue mich sehr, ihn endlich wiederzusehen. Und wer weiß, vielleicht können wir nach der Lesung einiges nachholen.

Rauenberg lässt uns am Neckar aussteigen. Er kündigt seinen Besuch in meinem Laden für die nächsten Tage an.

Als wir am Brückentor der Alten Brücke stehen, sagt Max: »God thanks the pusher man.« Wir lachen.

Ich wähle sogleich die Handynummer von Hauptkommissar Puscher und bedanke mich vielmals für die Rettung unseres Lebens. Natürlich muss ich mir auch von ihm einiges anhören, auch ihm muss ich versprechen, dass ich mich in keinerlei polizeiliche Ermittlungen mehr einmischen werde. Heimlich gelobe ich, ihn nie wieder Pfuscher zu nennen.

Zu Hause sitzen Alina, Fynn, Hülya, Lucas, Jenny und Florian an unserem großen Küchentisch und essen selbst gemachte Pasta und Salat.

Die Sechs sind sprachlos, als ich ihnen unsere heutigen Erlebnisse in allen Details schildere.

24

Kurz vor Ladenschluss tönt mein Handy.
Mit Stefanie, Birgit, Sarah und Marie hatte ich mich für den nächsten Abend in unserer Lieblingspizzeria verabredet.

Zunächst weiß ich nicht, wer am Apparat ist, ich höre nur Schluchzen und Schniefen.
»Wer ist denn am Telefon?«
»Iii-hii-hcch!«
»Biggi?«
»Jah-haa!«
»Soll ich kommen?«
»Jah-haa!«
»Was ist denn passiert?«
»Laa-haand-uh-nhhter.«
»Ich bin sofort bei dir!«

Schnell packe ich meinen Rucksack und nehme zu Biggi ein Päckchen Pralinen und eine Dose Anti-Kummer-Schokolade mit. Ich denke, womöglich ist ein Unfall passiert, mit Marie. Hoffentlich ist es nichts Schlimmes. Ich beeile mich. In der Straßenbahn telefoniere ich kurz mit Steffi und berichte ihr von dem Gespräch mit Biggi. Sie verspricht später nachzukommen.

Birgit öffnet mir mit roten geschwollenen Augen die Tür. Als ich sie umarme, kann sie nicht mehr aufhören zu weinen. In ihrer Küche koche ich für uns erst mal eine Anti-Kummer-Schokolade.

Dann sitzen wir uns im Wohnzimmer gegenüber. Zwischen uns seht die Schachtel mit Cappuccino-Pralinen. Ich sehe mich um.

»Wo sind denn Sarah und Marie?«

Falsche Frage! Birgit beginnt erneut herzerweichend zu weinen. Es dauert eine halbe Tasse Anti-Kummer-

Schokolade, bis sie endlich beginnen kann, mir das ganze Unheil zu berichten.

»Ich wollte mich mit Sarah über den Selbstmord ihres Vaters aussprechen, darüber, dass sie mir die Schuld dafür gegeben hat, im Verlauf der Unterhaltung haben wir uns heftig gestritten. Ich bin dann erst mal zum Einkaufen gefahren, als ich zurückkam, waren Sarah und Marie und all ihre Sachen verschwunden. Ich habe mehrmals versucht, meine Tochter auf ihrem Handy zu erreichen, aber sie nimmt nicht ab.«

»Biggi, das wird wieder.«

»Nein, ich hab alles vermasselt. Es tut mir so leid. Ich hätte ihr mehr Zeit geben müssen.«

»Ich wette, sie ist ebenso verzweifelt darüber wie du. Gib ihr ein oder zwei Tage, dann wird sie mit dir reden.« Ich lege meine rechte Hand auf Biggis linken Arm. »Ich bin sicher, alles wird sich wieder einrenken, glaub mir.«

Später kommt dann noch, wie versprochen, Stefanie hinzu. Wir trinken mehrere Tassen Anti-Kummer-Schokolade, bevor wir beim Sekt landen.

Meine Freundinnen wollen wissen, ob ich mich jetzt endlich bei Yvonne gemeldet hätte. Ich verspreche, dass ich morgen mit ihr telefonieren werde.

Und dann schildere ich den beiden unsere Rettungsaktion in allen Details, gestern Abend hatte ich den Polizeieinsatz am Telefon nur kurz skizziert.

Zwei Tag danach kommt Hauptkommissar Rauenberg am Vormittag mit Brunetti in den Schoko-Traum. Als Erstes stelle ich meiner Lieblingsspürnase einen gefüllten Wassernapf hin und hole ihm Leckerli. Jetzt kommt der Kommissar an die Reihe. Er ordert eine Denk-Schok. Hätte ich drauf gewettet, ich glaube, der ist süchtig nach dem Zeug. Auf den Unterteller lege ich drei seiner Lieblingspralinen mit Marzipan.

Er berichtet, dass der Studienleiter, dessen richtiger Name im übrigen Weiß sei, eine Lebensbeichte abgelegt hätte. Der Chef der Pharmafirma, deren Sitz in Luxemburg sei, hätte ihm die beiden Morde befohlen. Philipp Schröter hätte bei sich starke Nebenwirkungen des Medikaments festgestellt und dem Studienleiter mit der Polizei und der Presse gedroht. Er ahnte, dass für die Medikamenten-Studie keine Genehmigung vorlag. Schröters Fehler war es, Weiß zu warnen. Die Firma erwartete Milliardengewinne, sollten die Tests positiv verlaufen. Obwohl die Ethikkommission einen Antrag der Pharmafirma auf eine klinische Studie mit dieser Wirkstoffkombination zunächst abgelehnt hatte, beabsichtige die Firma, das Medikament trotzdem an Menschen zu testen. Der Studienleiter hätte früher schon für diese Firma in Indien und Afrika entsprechende klinische Studien durchgeführt. Es hätte dort aber regelmäßig Probleme mit humanitären Hilfsorganisationen gegeben. Aus dem Grund entschied man sich in diesem Fall dazu, eine klinische Studie, für die keine Zulassung vorlag, versuchsweise in einigen deutschen Städten zu realisieren.

»Da werden Medikamente, für die keine Zulassung vorhanden ist, an Menschen getestet. Das sind illegale Menschenversuche«, stelle ich fest.

»Ja, Frau Eppstein, so sehe ich das auch. Aber dieser Weiß hat in seiner Vernehmung noch schrecklichere Details offenbart. Sowohl in Afrika als auch in Indien hätte er klinische Studien für europäische Pharmafirmen, zum Teil an Kindern, durchgeführt. Auch diese Pharmazeutika seien das erste Mal an Menschen getestet worden, meist ohne deren Wissen und ohne Zustimmung. Stellen Sie sich vor, der hat zugegeben, dass er bei einer Studie die Probanden zunächst mit einem Virus infiziert hätte, um sie dann mit einer entsprechenden Arznei seiner Firma zu behandeln. Das sei jedoch gründlich schief gegangen. Das Präparat sei nicht in der Lage gewesen, den Virus vollständig abzutöten. In einer Nacht- und Nebelaktion hätten sie daher ihre Zelte dort abgebrochen.«

»Das ist ja Wahnsinn!« Konsterniert sehe ich den Kommissar an. Ich kann nicht fassen, zu welchen Mitteln diese Firmen greifen. »Tja, hier geht es um ein Milliardengeschäft, da zählen einzelne Menschenleben nichts mehr.«

»Ja, es gibt Sachverhalte, die weit über das hinaus gehen, was man sich als halbwegs normaler Mensch mit einem Gewissen vorstellen kann.«

Über diese Fälle könnte der Hauptkommissar sicherlich einige Bücher schreiben.

Ich nehme einen großen Schluck erkalteter Schokolade und eine Praline Süße Sünde. »Aus welchem Grund musste Dennis Hoover sterben?«

»Schröter hatte sich mit Hoover über die Nebenwirkungen des Medikaments unterhalten und ihm angekündigt, dass er vorhätte, diesen illegalen Laden hochgehen zulassen. Nach Schröters Tod hätte Hoover versucht, den Studienleiter zu erpressen, da er angenommen hatte, dass er, wenn nicht selbst der Mörder Philipp Schröters, dann zumindest der Auftraggeber gewesen sei. Das war dann auch sein Todesurteil.«

Hauptkommissar Rauenberg steckt sich schon die dritte Marzipan-Praline in den Mund. Er stöhnt dabei ein wenig.

»Hm, Ihre Pralinen, Frau Eppstein – lecker!« Er verdreht etwas die Augen. »Die Polizei konnte inzwischen zwei weitere illegale Forschungslabore in Leipzig und Bremen schließen.«

»Und dieser Chef, der die Morde in Auftrag gab?«

»Der ist leider entwischt, er konnte sich ins nichteuropäische Ausland absetzen.«

»Mist!«

»Was Sie gemacht haben, Frau Eppstein, das war extrem gefährlich. Wenn der die Drogen vorrätig gehabt hätte, mit denen er vorhatte, Sie zu töten, dann wäre die Polizei mit an Sicherheit grenzender Wahrscheinlichkeit zu spät gekommen. Er hätte Sie alle drei, ohne mit der Wimper zu zucken, ins Jenseits befördert.«

Ich beeile mich, zu sagen: »Nie mehr werde ich mich in polizeiliche Ermittlungen einmischen. Ehrlich! Es kommt nicht wieder vor, Herr Hauptkommissar. Ich verspreche es.«

»Die Anzahl an Vernehmungen und Verhaftungen, die Sie in den letzten Wochen hinter sich gebracht haben, die dürften für die nächste Zeit ausreichend sein, hoffe ich!«

Schnell lege ich noch zwei weitere Marzipan-Pralinen auf das Untertellerchen. Der Mann soll essen. Und Brunetti, den ich schon wieder hinterm Ohr kraulen muss, der bekommt auch noch ein Leckerli.

»Ich hoffe, dass Ihnen das alles eine Lehre war. Wissen Sie«, er sieht mich von der Seite her an, »wo bitte soll ich denn sonst solche leckeren Pralinen beziehen und wo bitte soll ich meine Konzentrations-Schokolade kaufen?«

»Aha, darum geht es Ihnen!«, sage ich gespielt entrüstet.

»Nicht nur, Frau Eppstein. Nicht nur.«

Ich lächle dem Kommissar zu.

Bevor Rauenberg mit seiner Spürnase den Laden verlässt, lade ich ihn zu der ersten Lesung im Schoko-Traum ein. Zu meiner Überraschung sagt der Kommissar sein Kommen zu.

Im Lager liegt das Detektivnotizheft, in dem Max und ich alle Informationen bei unseren Ermittlungen festgehalten haben. Ich blättere darin. Hier: die genaue Einteilung des Beschattungsteams. Dann lese ich noch einmal die Beschreibung des Studienleiters. Warum nur, musste ich dabei nicht an den Heißen-Schokoladen-Junkie denken? Wahrscheinlich, weil ich ihn sympathisch fand.

Als ich über Mittag nach Hause gehe, peitscht mir ein böiger, kalter Wind ins Gesicht. Überall auf der Erde liegen Blätter, als hätte jemand über Nacht ein Entlaubungsmittel gespritzt und alle Bäume hätten sich zur gleichen Zeit ihrer Blätter entledigt.

Im Flur unseres Hauses sehe ich, wie der Postbote dem Grantler einen Packen Briefe in die Hand drücken will.

Unser Hausmeister wehrt ab. Als er mich sieht, sagt er: »Die Briefe müssen Sie wieder selbst einwerfen, ich bin doch nicht Ihr Hiwi.«

»Na, Sie haben sich doch immer drum gerissen, die Briefe in den Postfächern dieses Hauses zu verteilen. Geradezu angefleht haben Sie mich, Ihnen die Post zu geben.«

»Das ist vorbei.« Grantler sieht mich ängstlich an.

Ich warte, bis der Postbote außer Reichweite ist. »Niemanden habe ich irgendetwas gesagt, und wenn ich Sie nicht wieder beim Verteilen der Briefe erwische, dann bleibt das auch so.«

»Danke, Frau Eppstein«, nuschelt unser Hausmeister kleinlaut.

Und dann lade ich auch ihn für Samstag zu der Krimi-Lesung in die Chocolaterie ein. Schließlich liebt der alte Zausel Krimis. Und da kommt mir eine Idee.

Bis heute sollte ich meiner Schwester Bescheid geben, ob wir zu ihrer Hochzeit kommen werden, die Ende Januar stattfindet. Warum sie über unsere Teilnahme jetzt schon – Monate vor dem Event – in Kenntnis gesetzt werden muss, kann ich nicht nachvollziehen. Birgit hat behauptet, das sei normal. Mit der Planung einer Hochzeit müsse man lange vorher beginnen. Bei Oliver und mir ging das alles viel schneller und restlos unkompliziert. Aber das ist ja auch schon ein paar Jährchen her.

Ich wähle die Nummer meiner Schwester.

»Hallo Yvonne, wie geht es dir?«

»Hallo Tanja! Gut, danke. Kommt ihr zu meiner Hochzeit? Ich würde mich sehr freuen.«

»Ja, wir kommen gerne.«

»Schön, ich freue mich schon so auf deine Familie.«

»Vielleicht hast du ja Lust, uns zuvor mal in Heidelberg zu besuchen, wir würden uns freuen. Du kannst gerne deinen Verlobten mitbringen, du kannst aber auch alleine kommen. Wenn du magst, auch über Nacht.«

»Weißt du was, das mache ich. Kurz vor Weihnachten komme ich, da habe ich ein paar Tage Urlaub. Und da werde ich ja wohl zwei Tage in Heidelberg einplanen können. Weißt du, ich war schon eine Ewigkeit nicht mehr dort.«

»Na, da wird es aber Zeit.«

Leise sagt sie: »Danke Tanja, dass du angerufen hast.«

»Danke Yvonne, dass du uns eingeladen hast.«

Abends gebe ich meinen Kindern das Gespräch mit Kommissar Rauenberg über die Menschenversuche wieder.

Lucas sagt, er hätte kürzlich einen Artikel in einer Zeitung darüber gelesen. »Fast alle westlichen Pharmafirmen führen die meisten ihrer klinischen Studien in Entwicklungsländern durch. Zum einen ist das viel preiswerter, zum anderen werden dort viel weniger Fragen gestellt.«

In diesem Artikel, den er jetzt aus der Zeitungsablage fischt, und mir in die Hand drückt, steht noch mehr. Ich lese vor: »Westliche Pharmafirmen haben in über fünfhundert DDR-Kliniken über sechshundert Medikamentenstudien mit etwa fünfzigtausend Probanden durchgeführt. Den meisten Patienten war nicht bekannt, dass sie an einer Studie teilnahmen. Eine Aufklärung über Risiken fand nicht statt und es lagen in der Regel keine Einwilligungen vor.«

»Das ist voll krank, schon diese legalen Studien sind abartig«, klinkt sich Alina in das Gespräch ein. »Hallo? Da werden nicht zugelassene Medikamente an Menschen ausprobiert. Selbst, wenn die zugestimmt haben, dann ist das doch eine Sauerei. Ich meine, wer macht das denn freiwillig? Das machen Menschen, die in einer finanziellen

Notlage stecken und auf die paar Kröten für die Teilnahme an so einer Studie angewiesen sind.«

»Tja«, sagt Lucas, »die müssen ihren Körper für ein paar Euro verkaufen und die Pharmafirmen machen dann einen Reibach in Milliardenhöhe.«

»Philipp und Dennis hätten garantiert nicht an dieser Studie teilgenommen, wenn sie gewusst hätten, auf was sie sich da einlassen«, dessen bin ich mir sicher. »Ihnen wurde vorgegaukelt, das Medikament sei völlig ungefährlich. Die Skrupellosigkeit der Firmen, für die ein einzelnes Menschenleben nichts zählt, ist kriminell, selbst dann, wenn sie keinen direkten Mord wie dieser Weiß begehen.«

Später beim Abendessen teile ich meinen Kindern mit, dass wir im nächsten Jahr zur Hochzeit ihrer Tante Yvonne fahren werden, beide zeigen sich erstaunt.

»Das ist eine gute Entscheidung, Mama«, stellt Alina fest.

Der Kommentar meines Sohnes: »Wurde aber auch Zeit, dass ihr zwei Streithähne euch mal einkriegt.«

Gott, was habe ich vernünftige Kinder!

25

Es ist Samstagnachmittag, als Stefanie und Birgit im Schoko-Traum auftauchen, um mir bei den Vorbereitungen für die abendliche Lesung der *Mörderischen Schwestern* behilflich zu sein. Zunächst setzen wir uns zusammen und wollen die Steinofenpizzen, die die beiden aus unserer Lieblingspizzeria mitgebracht haben, genießen.

»Simsalabim!« Steffi packt zwei Weingläser aus und eine Flasche Dürkheimer Weißwein.

»Das perfekte Schoko-Traum-Dinner«, schwärme ich.

Meine Freundinnen loben den Artikel über mich und meinen Laden, der heute in der Rhein-Neckar-Zeitung veröffentlicht wurde. Dort wird klargestellt, dass weder ich noch mein Mitarbeiter etwas mit dem Drogenfund in meiner Chocolaterie zu schaffen hatten. Vielmehr hätten wir beide dazu beigetragen, dass nicht nur ein Crystal-Meth-Produzent und -Dealer, sondern auch ein zweifacher Mörder dingfest gemacht werden konnte. Außerdem hätten mit unserer Hilfe mehrere Forschungslabore geschlossen werden können, in denen nicht zugelassene Arzneimittel an Menschen getestet worden seien.

»Na, wenn das keine gute Presse ist.« Birgit strahlt die ganze Zeit schon wie die Frühlingssonne. Und dann erzählt sie uns von ihrem Ausflug nach Hamburg. Sie hätte zwei Tage Urlaub genommen, ihre Reisetasche gepackt und sei ihrer Tochter nach Hamburg hinterhergereist. Dort hätten sich die beiden lange ausgesprochen und wieder versöhnt. »Alles ist gut. Wir wollen demnächst mal zusammen für eine Woche in Urlaub fahren.«

Steffi und ich freuen uns für Biggi. Bei Jonas und Stefanie ist auch alles wieder in Ordnung. Und Cem wird in zwei Stunden im Schoko-Traum eintreffen.

Dann teile ich Birgit die Ergebnisse der Analyse ihrer Schlankheitspillen mit. Cem hat sie mir heute Morgen zugemailt. Zuvor spanne ich sie noch ein klein wenig auf die Folter.

»Jetzt leg schon los und zähle mir alle Gifte auf, die in diesen Tabletten sind.« Birgit zerspringt fast vor Neugier.

»Ich habe eine gute und eine schlechte Nachricht für dich. Hier die gute: Also die Nebenwirkungen wie Bauchschmerzen und Schlaflosigkeit können unmöglich von deinen Schlankheitspillen kommen.«

»Nicht? Das ist doch toll, da kann ich diese Tabletten weiternehmen.«

»Es kommt noch eine schlechte Nachricht, Biggi«, foltere ich meine Freundin weiter.

»Mensch, nun sag schon!«

»Deine Schlankheitspillen enthalten einen Zuckerüberzug und der Rest ist Schokolade.«

»Das sind Schoko-Pillen? Das ist nicht dein Ernst, oder?«

»Doch, liebe Biggi, mein voller Ernst.«

»Und ich dachte, ich nehme davon ab.«

»Hast du denn abgenommen?«, mischt sich Steffi ein.

»Na ja, zu Beginn schon, aber dann eigentlich immer weniger. Das war wohl alles Einbildung. Aber die Nebenwirkungen?«

»Könnte es sein«, versuche ich es diplomatisch, »dass du einfach Angst vor der Konfrontation mit deiner Tochter hattest und das Bauchgrummeln und die schlaflosen Nächte hier ihren Ursprung hatten?«

»Heute Nacht habe ich hervorragend geschlafen und Bauchschmerzen habe ich auch keine mehr. Das wirds wohl gewesen sein.«

Und dann befördert sie aus ihrer Tasche die drei Zettel, auf denen wir vor einigen Wochen unsere Wünsche ans Universum notiert hatten.

Biggi liest vor: »Meine Schlankheitspillen erfüllen ihren Zweck entsprechend ihrer Zusammensetzung und wirken sich nicht negativ auf meine Gesundheit aus. Dankeschön!«

Stefanie und ich können nicht mehr mit Lachen aufhören.

»Sehr witzig«, versucht Birgit, uns mehrmals zu stoppen, aber dann fällt auch sie in unser Lachen mit ein.

Sie nimmt das zweite Blatt zur Hand und entziffert den nächsten Wunsch: »Lieber Kosmos, ich danke dir für dieses außergewöhnliche und unvergessliche Abenteuer mit Jonas.«

Jetzt lachen Birgit und ich.

»Die Handschellenaktion bleibt auf jeden Fall außergewöhnlich und unvergesslich, auch dann, falls dein Jonas einmal schon lange der Vergangenheit angehören sollte.« Ich drohe: »An dieses Erlebnis werden wir dich immer erinnern.«

Stefanie findet das nicht ganz so lustig wie Birgit und ich.

»Jetzt kommst du an die Reihe.« Biggi blickt in meine Richtung. »Ich habe einen Mann aus meinem privaten Umfeld näher kennengelernt. Danke!«

»Du bist die Einzige, bei der der Wunsch annähernd eingetroffen ist, denn du und dein Cem ihr habt euch doch schon kennengelernt. Ich meine, ihr habt doch schon, oder?« Stefanie sieht mich fragend an.

Zerknirscht muss ich zugeben, dass das mit dem Kennenlernen noch nicht weit gediehen ist.

»Aber«, stelle ich fest, »um ehrlich zu sein, hat sich mein Wunsch ebenso wie bei euch etwas anders realisiert, als er gedacht war. Der Mann, aus meinem privaten Umfeld, den ich kennengelernt habe, ist nicht Cem, sondern Grantler, unser Hausmeister. Aufgrund seines Krankenhausaufenthaltes kenne ich alle seine Schlafanzüge und Unterhosen, habe sie sogar für ihn gewaschen, ich weiß, welchen Wurstaufschnitt er auf sein Graubrot legt, seine Brillenstärke kann ich euch sagen, ich kenne sogar die Sorte seines Gebissreinigers und einige seiner dunkelsten Geheimnisse.«

Jetzt müssen wir lachen, so lange, bis wir alle drei Bauchschmerzen haben.

»Liebe Tanja, ich habe dich zu Anbeginn darauf hingewiesen, dass du deinen Wunsch so präzise wie möglich formulieren musst. Du hättest deine Bitte ans Universum direkt auf Cem beziehen müssen.«

»Also so viel Sachverstand hätte ich dem Kosmos schon zugetraut, dass er weiß, dass ich nicht unseren Hausmeister kennenlernen möchte. Und übrigens, Biggi, du hast deinen Wunsch ja überaus präzise gefasst und, was hats genutzt?«

»Birgit, du kannst froh sein«, lästert Stefanie, »dass du nicht zugenommen hast. Schokolade macht bekanntlich dick.« Sie greift nach einem weiteren Baileys-Trüffel.

»Ja, ja, unsere Wünsche ans Universum waren allesamt ein Flop; ich werde mir ein neues Hobby suchen. Habt ihr schon einmal etwas über das Engel-Orakel gehört?«

»Neeeiiin!«, rufen Steffi und ich im Chor.

Bevor sie uns über das Engel-Orakel aufklären kann, mahne ich: »Jetzt wird es aber Zeit für die Vorbereitungen für die Lesung.«

Zunächst holen wir die restlichen Gartenstühle aus Birgits und Stefanies Wagen. Beide haben auch die Stühle ihrer Nachbarn mitgebracht, sodass wir insgesamt Platz für über vierzig Personen haben. Gemeinsam verteilen wir die Pralinenschachteln und Schokoladenpackungen, die sonst auf dem Verkaufstisch in der Mitte liegen, auf der Theke und in den Regalen. Den ovalen Tisch räumen wir ins Lager. Auf verschiedenen Tabletts richten wir, schön dekoriert, meine Pralinenkreationen an. Im Preis für die Lesung sind eine Pralinenverkostung und ein Heißgetränk enthalten. Aus diesem Grund koche ich zwei große Töpfe mit heißer Schokolade: Einen mit Anti-Kummer-Schokolade und einen mit Konzentrations-Schokolade. Langsam treffen die ersten Gäste ein. Frau Wilhelm kommt gemeinsam mit ihrer Tochter Sabine, die mich stürmisch begrüßt. Alina hat Fynn im Schlepptau, Lucas bringt Hülya mit, Max, dem ich heute freigegeben habe, kommt zusammen mit Vanessa.

Herr Grantler ist das erste Mal im Schoko-Traum: »Schön haben Sie's hier. Danke für die Einladung, Frau Eppstein.«

Na, warte erst mal ab, denke ich.

Und dann geht die Tür auf und Schwester Katharina betritt den Laden.

Unser Hausmeister bekommt glühende Wangen, sogar die Ohren werden rot vor Aufregung. »Schwester Katharina, Schwester Katharina, Sie hier?«

»Danke Frau Eppstein, ich habe mich sehr über die Einladung gefreut.« Die Krankenschwester begrüßt mich mit Handschlag.

»Danke«, flüstert Grantler in meine Richtung und man bemerkt den dicken Kloß in seinem Hals.

Cem und Herr Rauenberg treffen fast gleichzeitig ein. Ich winke ihnen zu, leider habe ich keine Zeit für die beiden, da ich die Autorinnen begrüße und wissen will, was sie alles brauchen und ob alles so recht ist, was wir vorbereitet haben.

Auf der einen Seite haben wir einen Bistrotisch mit einem Stuhl dahinter aufgebaut. Auf dem Tisch stehen stilles Mineralwasser und ein Glas für jede Lesende, zudem eine Leselampe. Dazu stellt jetzt die eine Autorin einen fast echt wirkenden Totenkopf.

Und dann gehts los.

Zunächst begrüße ich die Zuhörer und spreche einige einführende Worte.

Die Moderatorin der *Mörderischen Schwestern* betont, dass sie alle ausgesprochen harmlos seien, sie morden lediglich mit ihrer Tastatur.

Dann beginnt die erste Autorin damit, ihre Geschichte zu lesen. In diesem Kurzkrimi wird eine Kassiererin mit vergifteten Schoko-Pillen ermordet.

Birgit raunzt mir zu: »Immerhin waren meine Schoko-Pillen nicht vergiftet.«

Wir drei Freundinnen müssen schon wieder lachen.

In der Pause biete ich den Gästen heiße Schokolade an. Meine beiden Freundinnen helfen mir dabei. Alina und Lucas flitzen mit verschiedenen Pralinenkostproben durch die Reihen. Max kassiert die schon kaufwilligen Kunden ab. Einige erwerben auch schon die Bücher der Autorinnen und lassen sich diese signieren.

Nachdem alle mit Getränken und Pralinen versorgt sind, stelle ich mich neben Cem. Grantler himmelt Schwester Katharina an, es ist die wahre Freude, das zu sehen. Max legt seinen Arm um Vanessa. Fynn sieht das und legt seinen Arm um Alina. Ich tröste mich damit, dass der Vampir sicherlich nicht der letzte Freund meiner Tochter sein wird. Und dann legt Cem seinen Arm um mich. Das sieht wiederum Hauptkommissar Rauenberg und ich weiß genau, was er denkt: Ob das zwischen den beiden etwas Ernstes wird?

Der Schoko-Traum ist bis zum letzten Platz gefüllt. Die Krimis der Autorinnen kommen gut an. Alle sind zufrieden und bedanken sich hinterher für diesen gelungenen Abend.

Die nette Journalistin lächelt mir zu. Sicherlich wird sie wieder einen wunderschönen Artikel über den heutigen Abend verfassen.

Ich muss zugeben: Den erfundenen Morden der *Mörderischen Schwestern* zu lauschen, ist sehr viel entspannender, als echte Morde aufzuklären.

Tanjas Praline ›Süße Sünde‹

Zutaten:
150 g Zartbitterkuvertüre
75 g kandierten Ingwer (z. B. Würfel)
25 - 30 Alu-Pralinenkapseln

Zubereitung:
Ca. 10 Ingwerwürfelchen für die Dekoration zurücklegen, diese dreimal durchschneiden.
Restliche Ingwerwürfel klein schneiden und mit temperierter (Temperieren siehe unten!) Zartbitterkuvertüre vermischen. Mit Teelöffel in die Pralinenkapseln füllen.

Die Zartbitterkuvertüre temperieren:
Das mehrmalige Temperieren ist für den guten Geschmack und Glanz der Schokolade erforderlich.
Geben Sie die zerkleinerte Zartbitterkuvertüre in eine Edelstahlschüssel und setzen Sie diese auf einen kleinen Topf, der 3 cm hoch mit Wasser gefüllt ist. Die Schüssel darf das Wasser nicht berühren. Topf bei niedriger Temperatur erhitzen. Die Schokolade stetig umrühren, damit sich die Hitze verteilt. Nicht höher als 40-45 Grad erwärmen.
Geschmolzene Kuvertüre danach unter Rühren auf 27-28 Grad abkühlen.
Nun ein kleines Stück Kuvertüre zum Impfen zugeben und die Zartbitterkuvertüre erneut unter Rühren vorsichtig auf 32-33 Grad erhitzen. Kuvertürestück entfernen.
Beim Temperieren darauf achten, dass die Kuvertüre nicht höher als angegeben erhitzt wird und dass kein Wasser in die Kuvertüre gelangt.

Statt die Schokoladenmasse in die Alu-Kapseln zu füllen, kann man sie auch in Schokoladentafelformen oder kleine

Plastikschälchen fließen lassen. In diesem Fall die obere Seite der Schokoladentafeln mit den zurückbehaltenen Ingwerstückchen dekorieren.

Diese Praline verbindet den herben, tiefen Geschmack der Zartbitterschokolade mit der süßen Schärfe des kandierten Ingwers. Hmm! Ein schokoladiger Ingwer-Traum! Immer eine Sünde wert.

Tanjas Konzentrations-Schokolade ›Denk-Schok‹

Zutaten: (Menge für eine Portion)
25 g Zartbitterkuvertüre
25 g Vollmilchkuvertüre
150 ml Milch
eine große Prise Kardamom
eine mittlere Prise Ingwerpulver
eine kleine Prise Chilipulver

Zubereitung:
Die Milch mit den Gewürzen auf ca. 60 Grad erhitzen. Die Kuvertüre zuvor zerkleinern und in der gewürzten Milch auflösen.

Nach dem Genuss dieser dickflüssigen Gewürz-Schokolade fügen sich alle noch offenen Gedankenpuzzle fast automatisch an den für sie vorgesehenen Platz.

Falls man an einem Tag besonders viel Power benötigt, kann man der heißen Schokolade einen Espresso zugeben. Dann fallen die Augen garantiert nicht mehr so schnell zu.

Tanjas ›Schokoladen-Fondue‹

Zutaten:
Obst nach Bedarf und Belieben
150 g Vollmilchkuvertüre
150 g Zartbitterkuvertüre
75 ml Sahne
20 g Butter
2 Esslöffel Ahornsirup
½ Vanilleschote
eine Prise Salz

Zubereitung:
Obst nach Bedarf und Belieben in kleine, mundgerechte Stücke schneiden. Die Kuvertüre grob zerkleinern und vorsichtig im Wasserbad schmelzen. Nicht zu heiß werden lassen! Vanilleschote auskratzen. Vanillemark, Ahornsirup, Butter, eine Prise Salz und Sahne der geschmolzenen Kuvertüre beifügen, glattrühren.

Topf in die Mitte des Tisches stellen (eventuell auf sehr niedriger Temperatur warmhalten!). Früchte auf Fonduegabel stecken, in Schokoladensoße tauchen und genießen.

Die Menge der Soße reicht für vier Personen.

Diese heiße Schokoladensoße darf man sich ruhig mal gönnen. Auch zu Vanilleeis ist sie ein Gedicht.

Rezepte: Petra Scheuermann

Über das Buch

Tanja Eppstein ist Inhaberin der Chocolaterie Schoko-Traum in der Heidelberger Altstadt. In Schoko-Pillen wird sie in ihren zweiten Kriminalfall verwickelt. Plötzlich steht sie selbst im Fadenkreuz der polizeilichen Ermittlungen. Und dieses Problem lässt sich nicht mit einer heißen Anti-Kummer-Schokolade lösen.
Zwei ehemalige Drogenabhängige sterben an einer Überdosis Heroin. Max, Tanjas Hilfe im Schoko-Traum, mutmaßt, dass da jemand nachgeholfen haben könnte. Mussten die beiden jungen Männer sterben, weil sie zu viel über die Geschäfte eines Crystal-Meth-Dealers wussten? Nach einem Drogenfund im Schoko-Traum werden Tanja und Max verhaftet. Jetzt sehen sie sich gezwungen, auf eigene Faust zu ermitteln. Unvermutet bekommt der Fall eine ganz neue Dimension.
Als Tanja sich beim Besuch auf dem größten Weinfest der Welt, auf dem Dürkheimer Wurstmarkt, in den Profiler Cem verliebt, fährt ihr Gefühlsleben mehr als einmal Achterbahn.

Dieser mit leichter Feder geschriebene Schoko-Krimi steigert sein Tempo rasant und wartet auf mit zahlreichen überraschenden Wendungen.

Mit leckeren Schokoladen-Rezepten zum Ausprobieren.
Ort der Handlung: Heidelberg und die Pfalz

Petra Scheuermann
Schoko-Leiche

TWENTYSIX, 2019
12 €
ISBN 978-3-740725-82-2

Tanja Eppstein ist stolze Besitzerin der Chocolaterie Schoko-Traum in der Heidelberger Altstadt. Bei heißer Schokolade und köstlichen Pralinen löst sie die kleinen, manchmal auch die großen Probleme ihrer Kunden und Freundinnen.

Erschlagen, von oben bis unten mit Schokoladen-Peeling beschmiert, liegt Tanjas beste Kundin in ihrem Wellnessbad. Zu eigenen Ermittlungen sieht sich Tanja gezwungen, als die Polizei den Freund ihrer Tochter als mutmaßlichen Täter verhaftet. Zu dumm nur: Statt ihrem Hauptverdächtigen kräftig auf den Zahn zu fühlen, verliebt sich Tanja in ihn. Aber ist er tatsächlich unschuldig? Wo hielt sich der Neffe der Toten zur Tatzeit auf? Und was hat es mit diesem ›Testa-Spaß‹ auf sich?

Frech und spritzig geschrieben macht dieser spannende Schoko-Krimi Lust auf mehr.

Mit leckeren Schokoladen-Rezepten zum Ausprobieren.
Ort der Handlung: Heidelberg und Frankfurt/Main

Petra Scheuermann
Schoko-Engel

TWENTYSIX, 2019
12 €
ISBN 978-3-740728-79-3

Tanja Eppstein, Inhaberin der Chocolaterie Schoko-Traum, hat mit dem Geschäft, ihren beiden pubertierenden Kindern und einer neuen Liebe alle Hände voll zu tun. Dennoch begibt sie sich in gefährliche Ermittlungen auf eigene Faust. Diese offenbaren eines der dunkelsten Geheimnisse der ehemaligen DDR.
Theo Maier, ein Stammkunde Tanjas, wird verdächtigt, im letzten Jahr zwei Frauen brutal vergewaltigt zu haben. Obwohl er in einem spektakulären Prozess freigesprochen wird, glaubt niemand an seine Unschuld. Sein Leben wird zum Spießrutenlauf. Er erschießt sich. Doch in Tanja nagen Zweifel. War Maier tatsächlich der Täter? Wieso mochte er plötzlich keine Zartbitterschokolade mehr? Und wer war der Mann in der Bar?

Heißhunger auf Schokolade? Stillen Sie ihn mit den Krimis um Tanjas Schoko-Traum, restlos kalorienfrei, jedoch spritzig, humorvoll und spannend.

Mit leckeren Schokoladen-Rezepten zum Ausprobieren.
Ort der Handlung: Heidelberg und Berlin

Petra Scheuermann
Schoko-Killer

Leinpfad Verlag, 2019
12 €
ISBN 978-3-945782-50-7

Tanja Eppstein ist zufrieden: Ihre Chocolaterie Schoko-Traum in Heidelberg ist blendend eingeführt, bei ihren beiden Kindern läuft alles glatt und selbst ihr Ex ist nicht nur auf Kollisionskurs. Doch dann wird in Heidelberg ein Apotheker ermordet, und zwei Wochen später kommt ein Gewürzhändler in Michelstadt gewaltsam zu Tode. An beiden Tatorten werden Tanjas Cappuccino-Trüffel gefunden und die Presse spricht sehr schnell vom Schoko-Killer. Als die Polizei den Verdacht äußert, der Mörder komme aus dem Umfeld des Schoko-Traums, stellt Tanja Nachforschungen auf eigene Faust an und muss plötzlich um ihr Leben fürchten.
Auch ihr Privatleben wird immer turbulenter: Ein unbekannter Verehrer verwöhnt Tanja mit Aufmerksamkeiten, Tochter Alina wird verhaftet und die Fernbeziehung zu ihrem Freund Cem belastet sie zusätzlich.

Petra Scheuermann erzählt so witzig und flott, dass man kaum bemerkt, wie ernst ihr Thema eigentlich ist: der Handel mit gefälschten Medikamenten.

Mit leckeren Schokoladen-Rezepten zum Ausprobieren
Ort der Handlung: Heidelberg und der Odenwald

Über die Autorin

© Petra Scheuermann

Petra Scheuermann wurde in Frankenthal/Pfalz geboren. Seit vielen Jahren lebt sie in Mannheim. Von Beruf Sozialarbeiterin, Heilpädagogin und Erzieherin, widmet sie sich heute hauptberuflich dem Schreiben. Seit 2010 wurden zahlreiche ihrer Kurzgeschichten in Anthologien veröffentlicht, einige hiervon bei Literaturwettbewerben nominiert und ausgezeichnet.

Ihre Kriminalromane **Schoko-Leiche**, **Schoko-Pillen** und **Schoko-Engel** wurden in den Jahren 2014 und 2015 veröffentlicht, 2019 wurden sie neu aufgelegt. Mit **Schoko-Killer** wurde die Serie um Tanjas Schoko-Traum 2019 fortgesetzt.

Die Autorin ist Mitglied im Verband deutscher Schriftstellerinnen und Schriftsteller, im SYNDIKAT, bei den ›Mörderischen Schwestern‹ und dem Literarischen Zentrum Rhein-Neckar e.V. ›Die Räuber `77‹.

Weitere Informationen: **www.petrascheuermann.de**